luzes brilhantes, natal mágico

Outros livros de Mary Kay Andrews

Destruidores de Lares
The Santa Suit
The Newcomer
Hello, Summer
Sunset Beach
The High Tide Club
The Beach House Cookbook
The Weekenders
Beach Town
Save the Date
Christmas Bliss
Ladies' Night
Paixão de Primavera
Summer Rental
The Fixer Upper
Deep Dish
Savannah Breeze
Blue Christmas
Hissy Fit
Little Bitty Lies
Savannah Blues

mary kay andrews

Uma tradução de Wendy Campos

luzes brilhantes, natal mágico

AMOR E SEGUNDAS CHANCES

ALTA BOOKS
GRUPO EDITORIAL
Rio de Janeiro, 2024

Luzes Brilhantes, Natal Mágico

Copyright © 2024 ALTA NOVEL

ALTA NOVEL é um selo da EDITORA ALTA BOOKS do Grupo Editorial Alta Books (Starlin Alta e Consultoria Ltda.)

Copyright © 2023 MARY KAY ANDREWS

ISBN: 978-85-508-2283-9

Translated from original Bright Lights, Big Christmas: A Novel. Copyright © 2023 by Mary Kay Andrews. ISBN 978-1-250-28581-2. This translation is published and sold by permission of St. Martin's Press., the owner of all rights to publish and sell the same. PORTUGUESE language edition published by Starlin Alta Editora e Consultoria Ltda., Copyright © 2024 by Starlin Alta Editora e Consultoria Ltda.

Impresso no Brasil — 1ª Edição, 2024 — Edição revisada conforme o Acordo Ortográfico da Língua Portuguesa de 2009.

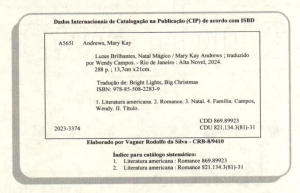

Dados Internacionais de Catalogação na Publicação (CIP) de acordo com ISBD

A565l   Andrews, Mary Kay
          Luzes Brilhantes, Natal Mágico / Mary Kay Andrews ; traduzido por Wendy Campos. - Rio de Janeiro : Alta Novel, 2024.
          288 p. ; 13,7cm x21cm.

          Tradução de: Bright Lights, Big Christmas
          ISBN: 978-85-508-2283-9

          1. Literatura americana. 2. Romance. 3. Natal. 4. Família. Campos, Wendy. II. Título.

                                              CDD 869.89923
2023-3374   CDU 821.134.3(81)-31

Elaborado por Vagner Rodolfo da Silva - CRB-8/9410

Índice para catálogo sistemático:
1. Literatura americana : Romance 869.89923
2. Literatura americana : Romance 821.134.3(81)-31

Todos os direitos estão reservados e protegidos por Lei. Nenhuma parte deste livro, sem autorização prévia por escrito da editora, poderá ser reproduzida ou transmitida.

A violação dos Direitos Autorais é crime estabelecido na Lei nº 9.610/98 e com punição de acordo com o artigo 184 do Código Penal.

O conteúdo desta obra fora formulado exclusivamente pelo(s) autor(es).

Marcas Registradas: Todos os termos mencionados e reconhecidos como Marca Registrada e/ou Comercial são de responsabilidade de seus proprietários. A editora informa não estar associada a nenhum produto e/ou fornecedor apresentado no livro.

Material de apoio e erratas: Se parte integrante da obra e/ou por real necessidade, no site da editora o leitor encontrará os materiais de apoio (download), errata e/ou quaisquer outros conteúdos aplicáveis à obra. Acesse o site www.altabooks.com.br e procure pelo título do livro desejado para ter acesso ao conteúdo.

Suporte Técnico: A obra é comercializada na forma em que está, sem direito a suporte técnico ou orientação pessoal/exclusiva ao leitor.

A editora não se responsabiliza pela manutenção, atualização e idioma dos sites, programas, materiais complementares ou similares referidos pelos autores nesta obra.

Alta Novel é um selo do Grupo Editorial Alta Books

Produção Editorial: Grupo Editorial Alta Books
Diretor Editorial: Anderson Vieira
Vendas Governamentais: Cristiane Mutüs
Gerência Comercial: Claudio Lima
Gerência Marketing: Andréa Guatiello

Coordenadora Editorial: Illysabelle Trajano
Produtora Editorial: Beatriz de Assis
Assistente Editorial: Luana Maura
Tradução: Wendy Campos
Copidesque: Andresa Vidal
Revisão: Denise Himpel & Ellen Andrade
Diagramação: Rita Motta

Rua Viúva Cláudio, 291 — Bairro Industrial do Jacaré
CEP: 20.970-031 — Rio de Janeiro (RJ)
Tels.: (21) 3278-8069 / 3278-8419
www.altabooks.com.br — altabooks@altabooks.com.br
Ouvidoria: ouvidoria@altabooks.com.br

Editora afiliada à:

*Para minha sobrinha, Sarah Abigail Murry,
com um coração repleto de amor.*

1

Kerry Clare Tolliver não conseguia se lembrar de um único momento em que o aroma de um abeto-de-fraser não a tenha feito sorrir.

Os Tolliver cultivavam essa variedade específica de pinheiro, nessas mesmas terras nas montanhas do oeste da Carolina do Norte, por quatro gerações.

Mas hoje, parada em frente à carreta carregada com centenas de abetos recém-cortados e amarrados, que exalavam um aroma delicioso, ela queria chorar.

— Mamãe, por favor, não me peça para fazer isso — murmurou Kerry.

A mãe envolveu um braço em torno dos ombros de Kerry.

— Me desculpa, querida, mas não tem mais ninguém que possa fazer isso. Seu pai vai sair do hospital amanhã, e alguém precisa garantir que ele coma, tome os remédios e mexa aquele traseiro para ir à fisioterapia. Gostando ou não, esse alguém sou eu.

— E a infeliz da mulher dele? Não me parece coerente que a ex-mulher é que tenha que bancar a enfermeira.

Birdie — apelido de Roberta Tolliver — soltou uma risada.

— Ah, por favor. Você sabe que a Brenda é a versão humana de uma planta de plástico. Bonita, mas inútil. De qualquer forma, eu não deveria saber e muito menos te contar, mas Murphy disse que ela foi embora. Saiu de casa um pouco antes do Halloween. Sinceramente, não me incomodo. Mas isso significa que você precisa assumir o lugar do Jock. Já perdemos a primeira semana da temporada de vendas. Ou você vai para Nova York e cuida do estande de árvores de Natal com o Murphy ou não poderemos ir.

Kerry deu de ombros.

— E isso seria tão terrível? Quero dizer, não podemos vender as árvores para os lojistas locais, como sempre?

— Não.

Kerry se virou e viu que Murphy havia se aproximado das duas por trás. O irmão mais velho era uma figura imponente — tinha um metro e noventa e cinco, com uma compleição robusta, barba escura espetada e a pele maltratada pelo clima. Vestindo uma jaqueta de flanela xadrez forrada, calça jeans, botinas sujas de terra e com a motosserra pendurada no ombro, ele parecia um personagem de uma série sobre lenhadores.

— A geada tardia em maio destruiu um quarto das árvores. Os moradores locais não pagarão um preço alto o suficiente para compensar as perdas. De qualquer forma, a viagem para Nova York representa setenta e cinco por cento da nossa receita, e como mamãe disse, já estamos com uma semana de atraso.

Murphy guardou a motosserra na caixa de ferramentas na carroceria de sua caminhonete e bateu a tampa para enfatizar seu argumento.

Kerry agora observava a caminhonete do pai — a enferrujada Ford F-150 de 1982, com o pequeno trailer engatado na traseira. Assim como o automóvel, ele já teve dias melhores. A desbotada carroceria branca e turquesa em formato de gota parecia uma lata de presunto usada.

Spammy, como os Tolliver chamavam o trailer Shasta 1963, em homenagem à famosa marca de presunto enlatado, passava a maior parte do ano no celeiro da fazenda de árvores de Natal. Mas há quase quatro décadas, todo mês de novembro, no dia seguinte ao Dia de Ação de Graças, o trailer era atrelado à caminhonete e viajava mais de mil quilômetros até a cidade de Nova York, onde os Tolliver armavam seu estande de árvores de Natal no West Village. Este ano, o ataque cardíaco e a hospitalização de Jock haviam atrasado a viagem em uma semana.

— Não acredito que você espera que eu more nesse pedaço de sucata — disse Kerry, caminhando em volta do trailer e espiando pelo vão da porta, coberto de teias de aranha.

— Tenha um pouco de respeito — pediu Birdie, acariciando a porta enlameada do trailer. — Spammy é praticamente herança de família.

Kerry apontou para o cubículo separado por uma cortina onde ficava o pavoroso banheiro químico.

— Sem chances de eu usar essa coisa nojenta.

— Não funciona mesmo — retrucou Murphy.

— Então onde...?

— Usamos o banheiro do café, ou da delicatéssen que fica na esquina — explicou o irmão. — Os vizinhos deixam a gente usar o chuveiro.

Ele pegou uma vassoura e estendeu para ela.

— É melhor dar uma limpada antes de pegar a estrada. Acho que tem um ninho de esquilos no beliche em que você vai dormir. — Ele olhou para o relógio. — Vou sair em cinco minutos, assim, devo chegar na cidade amanhã ao meio-dia, no mais tardar. Preciso saber agora mesmo se você vai. Caso contrário, a viagem está cancelada. Não podemos contratar uma pessoa para ajudar este ano.

Os calmos olhos cinzentos de Birdie pareciam penetrar na alma da filha. Birdie tinha apenas 17 anos quando Murphy nasceu, e aos 21 já tinha Kerry. Ela e Jock se separaram quando a caçula estava com 7 anos. Murphy havia ficado na fazenda com Jock, enquanto Birdie e Kerry haviam se mudado para uma pequena casa na cidade. As duas mais pareciam irmãs do que mãe e filha. Kerry sabia que Birdie nunca a *obrigaria* a viajar. Não com essas palavras. Ela a chantagearia com aquele olhar suplicante, venceria suas defesas com o silêncio. Birdie Tolliver era mestre na arte da culpa.

— Não é que eu não queira ir. Eu quero. Estou disposta a ajudar. Mas estou apavorada de ter que rebocar esse trailer.

— Não seja tão medrosa — argumentou Birdie. — Você costumava rebocar o barco até o lago todo verão quando era mais nova. E todos aqueles anos que rebocou o trailer de cavalos quando participava de competições de salto?

Kerry suspirou. Sabia que havia perdido.

— Tudo bem, eu vou.

A expressão de Birdie ficou radiante.

— Será como nos velhos tempos. Você adorava quando nós quatro ficávamos no Spammy em Nova York. Achava que era como morar em uma casa de bonecas.

Um olhar sonhador tomou conta do rosto da mãe.

— Nova York no Natal é tão mágica. Caminhar pela Quinta Avenida para ver as vitrines decoradas. Beber chocolate quente na feira de Natal da Union Square...

— Não vamos ter tempo para nada disso com apenas duas pessoas trabalhando no estande este ano — retrucou Murphy sem meias-palavras.

Ele apontou para Kerry, examinando a calça jeans elegante, o suéter leve e a sapatilha de camurça.

— Espero que tenha roupas mais quentes do que essas. Temos um aquecedor no trailer, mas faz muito frio naquela esquina, com o vento encanado dos prédios. Me liga quando estiver a uma hora da cidade e eu coloco cones para bloquear o local onde você vai estacionar.

Ele subiu na cabine de sua caminhonete, onde Queenie, sua setter inglês, aguardava pacientemente no banco do passageiro, deu a partida no motor a diesel e se afastou devagar.

Kerry observou enquanto a carreta carregada de abetos desceu pela estrada de cascalho da fazenda. O dia estava ensolarado e fazia uns dezoito graus, mas ela estremeceu, prevendo como seria morar um mês naquele trailer apertado, convivendo com um irmão que ela mal conhecia.

— Você vai ficar bem — disse Birdie, lendo a mente da filha. — Ele tem esse jeitão rude, mas é um homem bom. E eu acho que vai te fazer bem voltar para a cidade grande. Você não pode ficar escondida aqui no meio do nada para sempre.

2

Murphy estava errado quanto ao ninho de esquilos no beliche. Na verdade, foram camundongos que fizeram sua morada no decrépito colchonete de espuma. Um dos minúsculos residentes saiu correndo pelo chão assim que ela entrou no trailer.

Kerry deu um berro, prendeu o camundongo debaixo da vassoura e o varreu pela porta aberta do trailer, depois pegou o colchonete e jogou para fora. Passou as três horas seguintes varrendo, esfregando e desinfetando tudo.

Era óbvio que, desde que os pais se divorciaram, uma mulher não havia dormido uma única noite ali.

A sequência interminável de namoradas de Jock — e sua mais recente esposa, Brenda — nunca demonstraram interesse em acompanhá-lo na viagem anual a Nova York.

E quanto a Murphy? Desde que se formara no ensino médio, morava na fazenda de abetos sozinho, em uma cabana de meeiro, que ele restaurara com todo o esmero. Kerry sabia, pelas fofocas que circulavam por toda Tarburton, que seu irmão, um recluso ferrenho, costumava namorar — e era o que ela poderia chamar de monogâmico em série —, mas nunca havia apresentado nenhuma de suas namoradas para ela ou para a mãe.

Murphy tinha 39 anos e Kerry, 34, e, embora fossem irmãos, os dois não viviam sob o mesmo teto há décadas. Ele era praticamente um estranho para ela.

Mas, enquanto olhava para um pequeno espelho pendurado do lado de fora do cubículo do banheiro desativado, Kerry pensou que o sentimento devia ser mútuo. O que Murphy, ou qualquer outra pessoa da família, realmente sabia sobre ela?

Quando voltou para a casa da mãe em Tarburton, três meses antes, ela assumiu uma postura deliberadamente vaga sobre o que chamou de mudança de ares "temporária". Ela não mencionou o fato de que a agência de publicidade em Charlotte, onde trabalhava como diretora de arte, havia passado por uma fusão com outra agência maior em Atlanta, tornando seu cargo algo que o departamento de recursos humanos da empresa gostava de chamar de "redundante".

Kerry trabalhava sem parar desde que se formou na faculdade de arte e design em Savannah, até que de repente... estava desempregada. Ela conseguiu viver com a indenização rescisória durante os três primeiros meses, mas o aluguel do loft em Charlotte era ridiculamente caro e, todos os dias, enquanto encarava o extrato na tela do celular e via suas economias minguarem, ela se perguntava por quê.

Toda sua vida girava em torno do trabalho. Seu namorado, Blake, era um executivo de contas na agência de publicidade. A maioria de seus amigos trabalhava lá ou eram pessoas que ela conheceu por meio de networking. Sem o emprego, ela notou, com um pouco mais de amargura do que gostaria, que também estava sem chão.

Blake não tinha simplesmente desaparecido sem qualquer explicação. Ele apenas... foi perdendo o interesse aos poucos, até que as únicas lembranças que ela tinha do relacionamento de dois anos eram uma raquete de tênis e um casaco esquecidos no armário do corredor, além de um tubo da cara pasta de dente que ele comprara online. Não havia nada que a prendesse em Charlotte. Era hora de encarar os fatos. Era hora de ir para casa — para seu quarto de infância na casa de Birdie a poucos quarteirões da praça central de Tarburton.

Ela aceitava alguns trabalhos de design gráfico como freelancer, em sua maioria projetos de sites que poderia fazer de olhos fechados. Além de uma caminhada ocasional pela praça, Kerry raramente se afastava muito de casa.

— Você está virando uma eremita, igualzinha ao Murphy — comentou Birdie em uma ensolarada e outonal manhã de sábado, quando saía, carregando um cesto, para encontrar seus velhos amigos no mercado semanal de agricultores na praça.

Kerry ergueu os olhos do romance que estava relendo.

— Estou bem.

Birdie encolheu os ombros.

— Eu só acho que é uma pena ficar dentro de casa em um dia maravilhoso como este. Antes que você se dê conta, já será inverno.

— Acontece que eu gosto do inverno — respondeu Kerry.

— Vou lembrá-la disso em janeiro, quando as estradas estiverem cobertas de gelo, ficarmos dias seguidos sem ver a luz do sol e tudo estiver cinza e sombrio — retrucou a mãe.

A verdade era que Kerry raramente se aventurava por sua cidade natal porque se sentia deslocada, como uma alienígena teletransportada para o planeta errado. E durante os últimos meses que morou em Charlotte, também se sentiu à deriva e sem propósito. Então pensou que, talvez, passar um mês em Nova York, longe dos dois lugares, desfrutando de um breve momento de otimismo, fosse exatamente o que ela precisava para reencontrar seu equilíbrio.

Birdie colocou um cooler no banco da frente da caminhonete.

— Preparei alguns sanduíches, assim você não precisa parar só para comer. — Ela encaixou uma garrafa térmica xadrez no porta-copos. — Esse é seu café. Seu pai me pediu para lhe dizer que tem uma boa parada para descanso nos arredores de Winchester, na Virgínia, onde ele e Murphy sempre param. Os banheiros são limpos e tem muito espaço para estacionar. Lembre-se de trancar as portas e durma algumas horas antes de voltar para a estrada.

— Pode deixar — disse Kerry, tamborilando os dedos no volante.

O sol estava nascendo, espreitando através das montanhas envoltas em névoa. Sentiu um calafrio de ansiedade percorrer suas veias. Ela não havia dormido direito na noite anterior, preocupada com a viagem, em ter que rebocar o trailer em meio ao trânsito de Nova York e, também, com a perspectiva de morar em uma lata de presunto claustrofóbica infestada de ratos pelas próximas três semanas.

— É melhor eu ir. — Apressou-se, dando a partida na caminhonete. — Não quero me atrasar e deixar o Murphy irritado.

— Você está com seu telefone? Carregador? Está levando bastante meias de lã? Calcinhas e sutiãs extras? Só Deus sabe quando você vai conseguir lavar a roupa.

— Sim, sim, sim e sim — respondeu Kerry. — Sou uma mulher adulta, mãe. Não uma criança de 8 anos indo para o acampamento de verão.

— Eu sei — disse Birdie, inclinando-se para beijar Kerry na bochecha. — E eu sei que você vai trabalhar muito na venda das árvores. Mas não se esqueça do que eu disse sobre a magia do Natal em Nova York. Não se esqueça de fazer uma pausa para se divertir.

— Você quer dizer, não se esqueça de fazer uma pausa para sentir o cheiro da estação de metrô?

— Não seja tão pessimista — castigou Birdie.

— Diversão. Tá bom. — Kerry revirou os olhos.

Ela respirou fundo, olhou para os dois lados e lentamente partiu em direção à estrada.

— Até parece — completou.

O Google Maps calculou que ela chegaria a Nova York em aproximadamente dez horas, o que significava que estaria na cidade por volta das 17 horas de sábado.

Mas esses aplicativos não baseavam suas estimativas em uma caminhonete velha com uma velocidade máxima de oitenta quilômetros por hora, rebocando um trailer de quase cinco metros. Não levavam em conta os atrasos provocados pelas obras na rodovia interestadual, o congestionamento causado por vários acidentes e definitivamente ignoravam a necessidade de paradas frequentes quando um motorista se entope de cafeína.

Já passava das 15 horas quando Kerry estacionou na parada de descanso perto de Winchester. Encontrou uma vaga nos fundos, trancou a porta e, apesar de todo o café, cochilou instantaneamente.

Estava quase escurecendo quando o barulho do celular a trouxe de volta à realidade. Ela bocejou e pegou o telefone, assustada quando viu a hora — 17h30 — e o nome na tela: Murphy Tolliver.

— Você já está chegando? — O irmão nunca perdia tempo com gentilezas.

— Mais ou menos. Essa droga de caminhonete não passa de oitenta, e com aquele monte de obra na interestadual...

— Hmm, onde você tá? Nova Jersey?

— Mais para a Virgínia.

— Meu Deus, Kerry! Você ainda está a horas de distância. No ritmo que está indo, chegará aqui perto da meia-noite. Não durmo há dois dias e estou congelando nesta caminhonete esperando por você.

— Então é melhor procurar um hotel — retrucou ela. — Estou fazendo o que posso.

— Não podemos pagar um hotel por aqui. Me liga quando estiver a uma hora de distância. Vem logo! Precisamos estar prontos para começar a vender as árvores amanhã bem cedo.

Ele desligou e Kerry fez uma careta para o celular.

— Serão semanas divertidas, com certeza.

Quando Kerry saiu do Túnel Lincoln e emergiu na rua 38th West, suas mãos escorregavam do volante de tão suadas e seu coração batia acelerado. Se o GPS estivesse correto, em meia hora ela chegaria à esquina no West Village, onde Murphy já havia montado o estande de árvores de Natal.

Ela clicou no nome do irmão na lista de chamadas e ele atendeu no primeiro toque.

— Oi. Já está chegando?

— De acordo com meu celular, estou a oito quilômetros de distância. — Seus olhos ardiam de cansaço e seu estômago revirava por todo o estresse do dia.

— Bem, tenho más notícias. Algum babaca em um Mercedes cinza estacionou bem em frente ao estande. Estou furioso. Todos no bairro sabem que estacionamos o trailer aqui nesta época do ano. Se o carro não for retirado, você terá que estacionar no meio do quarteirão. Vou colocar alguns cones para tentar bloquear a vaga até você chegar.

— Tá, pode ser. — Ela queria perguntar a Murphy por que ele não havia bloqueado o local em frente ao estande *antes* que o ricaço babaca estacionasse, mas discutir com o irmão era como falar com uma parede. Uma perda de tempo.

Ao se aproximar de Greenwich Village, Kerry prendeu a respiração e diminuiu o ritmo. Estava aterrorizada com a possibilidade de arranhar os carros estacionados em ambos os lados das ruas, que já eram estreitas demais. Ao passar pelas placas com os nomes das ruas, antigas memórias das viagens com a família à cidade, muitos anos atrás, vieram à tona. Rua

Morton. Em um domingo tranquilo, ela patinou pelo quarteirão segurando uma corda presa à bicicleta de Murphy. E, ah, sim, rua Christopher. Havia um vendedor ambulante nessa esquina que vendia castanhas assadas, e não era aquela a delicatéssen que vendia biscoitos decorados em preto e branco que ela nunca tinha visto em nenhum outro lugar além de Nova York?

O zumbido do telefone a puxou de volta à realidade.

— Olha para frente. Estou acenando para você do lado direito da rua.

E lá estava Murphy, quase no meio da rua no cruzamento seguinte, acenando com os dois braços levantados.

Ao mesmo tempo, ela avistou a placa pintada com a caligrafia impecável de Birdie. ÁRVORES DE NATAL DA FAMÍLIA TOLLIVER: DIRETO DA FAZENDA DESDE 1954. O estande contornava a esquina das ruas Hudson e 12th, e as árvores estavam em pé, apoiadas contra a cerca de tábuas rústicas que Murphy havia montado.

E, assim como ele havia avisado, um reluzente Mercedes sedã cinza-chumbo estava estacionado diante do estande, bem no meio de duas vagas, na frente da caminhonete de Murphy.

— Babaca maldito — murmurou Kerry.

O irmão correu até onde ela havia parado a caminhonete.

— Chega pra lá que eu estaciono do outro lado da rua. — A respiração de Murphy criava fumaças no ar frio da noite. Ele apontou para um espaço na rua transversal, vários metros adiante, onde havia colocado quatro cones entre duas caçambas de construção.

— O quê? Você acha que uma garota não consegue estacionar este trailer? — disparou Kerry. — Papai me ensinou a manobrá-lo na rampa do lago quando eu tinha 15 anos. E estacionei o trailer de cavalos em competições de salto em todo o estado por anos.

— Não em uma rua como esta, com o trânsito da cidade e carros estacionados dos dois lados — disse Murphy. — Isso não tem nada a ver com ser uma garota. Você não está acostumada a estacionar este trailer, e eu estou. Agora chega pra lá e vamos acabar logo com isso, droga.

Em vez disso, Kerry abriu a porta e saltou na rua.

— Vá em frente, Murphy. Me mostra o que só um homem consegue fazer.

O ar frio a atingiu como uma rajada. Quando se vestiu naquela manhã, ela se preparou para o frio da Carolina do Norte, onde a temperatura variava em torno de dez graus. Mas agora estava na gelada Nova York; onde a temperatura era de aproximadamente dois graus negativos. Ela já estava arrependida de ter escolhido uma jaqueta leve, calça jeans e tênis.

Kerry correu para o outro lado da rua, desviando dos carros que passavam e parou em frente à primeira caçamba. Murphy esperou até que o semáforo abrisse e, enquanto Kerry tirava os cones para abrir espaço, ele fez uma curva aberta à esquerda para a rua transversal, embicou a frente do veículo onde ela estava e, sem idas e vindas, encaixou agilmente a caminhonete e o trailer entre as caçambas.

Kerry ficou parada com a boca aberta, em total descrença. O irmão desceu da caminhonete e foi até a parte de trás do trailer, inspecionando seu feito. Ela deu a volta e o encontrou na porta do Spammy.

— Ok, você ganhou — admitiu. — Isso foi incrível.

Murphy grunhiu e abriu a porta do trailer, abaixando-se ao entrar com uma lanterna na mão.

— Vamos dormir. Amanhã vai ser um dia agitado.

Ela observou enquanto o irmão puxava um saco de dormir do armário embutido sob os assentos da mesa da cozinha. Ele baixou as almofadas dos encostos dos bancos de cada lado da mesa revestida de fórmica para que formassem um colchão, depois tirou o casaco e o embolou para usar como travesseiro. Finalmente, descalçou as botinas, empurrou-as para baixo do beliche e se esticou, puxando o saco de dormir até o queixo. Ele assobiou, e Queenie se juntou a ele no beliche.

— É isso? Você vai simplesmente dormir? — Kerry ficou olhando para Murphy. — Está muito frio aqui. Onde vou fazer xixi?

Ele rolou de frente para ela, mas não abriu os olhos.

— Não podemos ligar a eletricidade ou o aquecedor até movermos essa coisa para a vaga em frente ao estande de árvores. Há outro saco de dormir e alguns cobertores extras no armário acima do seu beliche. Papai e eu usamos uma lata de café velha, mas se é fresca demais para isso, vá ao Lombardi's, o café do outro lado da rua. Pode usar o banheiro deles e, se estiver com fome, peça algo para a Claudia. Diga que você é minha irmã. Mas vá logo, porque eles fecham em trinta minutos.

Murphy rolou, virando as costas para a irmã. Ele simplesmente a dispensou.

Kerry caminhou apressada até o Lombardi's. O café ocupava o térreo de um prédio de seis andares com a fachada decorada em arenito marrom. Era quase meia-noite, como Murphy a lembrara, e o lugar estava praticamente deserto. Um bartender lavava copos atrás do balcão que se alinhava no lado direito do salão, enquanto uma loira curvilínea enrolava talheres em guardanapos de linho na bancada da recepção.

— Er, oi — começou Kerry. — Sou irmã de Murphy Tolliver. Eu sei que é tarde, mas ele disse que você me deixaria usar o banheiro?

A mulher apontou para a parte de trás do salão de jantar.

— Do lado esquerdo. Fique à vontade.

A mulher ainda estava em seu posto quando Kerry saiu do banheiro.

— Muito obrigada — agradeceu. — Murphy disse que eu deveria falar com a Claudia?

— Sou eu mesma — respondeu ela. — Está com fome, querida? Sobrou um pouco de pasta e *fagioli* do especial do dia. Talvez uma taça de vinho para te aquecer?

Diante da menção à comida, o estômago de Kerry roncou. Ela olhou ao redor do café. Uma imponente árvore de Natal com luzes brilhantes vermelhas, brancas e verdes ocupava toda a janela. As mesas tinham imaculadas toalhas de linho branco e velas com rastros de cera espetadas em garrafas de Chianti envoltas em palha. O Lombardi's era a típica cafeteria clássica com comida tradicional italiana que não existe em pequenas cidades do sul como Tarburton.

— Eu não quero te atrapalhar...

— Não se preocupe com isso — disse Claudia. — Ainda tenho que fechar o caixa e terminar meu trabalho. Sente-se ali no balcão e diga ao Danny o que vai beber. Vou até a cozinha pegar sua sopa.

Kerry estava saboreando um generoso gole de Valpolicella quando Claudia colocou uma tigela de sopa fumegante na frente dela, junto com uma cesta de palitos de pão forrada com guardanapo e uma pequena tigela de manteiga.

— *Muito* obrigada — disse Kerry, mergulhando a colher no caldo espesso repleto de almôndegas. — Humm. O cheiro é divino.

— É receita da minha avó — explicou Claudia. Ela se serviu de um palito de pão e o mordiscou. — Então você é irmã do Murph.

Danny, o bartender, inclinou-se e olhou para Kerry.

— É, acho que vejo alguma semelhança.

— São essas pavorosas sobrancelhas grossas — exclamou Kerry, tirando o cabelo dos olhos. — A maldição dos Tolliver.

— Eu nem sabia que o Murph tinha uma irmã — comentou Danny. — Pensei que ele tinha sido criado por lobos lá nas montanhas da Carolina do Norte.

Kerry riu e tomou outro gole de vinho.

— Isso é parcialmente verdade. Nossos pais se separaram quando eu tinha 7 anos, e Murphy ficou na fazenda com nosso pai. Acho que ele realmente levou a sério a imagem de homem da montanha.

— Você acha? — disse Claudia com ironia. — Falando nisso, quando Jock chega?

— O Murphy não te contou? Papai teve um infarto e precisou de quatro pontes de safena. Eu vim no lugar dele este ano.

— Seu irmão não é exatamente muito aberto quando se trata de assuntos pessoais. Eu estava estranhando o fato de os dois não terem aparecido logo após o Dia de Ação de Graças.

Sinto muito pelo que aconteceu com seu pai. Ele é um cara legal. Ele sempre me pareceu tão...

— Indestrutível? — sugeriu Kerry. — Ele com certeza achava que sim. Talvez agora ele finalmente pare de fumar.

— Contanto que ele não tenha que parar de beber — interrompeu Danny.

Kerry continuou olhando ao redor do salão.

— Este lugar me parece tão familiar. Existe há muito tempo?

— Desde 1962 — informou Claudia. — Sou a terceira geração a comandar o Lombardi's.

— Ah, então faz sentido — acrescentou Kerry. — Tenho uma vaga lembrança de estar sentada bem aqui, em cima de uma pilha de listas telefônicas, comendo uma grande tigela de espaguete. Havia uma senhora de cabelos brancos que me mostrou como enrolar o macarrão no garfo.

— Era minha avó, Anna — disse Claudia. — Então você costumava vir para a cidade também?

— Sim. Eu, Murphy e nossos pais. Mas parei de vir depois do divórcio.

— Quatro pessoas, sendo duas crianças pequenas? Morando naquela coisa? — Claudia riu. — Isso é levar a intimidade familiar longe demais para o meu gosto.

— Consegue imaginar nós dois morando juntos em um trailer? — perguntou Danny, cutucando o braço de Claudia.

— Já é ruim o suficiente termos que trabalhar juntos — disse ela.

— Vocês dois são parentes?

— Tecnicamente, somos primos.

Kerry raspou o fundo da tigela para pegar a última colherada de sopa. Ela enxugou os lábios com o guardanapo e enfiou a mão no bolso da jaqueta para pegar a carteira.

— Nada disso — disse Claudia rapidamente. — É por conta da casa.

— Mas...

— Nossas famílias têm um acordo — explicou Danny. — Ficamos com a maior e melhor árvore de Natal dos Tolliver todos os anos, e vocês recebem o pacote de refeições dos Lombardi.

— Pelo menos me deixe pagar pelo vinho — insistiu Kerry.

— De jeito nenhum — respondeu Claudia com firmeza. — E de manhã, se precisar de café e um banheiro, vá até a Anna's, nossa padaria aqui ao lado. Lidia, a filha do Danny, cuidará de você.

— Sério? Isso seria ótimo — disse Kerry, reprimindo um bocejo.

Claudia caminhou até a porta da frente do café, destrancou-a e a segurou aberta.

— Não estou te expulsando, mas é melhor você ir. Sabemos que seu irmão começa a trabalhar muito cedo.

— Obrigada mais uma vez — disse Kerry. — Tenho a sensação de que amanhã será um longo dia.

4

Kerry entrou no trailer na ponta dos pés. Para sua surpresa, enquanto ela estava fora, Murphy tinha arrumado o beliche dela. O colchonete era fino, os cobertores cheiravam a mofo e o travesseiro era duro feito uma pedra. Ainda assim, ela caiu no sono em minutos.

Em seu sonho, Murphy pegou a motosserra pendurada no ombro, puxou a corda e um zumbido estridente preencheu o ar da manhã. Ele segurou a serra contra a base do tronco de uma árvore enorme, e o rugido ficou mais alto.

Kerry podia sentir a terra tremer sob seus pés, e o aroma pungente de abeto recém-cortado inundou suas narinas.

Ela queria gritar, impedir que o irmão derrubasse a árvore. Abriu a boca, mas nenhum som saiu.

A serra rugiu e o chão tremeu. Ela se sentou na cama, ofegante, com os olhos arregalados. Estava escuro como breu e seu coração batia a mil por hora. Ela estava acordada agora, mas o estrondo não diminuiu e, na verdade, todo o pequeno trailer vibrava.

Kerry enfiou a mão debaixo do travesseiro, pegou o telefone e o destravou, apontando o feixe da lanterna ao redor do trailer, parando quando chegou ao beliche a apenas alguns metros de distância.

Murphy estava dormindo com a barriga para cima, a boca aberta, roncando tão alto que certamente teria abafado o som de qualquer motosserra potente.

De acordo com seu celular, eram 2 horas da manhã. Ela deitou no beliche, puxando o saco de dormir sobre a cabeça, mas nada era capaz de abafar os roncos do irmão. Finalmente, ela foi até o beliche dele e, com esforço, conseguiu fazê-lo se virar de lado.

Amanhã, prometeu a si mesma, procuraria uma farmácia para comprar protetores auriculares.

Na manhã de domingo, munida de uma xícara de café e um folhado doce de queijo ainda quente da Anna's, Kerry voltou para a caminhonete, mas não antes de pegar a multa por estacionamento irregular deixada no para-brisa.

Ela fez uma careta ao ver o valor da multa. Então, seguindo as instruções de Murphy, ela se sentou na cabine da caminhonete, esperando, com os olhos fixos no Mercedes cinza estacionado em frente ao estande de árvores de Natal.

— O dono certamente vai tirá-lo esta manhã — disse Murphy. — Assim que ele sair, vou colocar os cones para bloquear a vaga, mas você precisa estar pronta para mover o trailer para cá.

Apesar de resmungar, ela sabia que o plano dele era sensato. A cada hora, ela ligava a caminhonete por alguns minutos, aproveitando o calor do aquecedor antes de desligar o motor novamente. Por volta das 10 horas, viu um homem alto vestido com uma jaqueta preta acolchoada se aproximar do Mercedes.

Ela girou a chave na ignição. Mas em vez de sair com o carro, o homem abriu o porta-malas, pegou uma pequena mochila, fechou-o novamente e se afastou, com o celular pressionado no ouvido.

Sentiu o coração apertar enquanto o observava descer a rua e entrar em um prédio com fachada decorada em arenito marrom três portas depois do café.

Ao meio-dia, ela ligou para Murphy e implorou para que trocassem de lugar enquanto ela fazia uma pausa rápida para ir ao banheiro.

Às 12h30, o homem estava de volta, ainda ao telefone, acompanhado de um garotinho que parecia ter cerca de 6 ou 7 anos. Dessa vez, ele colocou uma sacola de roupa suja no banco de trás do carro antes de se afastar, seguido pelo menino, que não tirava os olhos de Murphy, ocupado fixando cartazes no estande de árvores de Natal.

Kerry observou enquanto seu irmão vendia uma das árvores menores para um jovem casal que a amarrou em cima de um carrinho de bebê. Ele passou trinta minutos conversando com uma mulher mais velha vestida com um casaco de pele, e Kerry ficou impressionada com o quanto ele parecia animado, conversando com uma estranha.

Às 16 horas, o celular dela tocou.

— Ei, você pode vir ficar no estande por quinze minutos? Tenho que entregar uma árvore a um cliente.

— E se o cara tirar o carro enquanto você estiver fora?

— Então você coloca os cones na vaga e não deixa ninguém estacionar lá — disse Murphy.

— Os preços são de acordo com a cor das fitas amarradas nas árvores — instruiu Murphy. — Vermelha é a mais cara, são mil e oitocentos dólares para uma árvore de quatro metros. As mais baratas são essas pequenas, que são árvores de mesa, e custam sessenta dólares. Está tudo nos cartazes. — Ele desamarrou o avental com bolsos que estava usando e entregou a ela. — Tem dinheiro suficiente aqui para troco. Se alguém quiser comprar com um cartão de crédito ou débito, terá que esperar até eu voltar, porque preciso levar meu telefone comigo.

— Espera. Temos árvores que custam quase dois mil dólares? — perguntou Kerry.

— Sim. Mas há apenas quatro, bem, três agora, porque vendi uma mais cedo e o filho dela virá buscá-la esta tarde. Eu preciso ir.

Ele colocou uma árvore de um metro e oitenta no ombro, enroscou uma guirlanda em volta do pulso e saiu.

Era bom estar fora da caminhonete. Kerry fez sua primeira venda, uma árvore de um metro e vinte para uma mulher ruiva de trinta e poucos anos com uma criança a tiracolo.

— Quando o Murphy voltar, peça para entregá-la na minha casa. Meu nome é Skylar. Ele sabe onde eu moro.

Vinte minutos depois, quando o irmão voltou, o Mercedes ainda não havia saído do lugar.

— É melhor pegar algo para comer agora — recomendou ele.

— O dono desse carro terá que movê-lo na próxima hora, ou correrá o risco de ser multado, então você precisa estar pronta.

Kerry estava com mais fome do que imaginava. Mas a Anna's estava fechada, então ela atravessou a esquina até uma mercearia chamada Happy Days, comprou um grande saco de Doritos picante e um café extragrande que tinha gosto de queimado.

Ela se sentou atrás do volante da caminhonete, devorando o salgadinho sem tirar os olhos do Mercedes, desejando que ele desocupasse a vaga.

Minutos se passaram. As pessoas passeavam pelo estande, parando para acariciar Queenie ou examinar as árvores. A temperatura caiu e ela ligou a caminhonete por dez minutos para se deleitar com o aquecedor, observando ansiosamente o medidor de combustível, que mostrava que ela só tinha um quarto do tanque.

Seu telefone tocou.

— Como estão as coisas? — perguntou Birdie.

— Esplêndidas — disse Kerry. — Estou congelando na caminhonete, esperando que um cara tire seu Mercedes para que possamos estacionar o Spammy perto do estande e ligar a eletricidade. Enquanto isso, tenho devorado carboidratos como se não houvesse amanhã e os roncos de Murphy não me deixaram dormir a maior parte da noite passada.

A mãe riu.

— Igualzinho ao pai. Eu tinha esquecido como Jock ronca alto. Agora entendo por que Brenda deu o fora.

— Como está o papai?

— Irritado. Joguei os cigarros dele no lixo e tenho feito ele se levantar e andar pela casa a cada duas horas. E ele está inchado. Os analgésicos causam prisão de ventre...

— Informação demais — interrompeu Kerry depressa.

— Foi você quem perguntou.

— Ei, mãe, você se lembra do Lombardi's?

— O restaurante italiano na esquina? É claro. Costumávamos jantar lá todos os sábados à noite. Ainda existe?

— Sim. É a neta quem comanda junto com um primo. Ontem à noite, eu estava sentada ao balcão, tomando sopa, e tive uma lembrança de quando era criança, de uma senhorinha que me mostrou como enrolar meu espaguete com a ajuda da colher.

— Anna. A dona. Ela mimava você, enchia seus bolsos de biscoito amaretto. E Matteo, o marido...

Kerry observava a atividade do outro lado da rua enquanto sua mãe relembrava. O homem alto de jaqueta acolchoada estava de volta.

— Tenho que ir, mãe — disse, desligando. Ela correu pela rua, desviando do trânsito.

O homem de jaqueta acolchoada estava agora sentado no carro, falando ao telefone.

— Com licença — disse ela, batendo na janela do lado do motorista com o punho. Ele olhou para ela e levantou um dedo, como se dissesse: *Espere. Ao contrário de você, sou um CEO/astro do rock/agente secreto misterioso, presunçoso e ocupadíssimo.*

— Ei! — gritou Kerry. — Você vai mover este carro ou só vai usá-lo como cabine telefônica?

Os olhos dele se estreitaram e ele abaixou o telefone, e então o vidro.

— Algum problema?

— Com certeza temos um problema. Estou esperando por esta vaga desde ontem. Já fui multada duas vezes e fui abordada por um tarado que parece achar que estou fazendo programas no meu trailer. Estou vivendo à base de Doritos murcho e café queimado, então meu nível de açúcar no sangue está baixo, minha bexiga está doendo e estou desesperada para fazer xixi, então preciso que você tire este carro. Tipo, agora.

O cara da Mercedes tirou os óculos aviador espelhados e olhou para ela de cima a baixo.

Não era uma imagem bonita, Kerry sabia. Seu longo cabelo castanho estava oleoso, então ela o enfiou sob um boné que encontrou no trailer. Tinha olheiras profundas e vestia as mesmas roupas sujas havia dois dias.

Naturalmente, o homem do Mercedes tinha olhos azuis da cor do mar do Caribe, uma barba por fazer contornando o queixo na medida certa e aqueles cílios iguais aos do Bambi que Deus sempre desperdiçava em homens que já tinham atributos demais.

— Por que não encontra outra vaga para estacionar? A cidade está cheia delas. — O vidro começou a deslizar para cima, e ele voltou ao seu telefonema de agente secreto com um aceno desdenhoso em sua direção.

Kerry não ficou orgulhosa com o que fez a seguir. Ela bateu no capô do carro com os punhos e chutou os pneus.

— Eu. Preciso. Dessa. Vaga — gritou, sua fúria transbordando como um rio represado. Ela começou a bater na janela do lado do motorista, mas, de repente, sentiu um braço grosso envolver sua cintura e levantá-la do chão.

— Ei! Ei, irmãzinha!

Ela virou a cabeça. Era Murphy, que tinha ouvido a confusão.

— Calma, Kerry — pediu. Ele a colocou no chão. — Controle-se, está bem?

O homem do Mercedes tinha saído do carro.

— Murph, você conhece essa lunática?

— Receio que sim — disse Murphy. — Patrick McCaleb, esta é minha irmã mais nova, Kerry. Ela está... hmm... exaltada porque estávamos esperando esta vaga. Você sabe, porque é onde sempre estacionamos o trailer, na frente do estande de árvores de Natal.

Patrick olhou para o estande e depois para o trailer. Ele deu um tapa na testa.

— Ah, cara. Desculpa. Claro, vocês sempre estacionam aqui. A culpa é minha. Você devia ter me dito isso antes. Estou me sentindo péssimo!

— Eu teria falado se soubesse que este carro era seu — disse Murphy. — Mas... você se importa de tirar? Precisamos estacionar o trailer aqui para que possamos conectar o cabo de eletricidade no café.

— Estou tirando agora mesmo — prontificou-se Patrick. — E peço desculpas. — Ele estendeu a mão, coberta por refinada luva de couro, para Kerry, cujas pontas dos dedos estavam manchadas de laranja por causa do Doritos.

— Sim, eu também sinto muito — disse Kerry, limpando as mãos na calça jeans. — Acho que perdi a cabeça. Prazer em conhecê-lo, Patrick.

— Igualmente — disse Patrick. Ele entrou no Mercedes, deu a partida e saiu.

5

Murphy fez uma fogueira em um tambor de aço que servia de lixeira, alimentando o fogo com galhos podados dos abetos e um estoque de lenha que ele trouxera em sua caminhonete. Kerry parou em frente ao fogo, estendendo as mãos para perto do calor.

— Ok, estou indo para a cama agora — anunciou o irmão. Ele entregou a ela o celular conectado ao dispositivo de leitura de cartão de crédito. — Se alguém quiser que a árvore seja entregue, anote o endereço e o número de telefone. Entendeu?

Queenie abanou o rabo peludo e se moveu para o lado de Murphy, que estendeu a mão, com a palma para baixo.

— Fica, garota. Fica com a Kerry.
— Espera. Você conhece aquele cara?

Murphy bocejou.

— Qual cara?
— Patrick. O cara da Mercedes.
— Sim. Ele é legal. Mora no bairro. Trabalha em algum tipo de escritório.
— Eu o vi com um garoto mais cedo. É o filho dele?
— Sim, é o Austin. Eu já vou. Me acorde às nove e eu assumo o turno da noite.

Murphy entrou no trailer e fechou a porta. Logo os roncos começaram.

O movimento estava fraco. Um adolescente ruivo e magro deslizou para o estande em seu skate. Ele se demorou examinando as árvores, levantando cada uma, andando ao redor, cantarolando baixinho.

— Que tipo de árvores são essas?

— Abetos-de-fraser — disse Kerry.

O skatista ergueu uma árvore de noventa centímetros com uma fita amarela amarrada a um galho.

— Quanto custa esta?

Kerry apontou para o cartaz.

— Sessenta dólares.

— Sério? Cara, eu posso comprar uma artificial por metade disso.

— Está bem. — Ela voltou para o livro. — Vá comprar uma árvore artificial, então, cara.

Ele estendeu uma nota de vinte dólares amassada em direção ao rosto dela.

— Aqui.

— Não — disse ela. — São sessenta. Não quarenta, nem vinte.

— Surreal — rebateu o garoto. — Aposto que nem é orgânica.

Ela suspirou e olhou para ele.

— Minha família cultiva esses abetos em uma fazenda na Carolina do Norte. Planta os pequenos brotos e cuida até que virem mudas, depois as transplanta, fertiliza e poda. Leva sete anos para cultivar uma árvore desse tamanho. Dá trabalho. Em maio passado, tivemos uma geada tardia. Perdemos muitas árvores, o que significa que perdemos muito dinheiro. Meu irmão cortou e enfardou esses abetos na semana passada e as transportou até aqui, mas meu pai não pôde vir porque teve um ataque cardíaco recentemente. Se você quiser uma árvore artificial com certificação orgânica feita em uma fábrica no exterior que explora trabalhadores estrangeiros, vá comprar uma. Mas, enquanto isso, é melhor você ir embora.

— Uau. Que grossa! — reagiu o garoto, guardando o dinheiro no bolso. Ele chutou a árvore que estava examinando e riu quando ela caiu na calçada.

Queenie, que descansava aos pés de Kerry, levantou-se e deu um rosnado baixo e ameaçador.

O garoto saiu montado em seu skate.

— Com certeza você é irmã de Murphy.

Ela se virou e viu que Patrick, o homem da Mercedes, havia se aproximado enquanto ela conversava com o garoto ruivo.

— Desculpa. Eu não tenho dormido direito, e ele estava me irritando demais.

— Ei, tudo o que você disse a ele sobre o cultivo de abetos para o Natal é verdade mesmo? — Patrick virou a cabeça e espirrou, depois espirrou novamente.

— Com certeza — disse Kerry. — Quero dizer, não passo muito tempo na fazenda, mas é um trabalho feito com muito amor e dedicação pelo meu pai e irmão.

— Sinto muito pelo Jock — disse Patrick. Ela notou que os olhos dele estavam vermelhos e lacrimejantes.

— Os médicos dizem que ele vai ficar bem. Se minha mãe não o matar enquanto cuida dele. Falando nisso, você está bem?

Ele fungou.

— Não se preocupe, não é um resfriado. Sou alérgico ao pólen. Especialmente pólen de coníferas.

— Uau, então acho que você está no lugar errado.

Ele sorriu e esfregou os olhos.

— Anti-histamínicos geralmente ajudam. — Ele olhou ao redor. — Mas é que são muitas árvores.

— Uma carreta inteira delas — disse Kerry. — Papai perdeu mais de cem árvores de bom tamanho por causa da forte geada em maio.

— Eu pensava que esse tipo de árvore pudesse suportar bem o frio — disse Patrick, olhando para a minifloresta que os cercava.

— Normalmente aguentam, mas quando começa a aquecer na primavera, as árvores passam a brotar novos galhos, e então tivemos essa onda de frio prolongada com fortes geadas, e o frio se concentrou nos campos na parte mais baixa da fazenda. Parecia que todas tinham sido queimadas.

— Que interessante — disse ele.

— Sério? — Kerry encolheu os ombros. — Sempre achei que fosse um tanto entediante. Somos o condado que mais cultiva abetos no estado da Carolina do Norte, que é o segundo maior produtor do país, depois de Oregon.

— Suponho que você não se interesse por agricultura?

— Não — disse ela, com rapidez.

— Se importa que eu pergunte qual sua área? — Ele tinha uma espécie de gentileza à moda antiga que Kerry achou fascinante, ainda mais em um sujeito com ares de agente secreto e astro do rock.

— Sou diretora de arte de uma agência de publicidade — disse ela. — Era diretora de arte. Atualmente, sou o que meu pai chama de semidesempregada.

— Então foi por isso que você ramificou sua carreira para a venda de árvores de Natal? — Ele riu do próprio trocadilho e Kerry não conseguiu evitar o sorriso.

— Estou aqui porque minha mãe fez com que me sentisse culpada em não ajudar Murphy. Mamãe e eu costumávamos vir também, até que ela e Jock se separaram quando eu tinha 7 anos. É preciso um mínimo de duas pessoas para administrar o estande, e alguém tinha que trazer o Spammy. E como meu pai está se recuperando de uma cirurgia cardíaca, sobrou para mim.

— Sua mãe está cuidando do seu pai? — Ele ergueu uma sobrancelha. — Que civilizado.

— Você entenderia se conhecesse a Birdie — disse Kerry.

— Não consigo imaginar minha ex fazendo algo assim por mim — comentou Patrick.

— Há quanto tempo está divorciado? Se não se importa que eu pergunte — acrescentou ela apressadamente.

Ele enfiou as mãos nos bolsos.

— Ficamos separados por um ano, o divórcio saiu há um ano.

— Sinto muito.

— Finalmente resolvemos as coisas, eu acho. Pelo menos, no que diz respeito a Austin.

— Que bom — disse Kerry.

— Pat?

Uma mulher apareceu na calçada a poucos metros de distância. Ela puxava uma mala de rodinhas.

— Estou indo. Coloquei as roupas de Austin na secadora, mas não consigo encontrar o livro da biblioteca.

— Já está na bolsa dele para amanhã — respondeu Patrick.

A mulher tinha compleição pequena, com cabelos longos e escuros.

— Você dará jantar para ele, certo?

— Alguma vez deixei de alimentar meu filho? — retrucou ele, parecendo ofendido. — Nos vemos na quinta.

— Eu te disse, só volto na sexta-feira. Está na sua agenda. Você nunca checa sua agenda?

— Só todos os dias. Até sexta-feira, então.

A mulher assentiu e caminhou pelo quarteirão, suas botas de salto alto ecoando na calçada.

Ele a observou partir e suspirou.

— Sua ex? — arriscou Kerry.

— Gretchen. O divórcio foi ideia dela, mas ela fica brava comigo por razões que só ela e a terapeuta entendem.

— Mas ela vem à sua casa e lava as roupas dele? — perguntou Kerry.

— Nossa casa. — Ele fungou. — Ou a casa de Austin, para ser mais exato. Ele é um garoto sensível. Depois que nos separamos, ambos concordamos que era melhor para ele ficar na casa onde sempre morou. Então, em vez de ele ir da minha casa para a da mãe, ele fica em casa e somos nós que nos revezamos. Gretchen viaja a trabalho, então esta semana ficarei aqui até sexta-feira.

Kerry não pôde evitar a curiosidade sobre um acordo de guarda tão incomum.

— Mas então você vai para onde?

— Tenho um pequeno apartamento no Soho — disse ele, e então checou seu relógio. — É melhor eu ir andando. Nossa vizinha cuida dele sempre que precisamos, mas está ficando tarde. — Olhou ao redor do estande.

— Austin está fascinado por este lugar. Ele acha que é uma floresta mágica.

— Diga a ele que é bem-vindo para ficar conosco sempre que quiser — disse Kerry.

— Ah, não se preocupe com isso. Ele estará aqui amanhã, assim que chegar da escola — disse Patrick. — Seu irmão é o herói dele.

6

Kerry, acorde!

Ela abriu um olho. O irmão estava inclinado sobre o beliche com o rosto a centímetros do dela em meio à penumbra do trailer. Ele cheirava a bacon. E meias sujas.

— Hein?

Ele a sacudiu pelos ombros.

— Vamos, levanta agora. Já deixei você dormir um pouco mais, mas já passou das sete. Eu tenho que conectar o cabo de eletricidade esta manhã, e não posso fazer nada com você aqui.

Ela empurrou o saco de dormir e os cobertores, sentou na beirada do beliche com as pernas dependuradas e tremeu de frio. Murphy saiu pisando duro, seus passos chacoalharam o trailer.

— Anda logo — gritou ele por cima do ombro.

Rapidamente, ela vestiu três camadas de roupas e calçou as botas.

Ao se olhar no pequeno espelho ao lado do banheiro desativado, ela se assustou com a própria imagem. Precisava dar um jeito de tomar um banho e lavar o cabelo, de qualquer maneira.

Ela bateu à porta da padaria e uma jovem na casa dos 20 anos a deixou entrar.

— Você é a irmã do Murphy, não é? Sou a Lidia, já vou trazer o café — disse a garota. Kerry assentiu e continuou caminhando em direção ao banheiro para escovar os dentes e lavar o rosto.

Minutos depois, ela saiu, sentindo o delicioso aroma do café.

Lidia lhe entregou uma xícara de café e Kerry adicionou um sachê de açúcar e um pouco de creme. Segurou a xícara com as duas mãos, deixando o calor penetrar em seus ossos gelados.

— Quer comer alguma coisa? — questionou a garota.

Kerry olhou para a vitrine.

— É pão de banana? — perguntou, apontando para a prateleira de cima.

— Sim.

— Vou querer uma fatia.

— Quer que eu aqueça na torradeira? — perguntou Lidia.

— Eu quero que você me aqueça na torradeira — brincou Kerry.

Ela se sentou perto da janela de frente para a calçada e observou enquanto Murphy e Danny, o bartender, passavam um grosso cabo de extensão pela janela do porão do café Lombardi's, atravessando-o pela calçada até conectá-lo na lateral do trailer. Em seguida, Murphy fixou o cabo no chão com uma larga fita adesiva refletiva. Então, ele se levantou e fez um sinal de positivo para Danny.

Às 9 horas, Kerry havia vendido sua primeira árvore, de um metro e oitenta, para uma mãe estressada com duas crianças pequenas espremidas em um carrinho duplo. A mulher estava agachada na calçada, inspecionando a base da árvore para garantir que estava reta, quando, pelo canto do olho, Kerry viu uma das crianças, provavelmente com pouco mais de 2 anos, escapar pela lateral do carrinho e correr em direção à rua.

— Ei! — Kerry largou a árvore e correu atrás da criança, puxando-a pelo capuz do casaco acolchoado momentos antes de um táxi amarelo passar em alta velocidade.

— Nãããão! — O rosto do menino ficou vermelho de raiva, e ele bateu nos joelhos de Kerry com os punhos enluvados enquanto ela o conduzia de volta ao carrinho.

A mãe pegou a criança no colo.

— Ah, meu Deus, Oscar! — exclamou a mulher, abraçando o menino contra o peito. Ela olhou para Kerry. — Obrigada.

O pequeno Oscar ainda estava chorando, lágrimas e muco escorrendo por seu rosto, enquanto a mãe entregava a Kerry três notas de cinquenta dólares.

— Vou pedir para o meu marido vir buscar a árvore quando ele chegar do trabalho esta noite.

— Oh-oh. — Kerry apontou para o carrinho, onde o outro garotinho já estava com um pé para fora, pronto para sua fuga.

— Elmo! — A mulher correu e gentilmente ajeitou a criança de volta no carrinho. — Vamos para casa agora. — Ela colocou Oscar na cadeirinha de trás, olhou para Kerry e revirou os olhos.

— Gêmeos, todos disseram que seria tão divertido! Aos quarenta! Que delícia. — Ela virou o carrinho e saiu apressada.

Duas horas se passaram sem nenhuma venda. Murphy se ocupou varrendo agulhas de abeto caídas e organizando as árvores de Natal por preço. Finalmente, às 11 horas, ele deu um enorme bocejo.

— Vou tirar um cochilo — disse a Kerry. — Você dá conta de tudo, não é?

Ela olhou em volta, em pânico.

— Agora? E se alguém tiver dúvidas, ou quiser uma entrega ou...

— As segundas-feiras são sempre paradas. O movimento só vai melhorar no final da tarde. Se vira — disse ele com firmeza. — Estou acordado desde as cinco e preciso dormir um pouco. Se quiser se ocupar, pode pendurar as luzes do vovô do lado de fora do Spammy. Elas estão em uma caixa na carroceria da minha caminhonete. — Ele apontou na direção de Queenie, que estava sentada em silêncio no cobertor dobrado que lhe servia de cama. — E ela vai precisar de um passeio daqui a mais ou menos uma hora.

— E quem vai cuidar do estande?

Mas Murphy já havia entrado no trailer.

O tempo se arrastava. Entediada, Kerry pegou a caixa de plástico na carroceria da caminhonete do irmão. Suspirou ao ver o conteúdo: um emaranhado de luzes natalinas multicoloridas antigas.

Com a ajuda de um rolo de fita adesiva e uma escada, ela passou a hora seguinte desemaranhando os fios e enfeitando a silhueta arredondada do trailer com as lâmpadas grandes e ovaladas. E só parou quando tinha usado os onze cordões. Finalmente, deu um passo para trás, prendeu a respiração e conectou o último fio no cabo de extensão.

— É o milagre das luzes — disse ela a Queenie, que se aproximou para investigar o trabalho de Kerry. — Nem uma única lâmpada queimada!

— Está bem, garota — concordou, quando a cachorra gentilmente cutucou sua mão com o focinho. — Eu também preciso esticar minhas pernas. — Ela prendeu uma corda elástica nas duas entradas do estande, pendurou o aviso de FECHADO e conectou a guia em Queenie, amarrando um saquinho plástico na ponta.

Elas caminharam pela rua, atravessaram o semáforo e continuaram andando até que ela avistou um pequeno parque para cães. Queenie fez suas necessidades rapidamente. O sol brilhava e Kerry estava feliz por ter uma desculpa para explorar o bairro.

No caminho de volta, ela parou na mercearia que ficava na calçada oposta ao estande, comprou uma modesta tigela de sopa de frango com macarrão e voltou para o estande para almoçar.

As pessoas passavam apressadas e mal olhavam para as árvores. Entediada, Kerry foi até a caminhonete e pegou um bloco de anotações e um lápis que lembrava ter visto guardado no quebra-sol do lado do passageiro.

Ela começou a rabiscar em uma página em branco, fazendo um rápido esboço de Queenie, que, fiel ao seu nome, sempre conseguia parecer uma rainha, mesmo deitada em um cobertor de feltro imundo em uma rua suja, a cabeça delicadamente pousada sobre as patas.

Kerry estudou Queenie, notando pela primeira vez a mancha de pelo marrom em forma de coração em seu focinho e os longos tufos que se projetavam de suas sobrancelhas.

— Com licença?

Ela levantou os olhos.

A mãe dos gêmeos estava de volta.

— Acho que Oskie talvez tenha deixado cair a pepê quando estivemos aqui mais cedo.

— Pepê?

— A chupeta dele — disse a mulher. — Ele não dorme sem ela...

Kerry colocou o desenho de lado e deu duas voltas pelo estande. Finalmente, ela viu um brilho prateado debaixo da base de uma das árvores, e se abaixou para pegá-la.

Enquanto ela procurava, os gêmeos tinham saído do carrinho e estavam agachados, afagando a cabeça e o pescoço de Queenie, que parecia estar adorando toda a atenção.

— É esta? — Kerry perguntou, segurando a chupeta pelo anel prateado.

— Ah, graças a Deus — disse a mulher.

— Meu! — Oscar pegou a pepê.

— Espere! — disse a mãe bruscamente. — Temos que lavá-la primeiro. Estava no chão.

Kerry pegou uma garrafa de água debaixo da mesa de jogos que servia como caixa do estande e entregou à mãe.

A mãe abriu a garrafa rapidamente e despejou água sobre a chupeta.

— Vai ter que servir — disse ela baixinho, antes de entregar a pepê ao filho.

Oscar enfiou a chupeta na boca e sugou com entusiasmo.

— Você me salvou — disse a mulher. — Então, você é a namorada de Murphy?

— A irmã dele — corrigiu Kerry apressadamente. — Você conhece meu irmão?

— Ah, claro. Sempre compramos nossas árvores no estande dos Tolliver. — Ela estendeu a mão e Kerry a apertou. — Meu nome é Taryn Kaplan. Moramos logo ali, no número 110.

— Prazer em conhecê-la — disse Kerry. — Atualmente moro naquele trailer com meu irmão, que ronca como um urso pardo. — Ela apontou para Spammy.

Taryn deu um sorriso simpático.

— E aposto que Murphy não disse que sempre deixamos uma chave para vocês para que possam tomar banho enquanto estiverem na cidade.

Os olhos de Kerry se arregalaram.

— Sério? Eu mataria por um banho quente agora.

Taryn enfiou a mão no bolso da jaqueta e estendeu um chaveiro de latão.

— Moramos no segundo andar, apartamento 4. É só interfonar que eu abro a porta do prédio para você. Vá a hora que quiser.

— É muita gentileza de sua parte — disse Kerry. Ela olhou para os gêmeos. Oscar estava aninhado ao lado de Queenie no cobertor, os olhos meio fechados, sugando alegremente a chupeta, enquanto Elmo tinha voltado para o carrinho.

— Oh-oh, hora de levar esses pestinhas para uma soneca — disse Taryn.

— Espera! — Kerry tirou o telefone do bolso e fez uma série de fotos dos dois meninos.

— Será que você se importaria? Eles são tão fofos, eu estava pensando que adoraria desenhá-los.

— Você é artista plástica? — Taryn não se preocupou em esconder a surpresa.

— Ahh, não. Na verdade, não — apressou-se Kerry. — Quero dizer, eu fiz faculdade de artes, mas minha carreira é em design gráfico. Eu não desenho há séculos, mas já que tenho tempo livre...

Taryn suspirou.

— Tempo livre? Como é isso, mesmo?

Kerry estudou a foto que tirou de Oscar, aninhado ao lado de Queenie. Desenhou a curva da bochecha do garotinho, os longos cílios, o arco do lábio superior pressionado ao redor da chupeta. Ela se inclinou para trás, suspirou e usou a borracha do lápis no desenho da chupeta. Estava destoando do restante. Ela trabalhou por mais uma hora, desenhando, apagando, sombreando, até que enfim desistiu e voltou ao esboço de Queenie.

Estava muito enferrujada em algo que já foi tão fácil para ela. Quando criança, Kerry sempre tinha um bloco de desenho, lápis, aquarelas e pincéis à mão.

Ela tinha poucos amigos e preferia passar o tempo desenhando ou lendo os livros de arte que sua mãe retirava na pequena biblioteca pública de Tarburton. Seus colegas de classe não eram maus com ela, apenas não entendiam uma criança como Kerry. Sua família também não a compreendia.

— Você precisa sair, tomar sol — dizia Jock, nas raras visitas da filha à fazenda. — Não é certo passar todo o seu tempo com o nariz enfiado em um livro.

Kerry sabia que não deveria discutir, então ela se escondia no celeiro, onde subia até o palheiro e pegava o bloco de desenho que mantinha guardado lá, junto com seu precioso exemplar de *A Teia de Charlotte*, de E. B. White. Embora amasse a história, o que realmente a fascinava eram as deslumbrantes ilustrações em tinta e grafite de autoria de Garth Williams retratando Wilbur, Charlotte, Fern e até mesmo Templeton, o rato. Ela passava horas deitada no feno, estudando a maneira como o artista conseguia transmitir emoção no rosto de um porco.

Ela olhou novamente para Queenie e examinou o esboço, usando a borracha mais uma vez.

A voz de um homem interrompeu sua concentração.

— Você não é ruim em desenhar cães, mas realmente não sabe nada sobre desenhar pessoas, sabe?

Kerry olhou na direção da voz. Estava tão absorta em seu desenho que não notou o senhor parado diante dela examinando seu desenho. Instintivamente ela o cobriu com a mão livre.

— O que foi? Está com vergonha?

O homem vestia um casaco de lã pesado que parecia empoeirado fechado até o queixo. Um cachecol vermelho de lã envolvia seu pescoço, e ele usava um surrado chapéu fedora de tweed. Seu rosto era um mar de rugas e ele ostentava bigode e cavanhaque brancos com aparência descuidada. Era magro, quase ao ponto de emaciação, e seus ombros eram arqueados em uma curva permanente.

— É apenas um rabisco — falou Kerry, fechando a capa de papelão do caderno.

— É — disse ele, com um tom desdenhoso. — Rabisco é uma palavra muito boa para isso.

— Você está interessado em uma árvore de Natal? — perguntou ela.

— Eu só estava de passagem. — Sua voz era grave, com uma pitada de sotaque. Tocou na aba do chapéu. — Continue tentando. — Ele se afastou, com passos hesitantes e a bengala com ponta de metal tilintando contra a calçada.

7

Kerry examinou seu esboço novamente. Suspirou. A crítica do irritante senhor era irritantemente válida. Ela conseguiu capturar a essência de Queenie, mas sua representação do pequeno Oscar era estranha, até um pouco desengonçada. Ele parecia rígido e não humano, mais como um brinquedo do que uma criança.

Ela sempre teve dificuldades em desenhar pessoas, mal conseguia tirar notas suficientes para passar na matéria de desenho anatômico em sua época de faculdade. Ela virou a página do bloco e recomeçou, desta vez criando os traços gerais da criança primeiro.

— O que tá fazendo?

Era Austin, filho do Patrick. O garoto vestia o uniforme de uma escola particular; blazer azul com um emblema bordado no bolso, uma camisa branca um tanto amassada e calça cáqui. Carregava uma mochila vermelha pendurada no ombro e bebia um suco de caixinha.

— Estou tentando fazer um desenho — explicou Kerry. O rosto do menino a fascinou instantaneamente. Os olhos azul-escuros contornados por longos cílios escuros e uma pequena constelação de sardas salpicava o nariz arrebitado e as bochechas alvas. O cabelo loiro escuro era bem curto com franjas cuidadosamente penteadas para trás com um pouco de gel.

Kerry olhou ao redor do estande. Não havia mais ninguém.

— Alguém sabe que você está aqui sozinho?

Austin apontou para o prédio do lado esquerdo do Lombardi's.

— Não estou sozinho. Meu pai tá lá em cima. Ele fica olhando pela janela. Não tenho permissão para atravessar a rua nem falar com estranhos.

— E eu não sou uma estranha? — perguntou ela, levantando uma sobrancelha.

— Não. Meu pai disse que você é legal.

Kerry sentiu o rosto corar.

— Porque você é irmã do Murphy — acrescentou Austin. Ele apontou para o trailer, de onde o irmão de Kerry estava saindo. O rosto sério do menino se iluminou. — Oi, Murphy!

Murphy se alongou, girou um ombro, depois o outro.

— Ah, ei, Austin. E aí? Você foi expulso da escola?

— Não! — O menino riu. — A aula acabou. Meu pai disse que eu podia te ajudar.

— Legal. — Murphy balançou a cabeça. — Eu estava mesmo pensando que seria bom termos mão de obra barata por aqui. Não é, Kerry?

— Com certeza. — Ela fechou o bloco.

— Bom trabalho com as luzes de Natal — elogiou Murphy, olhando ao redor. — Mas parece que você não vendeu muitas árvores. Talvez o Austin devesse ser nosso gerente de vendas.

— Por mim, tudo bem — disse Kerry. — Vendi uma árvore. Para Taryn Kaplan. Ela disse que o marido virá depois do trabalho para buscá-la. E ela também disse que podemos tomar banho na casa dela. Algo que talvez você tenha se esquecido de me avisar?

— Ah, sim — Murphy disse em um tom despreocupado. — Ela deixou a chave?

— Deixou — disse Kerry. — E esta noite pretendo tomar o banho mais quente e demorado do mundo.

— Que bom. — Ele olhou o relógio. — Quase quatro da tarde. O movimento deve começar a aumentar em breve. Ele apontou para uma pilha de galhos que havia aparado das árvores, e depois para uma caixa de madeira sob a mesa do caixa. — A tesoura de poda e o arame estão lá. Os rolos de fita também. Talvez você pudesse fazer mais algumas guirlandas. Você se lembra de como fazer, não?

Kerry revirou os olhos. Quando era adolescente, ela e Birdie montavam as guirlandas natalinas que Jock e Murphy vendiam durante a temporada em Nova York, prendendo os galhos piniquentos de abeto com arame até criar longos festões. Alguns eram enrolados em guirlandas, e depois enfeitados com bagas de zimbro azul, azevinho vermelho e pau-de-sebo branco colhidas da floresta ao redor da fazenda de árvores. Em um bom ano, Jock pagava cinco dólares por peça, dinheiro que ela guardava avidamente para comprar as roupas e a maquiagem que Birdie não podia (ou não queria) comprar.

— Acho que consigo me lembrar — respondeu arrastando as palavras. Kerry pegou o material.

— O que eu posso fazer? — gritou Austin.

Murphy pegou um grande saco de plástico preto da traseira de sua caminhonete.

— Aqui tem galhos de visco. Você pode cortar os raminhos com as bagas, fazer montinhos de três e prender com fitas vermelhas. E depois dar um laço. Você sabe fazer um laço, certo?

— Claro — disse Austin. — É muito fácil.

— Não coma nenhuma dessas bagas. Está bem? Elas são venenosas. E seu pai provavelmente ficará muito irritado comigo se tivermos que levá-la ao hospital em uma ambulância para fazer uma lavagem estomacal.

— Eu nunca entrei em uma ambulância — disse Austin, todo animado.

— E nem vai entrar se depender de mim — retrucou Murphy. — Nem pensar.

Kerry torceu o nariz quando viu o rolo de fita barata que Murphy entregou a Austin para amarrar os ramos de visco.

— Você não tem nada melhor?

— O que há de errado com essa?

— Onde você comprou essa porcaria? Em um posto de beira de estrada?

Ele deu de ombros.

— A gente usa a mesma fita há anos. Nunca reclamaram.

— Quanto você está cobrando pelas guirlandas atualmente?

— Vinte e cinco dólares, como sempre.

— Vou encontrar uma fita decente. Uma bela fita de gorgorão, mais larga e encorpada. Você trouxe mais alguma folhagem, como as que mamãe e eu costumávamos usar?

— Olha, apenas faça as guirlandas e amarre a maldita fita. Não precisa ser nada chique.

Austin olhou inquieto de Murphy para Kerry, suas bochechas ficando coradas.

Ela deu um tapinha no ombro do garoto para tranquilizá-lo.

— Está tudo bem, Austin. Murphy não está bravo com você. Ele só não gosta de receber conselhos de uma garota.

8

No dia seguinte, quando ainda estava escuro e Murphy roncava em seu beliche, Kerry caminhou em direção ao mercado atacadista de flores que ficava a pouco mais de um quilômetro de distância. Tinha pesquisado na internet, sabia exatamente o que queria e onde conseguir.

Passeando alegremente pelas barracas de flores com um *latte* fumegante na mão, ela escolheu ramalhetes de eucalipto com sementes, vistosos ramos de azevinho com enormes bagas vermelhas e galhos de zimbro azul. Ela comprou arame verde próprio para flores e carretéis de fita de cores vistosas.

De volta ao estande, ela colocou seus materiais na mesa de jogos e começou a prender os ramos das novas folhagens nas guirlandas simples que havia montado no dia anterior. Quando Murphy saiu do trailer, ela tinha feito meia dúzia de guirlandas adornadas com os variados tipos de folhagem e as luxuosas fitas que comprara no mercado de flores.

— Onde você conseguiu isso? — comentou Murphy, olhando para as criações da irmã. — E quanto você gastou?

— Fui ao mercado atacadista. Gastei o necessário. — Ela terminou de colocar a fita de cetim dourada em uma guirlanda e a estendeu para que ele inspecionasse. — O que você acha?

— Quanto? — insistiu o irmão.

— Olhei a vitrine de uma florista renomada na avenida Greenwich. Ela vende guirlandas como esta por cento e cinquenta dólares, e as folhagens de lá não são nem de longe tão frescas quanto as nossas — disse Kerry. — Gastei cerca de vinte dólares em materiais para fazer estas, então essas primeiras

43

seis guirlandas vão custar noventa e nove dólares cada. E se não forem vendidas, eu posso reduzir o preço, certo?

Murphy encolheu os ombros e caminhou na direção da padaria, murmurando para si mesmo.

— Minha nossa! — Uma mulher em roupas de ginástica parou para examinar a guirlanda que Kerry acabara de terminar. — São todas lindas. Estão à venda?

— Sim, senhora — disse Kerry, deliberadamente enfatizando o sotaque sulista.

A mulher acariciou a fita de cetim dourada.

— Eu tenho portas duplas na minha entrada, então precisaria de um par delas. Você tem outra igual a esta?

— Posso fazer mais uma, levaria cerca de uma hora — disse Kerry.

— Perfeito — respondeu a mulher, radiante. — Estou a caminho da aula de pilates, mas posso parar aqui na volta. Aliás, quanto custam?

— Duzentos o par — disse Kerry, prendendo a respiração, torcendo para que a mulher não mudasse de ideia.

— Ok, fico com elas. — A cliente enfiou a mão no bolso de sua jaqueta Patagonia e tirou algumas notas dobradas. Separou quatro notas de cinquenta e as entregou a Kerry. — Meu nome é Lorna. Te vejo daqui a pouco.

Kerry estava enrolando uma fita xadrez tartan em torno de uma guirlanda de sessenta centímetros quando um homem alto e esguio se aproximou com um cachorrinho fofo preso à coleira. O homem vestia uma jaqueta bomber de couro marrom com um lenço da Burberry enrolado no pescoço e uma boina de tweed.

Queenie, que estava descansando em seu cobertor de feltro, aproximou-se e cheirou o cachorro com ares investigativos, e o cãozinho reagiu virando de barriga e se contorcendo na calçada.

— Oooh — disse o dono do cachorro, parando para observar o que Kerry estava fazendo. — É muito fofa. Ficaria divina pendurada em uma das portas de vidro da papeleira de mogno da avó do meu marido. Se eu a comprar, você poderia adicionar uma fita para pendurá-la?

— Claro — disse Kerry.

Ele inclinou a cabeça e pensou por um instante.

— Mas estou me perguntando se esse xadrez vermelho não vai contrastar com os tons de laranja e marrom do tapete. É um Usahk, muito antigo.

— Eu posso usar a fita que você quiser — Kerry se apressou em explicar. Ela ergueu o rolo de fita de cetim dourado. — Que tal esta?

— Simmmmm — disse ele, alongando a palavra e observando ao redor do estande. — Você é nova por aqui, certo? Não me lembro de Murphy e Jock vendendo guirlandas tão bonitas antes.

Kerry riu.

— Sou a Kerry, irmã do Murphy. Meu pai não pôde vir da Carolina do Norte este ano, então eu vim no lugar dele.

Ele apertou a mão dela.

— Então, bem-vinda ao bairro. Meu nome é John. — Ele apontou para o cachorro. — E esta é a Ruby.

Ela deu um latido curto e enfático, abanando o rabo com tanto entusiasmo que Kerry não conseguiu evitar o riso.

— Qual é a raça dela?

— Ela é uma mini goldendoodle mimada e muito pretensiosa — disse John. Ele enfiou a mão no bolso e tirou um pequeno cartão de visita. — Ela tem a própria conta no Instagram, caso goste desse tipo de coisa. A propósito, você vem no sábado à noite, certo?

— Sábado à noite?

— Nós, quer dizer, os moradores do nosso prédio, sempre fazemos uma festa de Natal no segundo sábado de dezembro. Algo simples, cada um leva um prato, sabe?

Ele apontou para o mesmo prédio de onde Kerry vira Patrick e Austin sair no dia anterior.

— Você tem que ir! E lembre ao Murphy também. Estamos contando que ele leve o dobro.

— O dobro? — Kerry olhou pela janela da padaria, onde seu irmão aparentemente esperava que o muffin de seu café da manhã fosse aquecido.

— É claro que temos que praticamente implorar para ele tocar, mas quando ele toca o dobro, aquele violão ressonador, é um músico realmente incrível. — John a encarou com um olhar curioso. — Isso é novidade para você?

— Mais ou menos — disse Kerry, sem querer explicar a complicada história de sua família.

— Bom, será por volta das seis. O traje é natalino festivo.

— Natalino festivo — repetiu ela. — E o que posso levar?

— Ah, não se preocupe com isso. Sempre temos uma quantidade absurda de comida.

— Vou pensar em algo para levar — disse Kerry com firmeza. — Sulistas nunca aparecem em um lugar de mãos vazias.

— Já sei — disse ele lentamente. — Talvez você possa levar algum tipo de arranjo de mesa? A Sra. Gaskins, do segundo andar, costuma levar uma de suas trágicas criações de bico-de-papagaio artificial, mas este ano ela foi visitar a filha na Flórida.

— Eu adoraria — prontificou-se Kerry. Ela hesitou por um momento. — Parece que você conhece a maioria das pessoas que moram no bairro.

— Eu deveria. Moramos aqui há vinte anos. Por quê? Tem alguém te importunando?

— Não, nada disso — explicou. — Eu estava desenhando mais cedo e um homem mais velho, usando um casaco preto grande e pesado, se aproximou e fez algumas críticas não solicitadas.

— Ele anda com uma bengala? Todo enrolado em um cachecol?

— Esse mesmo. — Ela balançou a cabeça.

— Ah, é o Heinz. Ele é rabugento, mas é inofensivo. Diga, quando você acha que minha guirlanda fica pronta?

— No fim da tarde — respondeu Kerry.

John olhou para Ruby, que agora estava rolando no chão roendo alguma coisa dura, marrom e peluda.

— Ruby, não!

— É só um esquilo morto — informou Kerry. — Acho que Queenie o encontrou no parque.

— Ruby, larga isso! — Ele puxou a coleira, mas a cachorra o ignorou.

A voz dele assumiu um tom severo, como um pai repreendendo um filho.

— Larga agora, mocinha.

Ruby sentou e deu um latido curto e alegre.

— Deixa comigo. — Kerry pegou um saco plástico, inclinou-se e habilmente tirou o esquilo do alcance de Ruby, depois o jogou no lixo.

— Ai, Deus — John gemeu. — Esquilos transmitem raiva?

— Acho que não — disse Kerry, rindo. — Você não vai querer saber o tipo de coisas mortas e nojentas que nossos cães encontram lá em casa. Gambás, esquilos, ratos...

— Ratos! — Ele apertou o peito horrorizado. — Deus me livre.

Ruby começou a cheirar em volta da lixeira, choramingando e puxando a guia.

— Vamos — disse John. — Vou te levar direto para o petshop para ser desinfetada. Até sábado, Kerry. E não se esqueça de dizer ao Murphy para levar o dobro.

9

Na quarta-feira de manhã, Kerry estava tomando café, sentada em sua cadeira dobrável na calçada, quando uma enorme carreta parou no cruzamento. Um operário de macacão marrom saltou e colocou alguns cones de trânsito na frente e atrás do caminhão.

Uma caminhonete se aproximou e estacionou atrás do trailer, de onde desceram mais dois homens; um alto e magro de macacão azul-marinho acolchoado e o outro mais baixo e robusto de calça jeans e moletom cinza desbotado. Os operários começaram a descarregar pilhas de compensado de madeira e ferramentas elétricas, e rapidamente passaram a erguer andaimes na calçada da Happy Days, a mercearia do bairro.

O ruído das serras elétricas e das pistolas de pregos logo despertou Murphy.

Ele saiu do trailer, vestindo apenas sua calça térmica, e piscou sob a luz do sol.

— O que diabos está acontecendo?

Kerry apontou para a obra do outro lado do cruzamento.

— Aquilo ali. Ainda não entendi o que eles estão fazendo.

— Eu entendi. — A expressão de Murphy era sombria. Ele voltou para o trailer, e quando reapareceu cinco minutos depois, estava vestido e pronto para a ação.

Ele atravessou a rua, esquivando-se de carros e ônibus enquanto corria.

— Ei! — berrou. — O que vocês acham que estão fazendo?

O homem alto e magro se virou, sorriu e cutucou o mais robusto.

— Vocês não podem se instalar aqui — gritou Murphy, sua voz cortante ecoava sobre o barulho do trânsito. — Esse quarteirão é nosso. É a nossa esquina. Sempre foi.

A voz do homem magro era surpreendentemente alta e estridente.

— Não mais, amigo. Você não é dono do quarteirão. Então cai fora. — Ele deu um passo à frente, brandindo uma tábua de madeira.

Murphy parou no meio da rua, com as mãos nos quadris, olhando para os operários, até que um táxi buzinou e ele recuou relutante para seu lado da rua.

— Quem são esses caras e o que eles estão fazendo? — perguntou Kerry.

— São os irmãos Brody — explicou Murphy, sentando pesadamente em sua cadeira dobrável. — Eles têm vários estandes de árvores no Brooklyn e no Upper West Side. São atacadistas, não sabem distinguir um pinheiro-escocês de um uísque escocês. Não estão se instalando aqui por acaso. Eles estão planejando tomar nosso ponto há anos.

Kerry suspirou, pegou uma vassoura e começou a limpar o estande.

Murphy bocejou.

— Vou tentar tirar mais um cochilo.

— Está bem.

Os irmãos Brody trabalharam rápido. No início da tarde, cartazes laranjas fosforescentes com letras grosseiras haviam sido pregados em cada canto do estande improvisado.

AS ÁRVORES MAIS FRESCAS DA CIDADE — $75
ENTREGA GRÁTIS!
TODAS AS ÁRVORES POR MENOS DE $100!
PREÇOS INSANOS, O GERENTE ENLOUQUECEU!

No meio da tarde, as pessoas lotavam o estande de árvores de Natal do outro lado da rua. Toda vez que Kerry olhava, alguém estava colocando uma árvore no carro, ou um dos irmãos estava saindo do estande levando uma árvore amarrada em um carrinho vermelho.

O movimento estava notavelmente mais lento no estande dos Tolliver. Kerry fez mais quatro guirlandas, usando todo o estoque de flores que havia comprado naquela manhã, e separou as que já estavam encomendadas. Tinha vendido um total de duas árvores, que seriam entregues por Murphy mais tarde.

Às 15 horas, ela estendeu a corda elástica pelas árvores na entrada do estande e pendurou um aviso com os dizeres VOLTO LOGO. Ela atravessou a rua para observar a operação dos Brody de perto. Caminhou pela mercearia, enchendo uma cesta de compras com itens aleatórios, parando perto da vitrine para examinar os concorrentes.

O irmão alto e magro andava apressado de um lado para o outro do estande, conversando com possíveis clientes, gesticulando loucamente enquanto negociava os preços. O irmão com gorro de Papai Noel estava relaxado em uma cadeira dobrável, olhando ociosamente para o celular enquanto fumava um cigarro.

Quando ela voltou ao seu posto, Murphy estava rondando o estande, recolhendo galhos caídos e olhando com raiva para os concorrentes do outro lado da rua.

— Pensei que estivesse dormindo — comentou Kerry, jogando um biscoito para Queenie comprado em sua excursão de compras/espionagem.

— Dormi um pouco, mas depois fiquei muito irritado. Onde você foi?

— Até lá — disse ela, apontando na direção dos Brody. — Queria dar uma olhada neles de perto. Sem dúvida, não estão pra brincadeira. Aposto que eles já venderam uma dúzia de árvores, enquanto eu só consegui vender duas.

— Aqueles babacas — rosnou Murphy. — Eles sabem que esta é a nossa esquina. Nossa rua. Tem sido assim há trinta anos. Não posso acreditar que os Sorensen deixaram eles montarem o estande em frente à Happy Days.

Kerry seguiu o olhar do irmão.

— O que podemos fazer a respeito?

— Nada. Claudia disse que o Sr. Sorensen praticamente se aposentou, então os filhos estão tocando o negócio. Eric Sorensen contou a ela que os Brody estão pagando dois mil por semana.

— Por que eles se mudariam logo para a frente de outro estande de árvores de Natal? — perguntou Kerry.

— Eles são babacas, mas não são burros. Esta esquina é uma localização privilegiada. Tem um movimento incrível de pedestres. Por isso papai escolheu a praça Abingdon na época. Há alguns anos, os Brody foram à associação de bairro, que administra o parque, para oferecer mais dinheiro do que nós pagamos para instalar o estande aqui. Felizmente, temos amigos no conselho da associação.

— Estava me perguntando como isso funcionava — disse Kerry.

— Fazemos uma generosa doação para a fundação responsável pelo parque — explicou Murphy. — Mantemos o lugar limpo e arrumado enquanto estamos aqui, e eles dizem gostar da atmosfera que criamos. Entende? Nada de letreiros bregas fosforescentes, esse tipo de coisa.

Ela assentiu, em concordância.

— Entendi.

— E é por isso que os Brody apareceram este ano. Para nos boicotar com preços baixos e tentar nos tirar do mercado.

— Então, o que fazemos agora?

— Fazemos o que sempre fizemos — disse Murphy. — Temos as árvores mais frescas e bonitas da cidade. Nossos clientes podem pagar mais pelo melhor. E eles gostam do fato de termos uma história aqui no bairro.

10

Chega — disse Kerry a Queenie, na manhã seguinte. — Hoje é o dia em que tomo um banho de verdade.

Queenie inclinou a cabeça, olhando para Kerry com uma expressão interrogativa, antes de retornar à própria rotina de higiene, que consistia em lamber delicadamente as patas.

Taryn Kaplan atendeu o interfone no primeiro toque.

— Kerry! Eu estava me perguntando quando você aceitaria meu convite.

— Cheguei em uma hora conveniente? — Kerry se sentiu inesperadamente tímida ao pedir um favor tão pessoal.

— Agora é perfeito. Os meninos estão na pré-escola, então eles não vão atrapalhar, e só estou retornando uns telefonemas.

— Ótimo — disse Kerry. — Então, eu já volto.

— Traga sua roupa para lavar se quiser — sugeriu Taryn.

— Ah, meu Deus, você é um anjo — disse Kerry em um tom afetuoso.

Ela encontrou Murphy, embrulhado como um burrito no saco de dormir, cochilando em sua cadeira dobrável do lado de fora do trailer. Kerry tocou o ombro do irmão levemente e ele acordou.

— Ei, e aí?

— Vou tomar um banho na casa dos Kaplan e aproveitar para lavar um pouco de roupa — disse ela. — Quer me dar alguma peça para lavar?

— Não. Mas não demore muito, ok? Preciso dormir de verdade.

Quando as portas do elevador se abriram no quarto andar, Taryn a esperava com a porta do apartamento aberta. Ela parecia incrivelmente glamourosa em um agasalho de veludo preto, com o longo cabelo preso em um coque alto; o rosto, impecavelmente maquiado, exalava frescor, o que fez Kerry se sentir ainda mais constrangida com a própria aparência desleixada.

— Por aqui — disse a anfitriã, apontando para um amplo corredor. O piso de madeira era pintado com uma padronagem de diamante em preto e branco, e as paredes eram repletas, do chão ao teto, de arte de todos os tipos: retratos, paisagens, naturezas-mortas, pinturas a óleo, desenhos a carvão, esboços, aquarelas e gravuras.

Elas pararam em frente a portas francesas acortinadas.

— Aqui é a lavanderia — disse Taryn, abrindo a porta para um cômodo longo e estreito. Em uma das paredes havia uma máquina lava e seca ao lado de uma mesa com uma pilha de roupas dobradas. O cômodo era quente e cheirava a alvejante e lavanda. — Fique à vontade, pode colocar suas roupas. — Ela abriu outra porta e apontou. — O banheiro de hóspedes. Acho que tem tudo o que você precisa.

Quando Kerry saiu do banheiro, com o rosto corado e relaxado depois do banho, ouviu a voz de Taryn ecoando nos fundos do apartamento. Ela caminhou descalça pelo corredor, atraída pela arte cuidadosamente organizada.

Estava tão absorta estudando uma pequena colagem abstrata de cores vívidas que não notou Taryn até que ela estivesse bem ao seu lado.

— Estava te procurando — disse Taryn. Ela apontou para a obra de arte que Kerry observava. — Você gosta desta peça?

— Adorei todas — respondeu Kerry. — As cores desta, esses tons intensos de azul e verde, realmente me atraem.

— A mim também — concordou Taryn. — Eu comprei em um pequeno mercado de rua na Grécia na época da faculdade, por cinco dólares. Sou transportada de volta para Mykonos toda vez que olho para ela.

O olhar de Kerry pousou sobre outra peça pendurada mais à frente, um estudo em pena e tinta de um jovem. Ele tinha uma testa alta e larga, cabelos ondulados, um nariz delicado e aquilino, olhos escuros e taciturnos, e lábios carnudos curvados em um sorriso hesitante. O retrato não estava assinado, exceto por uma silhueta abstrata de uma árvore no canto inferior direito.

— Eu amei este. Muito — disse Kerry. — É tão... evocativo. Tenho vontade de conhecer esse homem.

— É um dos meus favoritos — concordou Taryn. — Você acredita que eu o encontrei em uma pilha de lixo na rua na primeira semana em que nos mudamos para este prédio? Estava enrolado e preso com um elástico. Mal pude acreditar quando vi. Peguei sem hesitar e corri para mandar emoldurar.

— Quem jogaria fora algo assim? — questionou Kerry.

— Não sei. Mas tenho que admitir, toda vez que vejo uma pilha de lixo na rua aqui em frente, corro para olhar na esperança de encontrar outro tesouro. Meu marido fica louco com isso.

Uma campainha alta soou do corredor.

— É a minha roupa — disse Kerry.

11

Kerry estava curvada sobre o bloco de papel com um marcador preto de ponta fina, tão imersa em seu desenho que não percebeu que tinha companhia até que uma voz infantil a despertou do transe.

— O que está desenhando?

Ela ergueu os olhos. Austin estava ao lado da mesa, olhando fixamente para o esboço. Vestia seu uniforme escolar. Luvas vermelhas balançavam nas mangas do casaco, e as bochechas do garotinho estavam rosadas pelo frio.

Ela apontou para a barraca dos Brody do outro lado da rua.

— Eles.

Kerry observou enquanto o senhor idoso de casaco preto se aproximava. Hoje, ele havia acrescentado um lenço de seda desbotado ao seu traje, assim como uma boina de lã preta igualmente desbotada.

Queenie se levantou apressada, abanando o rabo, quando o homem chegou mais perto. O rosto enrugado do senhor se iluminou, e ele tirou um biscoito de cachorro do bolso do casaco, oferecendo-o na palma da mão aberta.

— Boa menina — elogiou ele, afagando as orelhas de Queenie.

— Então, o que está desenhando hoje, hein? — perguntou o senhor, olhando por cima da cabeça de Austin.

— Oi, Sr. Heinz — disse Austin. — Ela está desenhando aqueles caras! — O menino apontou indignado para o outro lado da rua. — Eles são maus.

— É?

O homem olhou para os Brody e depois para o bloco de desenho de Kerry.

— Este está um pouco melhor — disse ele, batendo o dedo indicador no desenho. — Você é uma desenhista razoavelmente competente, mas falta emoção no seu trabalho. Aqui, finalmente, vejo algo mais próximo de emoção. O que será isso?

Kerry mordeu a tampa da caneta.

— Na verdade, ainda não sei.

Heinz gesticulou para o bloco de desenho.

— Posso?

— Por favor. — Kerry se levantou e apontou a cadeira para que ele se sentasse.

Ele se acomodou na cadeira e virou uma nova página do bloco. Pegou um dos lápis de Kerry e olhou ao redor do estande por um minuto ou mais. Até que, finalmente, começou a desenhar, o lápis movendo-se com tanta rapidez sobre o papel que mal dava para acompanhar.

Diante dos olhos de Kerry e Austin, o estande de árvores de Natal da Família Tolliver tomou forma: a estrutura de madeira, as fileiras de abetos com seus galhos espetados, as luzes cruzando no teto e contornando a estrutura. O lápis de Heinz parou por um momento e, em seguida, acelerou, rabiscou uma forma ovalada, adicionando uma porta, janelas minúsculas e degraus.

— É o Spammy — constatou Austin alegremente.

O homem assentiu, mas continuou desenhando. Agora o contorno da caminhonete de Jock ganhava forma, com a traseira carregada com uma pilha de árvores de Natal. Uma cabeça peluda familiar emergiu, espiando sobre a beirada da carroceria, com uma mancha marrom em forma de coração no nariz e uma cauda emplumada.

— É a Queenie — disse Austin.

O senhor então desenhou uma silhueta corpulenta, sombreando os contornos do casaco e delineando a cabeça de um homem barbudo de cabelos rebeldes e escuros vestindo um gorro de lã. O homem estava montado em uma bicicleta, com uma árvore de tamanho médio presa ao guidão.

— Esse é o Murph, mas cadê a Kerry? — perguntou Austin.

O artista pegou o boné de Kerry e o jogou na mesa.

— Ughhh, não. Estou toda desarrumada.

Ele ignorou o protesto e tocou o queixo de Kerry.

— Vire-se, por favor, para que eu possa vê-la de perfil.

Ela inclinou a cabeça para a esquerda, e o lápis do artista começou a deslizar avidamente pelo papel.

Austin observava extasiado, seus olhos acompanhando o progresso do artista.

— Hmm. Não. — O Sr. Heinz pegou a borracha e aplicou no desenho, depois voltou ao trabalho.

— Hahahahaha — divertiu-se Austin.

Kerry olhou para o bloco. Heinz havia a desenhado parada desafiadoramente ao lado da caminhonete, empunhando uma vassoura como se fosse um sabre.

— Ela está protegendo as árvores de Natal — disse Austin. — Mas e eu?

— Austin! — chamou Patrick da porta do prédio de fachada de arenito marrom. — Hora de entrar e se preparar para o jantar.

— Não estou com fome — respondeu o menino, voltando-se para seus amigos. — Você vai me desenhar agora?

— Austin? — A voz de Patrick soou como uma advertência.

Heinz pegou uma caneta e recomeçou a desenhar. Em questão de segundos, a figura de um menino surgiu no papel. Era esbelto, com cabelo escuro rebelde e sardas nas bochechas, destacado em primeiro plano diante de uma floresta de sempre-vivas de formas abstratas. Ele tinha um machado pendurado em um ombro e um esquilo enorme empoleirado no outro. Um pássaro se aninhava em seu cabelo, e um guaxinim travesso olhava para ele do galho inferior de uma das árvores.

— Sou eu! — exclamou Austin, seu rosto radiante de emoção. — Sou eu, não sou, Sr. Heinz?

— Acho que sim — disse Heinz, estudando o rosto do menino. — Mas espera. Tem algo faltando. Ele pegou a caneta e desenhou um boné entre as patas do guaxinim.

— Ele roubou meu boné — disse Austin.

— Só pegou emprestado — corrigiu o Sr. Heinz, seus lábios pálidos curvando-se em um sorriso. — Tenho certeza de que as intenções dele são puras.

— James Austin?

Kerry ergueu os olhos. Patrick estava parado na calçada, as mãos nos quadris, um pano de prato enfiado no cós da calça escura, que estava coberta de farinha.

— Acabei de queimar as panquecas — anunciou ele. — E a culpa é sua.

— Desculpa, pai — disse Austin. — Mas estávamos fazendo algo importante. — Ele apontou para o desenho. — Viu só? Eu, Kerry e o Sr. Heinz estamos desenhando uma história.

Patrick se aproximou e examinou os esboços dispostos na mesa.

— Que tipo de história?

— Kerry desenhou aqueles caras do outro lado da rua — explicou Austin, perdendo o fôlego de tanto entusiasmo. — E então o Sr. Heinz desenhou Kerry protegendo o estande de árvores. E ele desenhou Murphy. Então pedi a ele que me desenhasse...

— Sr. Heinz? — perguntou Patrick.

— É. — Austin bateu no desenho com o indicador. — Viu? Esse sou eu.

Pela primeira vez, Kerry percebeu que o homem havia partido silenciosamente, desaparecendo na escuridão das ruas.

— Ei — surpreendeu-se o menino, olhando em volta. — Cadê o Sr. Heinz?

— Talvez ele tenha ido para casa — sugeriu Kerry.

— Provavelmente se deu conta de que está na hora do jantar — retrucou Patrick, colocando a mão no ombro do filho.

— Panquecas de novo? — Austin franziu o rosto em desaprovação.

— Você ama minhas panquecas — disse o pai.

— É com mirtilos?

— Não. Os que estavam na geladeira ficaram verdes e peludos, pareciam o Grinch, então tive que jogá-los fora. Mas temos bacon.

— E xarope de bordo?

— Não exatamente. Mas encontrei um pote de geleia de morango, que é ainda melhor.

— Eeeeca — resmungou Austin. — Ninguém coloca geleia em panquecas. É nojento!

Patrick lançou a Kerry um olhar suplicante.

— Está brincando? — interveio Kerry. — Geleia de morango na panqueca é uma delícia. É muito melhor do que o velho xarope de bordo sem graça. Murphy e eu adoramos fazer sanduíches de panqueca e geleia de morango para o jantar. E então você coloca bacon no meio, e fica salgado, crocante e doce ao mesmo tempo.

— Bacon no meio, é? — disse Patrick. — Nunca pensei nisso.

— Ah, sim. É uma tradição familiar de gerações na Fazenda de Árvores da Família Tolliver.

— Bom, agora temos que experimentar, não é, carinha?

— Acho que sim — respondeu Austin. — Ei, Kerry, talvez você possa vir com a gente e mostrar ao meu pai como se faz.

— Boa ideia — concordou Patrick.

— Eu não posso — disse Kerry.

A alegria no rosto do menino se apagou e seus ombros se curvaram.

— Quero dizer, eu adoraria — acrescentou ela. — Mas o Murphy saiu para entregar árvores, e não posso simplesmente fechar o estande. As pessoas vão sair do trabalho e é aí que muitas delas decidem comprar uma árvore de Natal. Por impulso.

— Fica pra outro dia, então — disse Patrick. Ele deu um tapinha no braço do filho. — Vamos. Temos uma nova tradição culinária para desbravar.

12

Sábado de manhã, Kerry examinou suas opções de roupa para a festa com um desespero crescente. Por sugestão de Birdie, ela viajara com pouca bagagem para a cidade: três pares de jeans surrados, dois moletons, uma camisa de flanela roubada do namorado da época de faculdade. Tinha trazido também um suéter azul desgastado que o mesmo namorado lhe dera em seu aniversário de 21 anos. Era inegavelmente quente e aconchegante, mas os punhos já começavam a se desfazer. *Seria uma metáfora para sua vida?*, ela se perguntou.

As peças mais bonitas eram uma blusa de gola alta de cashmere e suas desgastadas botas de montaria de couro, ambas pretas. Não seria o suficiente para compor um visual natalino festivo.

Murphy abriu a porta do trailer.

— Kere? Tem uma cliente querendo uma de suas guirlandas. — Ele olhou para as roupas espalhadas pelo beliche de Kerry. — O que é isso tudo?

— Minhas opções de looks para a festa de hoje à noite — disse Kerry, com um suspiro.

— Que festa?

— A festa de fim de ano do bairro. No apartamento de John e Thomas? É hoje à noite. Lembra?

— É hoje à noite? Já?

— Sim, Murphy. Prometi a John que estaríamos lá. E eles querem que você leve seu dobro.

Ele desabou no próprio beliche.

— Vamos ver. Mas, enquanto isso, você precisa ir para o estande vender árvores de Natal.

Kerry mordeu o lábio.

— Eu já vou, mas você pode assumir por mim por uma hora ou mais depois disso?

Murphy deu um grande bocejo.

— Acabei de trabalhar um turno de quatorze horas. Entreguei sete árvores na noite passada, e tive que arrastar um abeto de mais de dois metros por seis lances de escada. Estou morto.

Ele fechou os olhos.

— Por favor, Murph? — Kerry se inclinou e abriu os olhos do irmão com as pontas dos dedos. — Vou trabalhar esta manhã, mas realmente preciso encontrar algo decente para vestir nesta festa hoje à noite. Você pode dormir até o meio-dia, ok? Mas então me substitui por uma hora ou um pouco mais?

Murphy afastou a mão dela e rolou para o lado, de costas para a irmã.

— Só vai vender algumas árvores, tá bem?

A cliente era uma mulher de trinta e poucos anos com cabelos ruivos flamejantes que escorriam sobre a gola de pele do casaco branco de lã. Ela caminhava pelo estande, as botas de salto agulha estalando contra o pavimento, levantando as árvores, franzindo a testa e soltando-as novamente contra a cerca.

A mulher pigarreou alto.

— Hã-ham.

— Oi — disse Kerry. — Você está procurando uma guirlanda?

— Entre outras coisas — falou a mulher. — Minha vizinha comprou uma com você no início da semana. Eu gostaria de algo muito semelhante, mas com bagas brancas em vez de vermelhas, algumas flores secas iguais às da dela, só que com fita roxa.

— Ok... — Kerry olhou para a mesa que passou a considerar seu ateliê. Ela tinha vendido ao menos duas dúzias de guirlandas essa semana e seus suprimentos estavam acabando. Restava apenas um pouco de rosa mosqueta desidratada, alguns ramos de visco, mas não tinha mais fitas. Ela precisava fazer uma nova visita ao mercado de flores, mas não haveria tempo hoje.

— Eu estou sem material para fazer uma guirlanda como você quer — disse ela. — Mas se voltar na segunda-feira à tarde, depois que eu conseguir repor...

A mulher balançou a cabeça.

— Segunda-feira é tarde demais. Vou fazer um brunch de Natal para o pessoal do meu clube de leitura no domingo. E preciso de árvores, festões e guirlandas...

— Mas já é amanhã — comentou Kerry.

— Esse é o problema — explicou a ruiva. Ela caminhou até as árvores de três metros e puxou uma delas do apoio. — Preciso de um par dessas. Mas elas precisam ser idênticas, porque ficarão de ambos os lados da lareira na sala de estar. — Ela pegou um festão de abeto que Kerry havia passado o dia anterior criando. As pontas dos dedos dela ainda estavam doloridas e cheias de minúsculos cortes das pontudas agulhas de pinheiro.

— Qual o comprimento desses? — perguntou a mulher.

— Hmm. Acho que uns nove metros.

— Precisaria do dobro desse comprimento, mas vou levar todos que você tiver — disse a mulher, virando-se para olhar ao redor do estande. Ela apontou para uma árvore de noventa centímetros. — E de uma dessa, para a mesa do buffet.

Kerry pegou um talão de pedidos e começou a anotar as compras da mulher. Só as árvores totalizavam quase setecentos dólares. Ela não havia calculado o preço do festão, mas rapidamente decidiu que uma peça tão trabalhosa valia facilmente cento e cinquenta.

— Mais alguma coisa?

— Acho que é o suficiente. — A mulher remexeu em sua enorme bolsa Louis Vuitton, pegou um cartão de crédito e o entregou a Kerry. — Você aceita cartão, certo?

— Sim — disse Kerry. — Um momento, por favor.

Ela conectou o dispositivo ao celular e passou o cartão da mulher.

— São mil cento e sessenta dólares — disse Kerry.

— Incluindo a guirlanda?

— Bem, não, já que não tenho os materiais para fazer hoje.

— Mas você poderia obter os materiais, certo? E fazer a guirlanda até amanhã de manhã?

Kerry fez uma pausa. Eram quase 9 horas da manhã agora. Ela não se atreveria a acordar Murphy para pedir que ele cuidasse do estande enquanto ela ia até o mercado atacadista de flores. E ele teria um ataque se ela fechasse o estande em um sábado de manhã, o melhor dia de trabalho deles.

— Eu realmente gostaria de poder — disse à cliente. — Mas estou trabalhando sozinha esta manhã.

A mulher franziu a testa e mexeu em uma mecha de cabelo.

— Eu realmente preciso da guirlanda. O brunch começa às onze.

— Não sei se eu consigo. O mercado de flores fecha ao meio--dia hoje...

— Então deixa pra lá — retrucou a ruiva. — Cancele a compra. Eu encontro outro lugar...

— Espere — disse Kerry. Ela não podia simplesmente perder uma venda tão grande. — Eu dou um jeito. Bagas brancas, flores secas. Fita roxa, certo? Qual o tamanho da guirlanda?

— A maior que você tiver — disse a mulher.

— É a de setenta centímetros — explicou Kerry. Ela respirou fundo. — Custará por volta de cento e vinte e cinco dólares.

A mulher acenou com a mão, com um ar despreocupado.

— Ok. Enquanto isso você entrega o restante, certo? Moro no bairro. A apenas alguns quarteirões daqui.

— Hmm, meu irmão faz as entregas, mas ele não está aqui agora...

— Ele voltará em breve, não? Minha assistente chega ao meio-dia para começar a decorar.

Kerry olhou nervosamente para o trailer, onde podia ouvir os roncos abafados de Murphy.

— Pode deixar — disse Kerry, entregando-lhe o talão de pedidos. — Por favor, escreva seu nome e endereço aqui em cima, e seu telefone.

— Meu nome é Susannah — informou a ruiva. — Não se esqueça. Meio-dia.

A manhã transcorreu em um piscar de olhos. O tempo abriu e o sol apareceu, mas ela estimou que a temperatura estava por volta dos seis graus negativos. As pessoas entravam e saíam da Anna's, com cafés nas mãos, e paravam para escolher uma árvore. Clientes chegavam de táxi e ônibus. A maioria levava suas árvores com eles, mas pelo menos meia dúzia de pedidos foi adicionada à pilha de entregas de Murphy. Ela conversou com alguns moradores que perguntaram de Jock e de seu irmão, e assegurou-lhes que seu pai estava se recuperando, e que Murphy estava apenas descansando.

Às 10 horas, Patrick e Austin entraram no estande.

— Para você — disse Austin, entregando-lhe um pacote embrulhado em papel-alumínio. — Nós que fizemos.

Os lábios de Patrick se contraíram, incapaz de conter um sorriso.

Kerry abriu o pacote e olhou para o conteúdo. Havia uma massa marrom redonda e espessa com uma calda vermelha escorrendo.

— É um sanduíche de panqueca com geleia de morango! — anunciou Austin, sem conseguir conter sua empolgação.

— Com bacon de peru de baixo teor de sódio — acrescentou o pai. — Supersaudável, não é?

— Uau, nossa. Que... atencioso.

— Experimenta! — incentivou Austin.

Patrick entregou a ela um copo descartável de café fumegante. Ela tomou um gole, depois levou o sanduíche à boca e deu uma pequena mordida.

A panqueca estava dura por fora e malcozida por dentro. Mas o contraste entre o sabor doce e frutado da geleia e o salgado e crocante do bacon era, ela concluiu, uma agradável surpresa. Kerry mastigou e engoliu, depois sorriu para o jovem amigo.

— Este é o melhor sanduíche de panqueca que já comi. Melhor do que o da minha mãe.

Pai e filho estavam vestidos para atividades ao ar livre. Austin usava sua jaqueta azul, calças de veludo cotelê, botas de neve vermelhas e um gorro de lã vermelho combinando.

Patrick usava jeans e uma jaqueta de flanela acolchoada. Ele estava sem gorro. Ambos usavam luvas impermeáveis.

— Aonde vocês estão indo? — perguntou. — Fazer trilha?

— Nãaao — respondeu Austin. — Viemos te ajudar a vender árvores.

— Tentei convencê-lo a patinar no gelo no Central Park, ir ao show de marionetes no museu infantil, ou fazer algo ao ar livre, mas ele insistiu em vir aqui.

— Ah, que fofo — disse Kerry. — Mas eu não posso deixar você perder seu sábado para trabalhar aqui comigo.

— Mas eu quero! — exclamou Austin. — Murphy me deixa ajudar, não é, pai?

Patrick encolheu os ombros.

— Mas Murphy não está aqui agora, amigão.

— Ele trabalhou até tarde ontem à noite. Mas se vocês estão falando sério, eu bem que precisava de uma ajuda — disse Kerry.

— É só falar — prontificou-se Patrick.

— Tenho uma cliente que precisa de uma guirlanda personalizada até amanhã de manhã, mas estou sem suprimentos e o mercado de flores fecha ao meio-dia. Se vocês não se importarem de cuidar do estande, pego um táxi até lá, compro o que preciso e volto rapidinho.

— Legal! — empolgou-se Austin.

Kerry rabiscou o número de seu telefone na parte superior do talão de pedidos.

— Me liguem se tiverem algum problema ou dúvida. Está bem?

Kerry correu pelo mercado, tentando ignorar os baldes cheios de lindos botões de flores, concentrando-se no que precisava para as guirlandas. Ela escolheu sempre-vivas brancas e roxas desidratadas, bagas de pau-de-sebo brancas, mais ramos de visco, pequenas pinhas e galhos de eucalipto com semente. No corredor de fitas, ela encontrou um rolo de fita larga cor de ametista.

Depois de pagar por suas compras, ela saiu para a calçada e, pela primeira vez, notou uma pequena galeria de peças vintage montada em um estacionamento desocupado do outro lado da rua. Ela ainda não havia resolvido o dilema da roupa para a festa à noite.

Hesitou por um momento, depois correu até o outro lado da rua. Patrick ligaria se houvesse algum problema, certo? Que diferença faria mais cinco minutos?

Uma mulher mais velha com cabelo grisalho curto, vestindo uma jaqueta de pele de estampa de onça com pequenos furos de traça, minissaia de couro preta, meia arrastão e botas de plataforma, estava sentada em uma mesa alta na entrada de um estande chamado Frock of Ages.

— Procurando por algo específico? — perguntou a senhora.

— Preciso de uma roupa para uma festa hoje à noite. O traje é natalino festivo — disse Kerry.

A mulher apontou o dedo longo com esmalte carmim para uma arara de vestidos.

— Dê uma olhada naqueles ali.

Os vestidos estavam espremidos nos cabides e formaram um arco-íris de estilos ecléticos de décadas variadas; vestidos de baile de chiffon e tafetá dos anos 1950, estampas psicodélicas vertiginosas dos anos 1960 e vestidos bufantes de madrinha dos anos 1980. Kerry verificou a etiqueta em um macacão de cetim cor de cereja e ofegou. Custava cento e cinquenta dólares.

Ela estava saindo do estande quando viu uma manga de veludo verde-escuro pendurada para fora de uma caixa de roupas. Era um blazer Ralph Lauren masculino, mas em tamanho pequeno. Ela tirou a jaqueta e vestiu o blazer. Estava grande nos ombros e cheirava como se tivesse passado anos no porão de alguém, não havia etiqueta de preço, mas isso, ela decidiu, era o melhor que poderia encontrar.

Seu telefone tocou quando ela estava começando a vasculhar o restante do conteúdo da caixa.

O número no identificador indicava o código de área da cidade de Nova York.

— Kerry? — Era Patrick.

— Está tudo bem?

— Hmm, bem, há um policial aqui, e ele diz que seu trailer está estacionado de forma irregular.

— O quê? Cadê o Murphy?

— Ele acordou há pouco e foi entregar uma árvore. Só estamos Austin e eu e... estou meio preocupado porque o policial acabou de chamar o guincho.

— Você ligou para o Murphy?

— Eu não tenho o número dele.

— Ai, Deus. — Kerry enfiou o blazer de veludo debaixo do braço e correu em direção à lojista. — Estou voltando agora mesmo. Só não os deixe rebocar o Spammy. Por favor!

— Farei o possível — disse Patrick.

Quando Kerry se aproximou, a lojista estava conversando ao telefone em um idioma que ela não reconheceu.

— Quanto?

A mulher ergueu a mão e continuou falando.

— Quanto custa, por favor? — Kerry estendeu uma nota de vinte dólares. Sem interromper a conversa ao telefone, a mulher puxou o dinheiro da mão dela.

13

Quando Kerry saiu da galeria de brechós, uma fina chuva com neve havia começado. Ônibus, carros e táxis passaram apressados enquanto ela acenava freneticamente do meio-fio, tentando parar um táxi. Finalmente, ela desceu da calçada, do jeito que vira nos filmes, saltando na frente de um táxi quando ele diminuiu a velocidade no semáforo, depois correu e se sentou no banco de trás.

— Ei! — O motorista virou para ela com uma expressão indignada. — Estou fora de serviço.

— Ah. Desculpa.

— Malditos turistas.

Kerry saiu do táxi e o homem acelerou.

Ela tentou ligar para o irmão, mas as ligações caíam direto na caixa postal. Caminhou por mais dois quarteirões sofríveis, chuva e neve atingindo seu rosto e sua cabeça descoberta, antes de finalmente conseguir parar um táxi. Ela ligou de novo para o irmão, os dedos rígidos pelo frio.

— Murphy! Você tem que voltar para o estande. Um policial apareceu e disse que estamos estacionados de forma irregular. Ele chamou um guincho. Estou indo para lá agora, mas não sei o que vou fazer quando chegar lá.

O trânsito estava lento e Kerry olhou ansiosamente por cima do ombro do taxista.

— Não tem como pegarmos um atalho?

O taxista nem virou a cabeça.

Dez minutos agonizantes se passaram antes de chegarem à praça Abingdon. Ela enfiou algumas notas no compartimento da divisória e pulou para fora do táxi.

Uma pequena multidão se reunia ao redor do estande, onde um guincho estava estacionado em frente ao trailer. Um homem robusto vestindo uma capa de chuva amarela fosforescente estava parado na calçada, em meio ao que parecia uma conversa acalorada com Murphy.

Utilizando suas novas habilidades na cidade grande, Kerry conseguiu abrir caminho através dos espectadores.

— Murph?

Seu irmão se virou e a encarou, furioso.

— Onde diabos você se meteu?

Kerry sentiu seu rosto corar.

— Fui ao mercado de flores. Uma cliente que comprou quase mil e quinhentos dólares de produtos quer uma guirlanda para uma festa amanhã, e eu estava sem material.

— Esquece — disse ele secamente. Ele apoiou a mão na manga do motorista do guincho. — Estamos de acordo?

O motorista voltou para o guincho, acelerou o motor e lentamente se afastou da praça.

As pessoas começaram a se dispersar. Mas Patrick e Austin continuaram ali.

— Desculpa — disse Patrick. — Aquele policial deve ser novo no bairro. Não me lembro de a polícia ter importunado sua família antes.

Kerry observou enquanto Murphy carregava duas árvores no carrinho acoplado à bicicleta.

— Meu irmão me contou que sempre tivemos um acordo com os policiais do bairro. O que será que mudou?

Murphy caminhou até ela. O rosto tenso, mal conseguindo controlar a raiva. Kerry nunca vira o irmão, sempre tão contido, nesse estado.

— Kerry, será que você consegue ficar aqui e fazer o seu trabalho enquanto eu vou entregar essas árvores? Ou será que eu devo contratar o Austin para ficar no seu lugar?

Austin estava de olhos arregalados, sentindo a tensão entre os irmãos.

— Está tudo bem, amigão — disse ela ao garotinho, dando um tapinha no ombro dele.
— Nós, hmm... vamos almoçar — disse Patrick. — Vocês vão na festa hoje, não é?
— Vamos ver — disse Kerry.

Kerry correu para o Lombardi's às 15 horas para usar o banheiro. Claudia lhe ofereceu um expresso.
— Só se for para viagem — explicou Kerry. — Já estou em apuros com meu irmão.
Claudia revirou os olhos, mas pegou um copo descartável e preparou um expresso, preto como tinta.
— Você vai na festa hoje, não é? — perguntou Claudia.
— Não tenho certeza. Até encontrei um blazer em um brechó esta manhã, mas está meio amassado e fedido. E não tenho nada para vestir com ele. Além disso, Murphy está de péssimo humor.
Claudia a seguiu até o lado de fora do restaurante.
— Deixe seu irmão comigo. E, enquanto isso, por que você não me dá esse blazer? Tenho um pequeno vaporizador no meu apartamento, no andar de cima, que faz milagres.

A chuva fina e a neve finalmente deram uma trégua, mas, quando Kerry terminou de decorar as guirlandas, o céu estava escurecendo e a temperatura havia caído mais uns seis graus.

Ela estava procurando as luvas que havia removido para trabalhar quando ouviu a porta do trailer se abrir e Murphy emergir, alongando-se e bocejando como um urso pardo depois de uma longa hibernação. Ela sentiu seu corpo involuntariamente se encolher quando ele se aproximou da mesa em que ela trabalhava.

— Como nos saímos hoje? — perguntou ele, desabando na cadeira dobrável. — Quantas árvores?

Ela consultou o bloco de anotações, onde fazia um risquinho para cada árvore vendida.

— Dezoito árvores. Nada mal, não?

— Nada bem — resmungou Murphy, balançando a cabeça. Ele ergueu a lateral do quadril e tirou um pequeno caderno do bolso. Folheou páginas desgastadas do que pareciam hieróglifos manuscritos e murmurou baixinho.

— O quê?

Ele passou o dedo indicador pela página do caderno aberto.

— Ainda estamos muito longe da meta. No ano passado, já tínhamos vendido trinta e duas árvores.

Ela esticou o pescoço para espiar a página, mas os garranchos eram ilegíveis.

— Kerry, não acho que você entenda o que está em jogo aqui. As próximas três semanas, bem aqui nesta esquina, são o que manterá a Fazenda de Árvores de Natal da Família Tolliver em atividade no próximo ano. Já estamos operando com uma margem de lucro muito pequena. Tivemos muitas despesas. Precisei comprar uma nova empacotadora no mês passado, e o custo do combustível está altíssimo. Perdemos todas aquelas árvores na primavera passada. E agora, sem a primeira semana de vendas, além de todas essas despesas hospitalares do infarte do papai...

Um arrepio percorreu a espinha de Kerry.

— O que está tentando me dizer? Podemos perder a fazenda?

— Não é isso — disse Murphy, passando as mãos pelo cabelo já despenteado. Pela primeira vez, ela notou que o cabelo castanho-avermelhado do irmão estava cheio de fios grisalhos, assim como sua barba.

— Estou dizendo que precisamos ficar mais atentos. Temos que maximizar as vendas. Especialmente com aqueles dois babacas do outro lado da rua chamando a polícia para tentar causar problemas.

— Você acha que foram os Brody?

— Tenho certeza de que sim. Conhecemos todos os policiais deste distrito. Eles nos conhecem. Eu doo uma árvore de Natal para a delegacia todos os anos e vendo árvores para todos os policiais pela metade do preço.

— Olá. — Claudia estava a alguns metros de distância, segurando o blazer de veludo verde.

— Este blazer nem parece o que eu comprei — espantou-se Kerry, pegando a peça das mãos de Claudia. — Parece novo em folha.

— É novo em folha. Ou era há alguns anos. Encontrei a etiqueta de preço no bolso interno. Acho que nunca foi usado.

Kerry cheirou a gola e sentiu um aroma de lavanda.

— Está cheirando a novo também.

— Usei um lenço perfumado na secadora e passei meu vaporizador nele — explicou Claudia.

— Uau, você é incrível. — Ela cutucou as costelas do irmão. — Não é?

— Sim, claro — respondeu o irmão, obedientemente.

Claudia olhou Murphy de cima a baixo.

— Então, o que você vai vestir esta noite, grandalhão?
— Esqueci da festa. E, hum...
Claudia ergueu uma sobrancelha.
— Eu e você vamos ter uma conversinha.

15

O espelho do banheiro do Spammy era apenas um pouco maior do que uma pequena frigideira, e a lâmpada de quarenta watts no espaço minúsculo lançava uma fraca luz amarelada nas paredes pintadas em um tom de cor-de-rosa desbotado.

Kerry enrolou o cabelo loiro escuro na altura da nuca, depois o puxou para cima e prendeu as pontas em um coque francês. Ela terminou a maquiagem com uma camada de batom Chanel vermelho, o mesmo tom que usava desde que Birdie lhe dera um desses batons de presente em seu aniversário de 18 anos.

Ela estudou seu reflexo no espelho. Olhos cinzentos, o da esquerda ligeiramente menor que o da direita, nariz atarracado — iguais ao de Jock — e lábios carnudos, iguais aos da mãe e de todas as mulheres do lado materno da família.

A porta do trailer se abriu e Murphy enfiou a cabeça para dentro.

— Só um minuto.

Ela examinou o visual. O veludo verde-floresta cintilante do blazer combinava com seu tom de pele. A blusa branca não tinha nada de especial, era apenas algo que ela jogou na mala no último minuto. Enfiou a camisa para dentro da calça jeans — a melhor que tinha, pois pelo menos estava limpa — improvisou um cinto de fita de cetim vermelha e escovou as velhas botas de montaria pretas até que ficassem reluzentes.

Quando ela saiu do banheiro, Murphy estava empoleirado na beirada do beliche, tocando um pequeno instrumento de cordas.

Sua conversa com Claudia aparentemente operou milagres. Seu cabelo estava úmido, com marcas de pente. Ele vestia calça jeans, camisa e mocassins, todo de preto exceto pela gravata-borboleta de feltro verde imitando um ramo de azevinho, com uma luz vermelha piscando no meio.

— Eu não sabia que você tocava dobro — falou Kerry.

— Toco há alguns anos — disse ele, dedilhando um compasso de uma música triste que ela reconheceu vagamente.

— Você não conhece algo menos deprimente e mais adequado para as festas de fim de ano? — Ele fechou os olhos e tocou um trecho de "Frosty the Snowman".

— Perfeito. A propósito, você está bonito. Eu amei a gravata-borboleta.

— Ideia da Claudia.

— Vocês dois parecem muito próximos — observou Kerry.

— E somos. Especialmente desde que ela finalmente entrou com o pedido de divórcio do cretino do ex no ano passado. Na verdade, a camisa e os sapatos são dele. Eram dele.

Ele se levantou e pendurou o dobro no ombro.

— Ok. Está pronta?

— Acho que sim. Mas, comparada a você, pareço muito sem graça.

— Está nada. — Era o mais próximo de um elogio que ela poderia esperar de seu irmão taciturno.

Kerry pegou a bolsa e, com o canto do olho, notou a franja de uma peça xadrez vermelha em meio às cobertas no beliche de Murphy.

Era uma pequena manta de lã, em um xadrez tartan Stewart em cores vívidas.

— De onde saiu isso?

— É do papai, eu acho.

Kerry envolveu a manta na cintura.

Ela tirou as botas de equitação e abriu o zíper da calça jeans.

— O que você está fazendo? — perguntou o irmão, desviando os olhos, respeitosamente.

— Apenas uma rápida troca de roupa. Me dá cinco minutos?

— Vou passear com a Queenie, mas na volta é melhor você estar pronta.

Kerry notou a empoeirada cesta de costura da avó debaixo da pia do banheiro. Dentro, ela encontrou minúsculos carretéis de linha e uma pequena almofada com alfinetes, agulhas e alfinetes de segurança espetados. Havia também um velho pote de botões e uma pequena tesoura.

Ela enrolou o grande xale em volta da cintura e, um tanto sem jeito, prendeu as bordas das franjas com alfinetes de modo que ficassem sobrepostas. Despiu a saia improvisada, enfiou a linha na maior agulha que encontrou e fez uma costura rápida e descuidada, até chegar a um palmo da barra.

Ela vestiu uma meia-calça preta e a saia, fechando a fenda com o maior alfinete de segurança que encontrou. Ajustou a cintura com um cinto de couro preto, depois calçou as botas novamente.

— Você está vestida? — gritou Murphy, batendo na porta do trailer. Ela abriu a porta e desceu para a calçada.

Murphy a examinou com um olhar intrigado.

— Você vai usar a minha manta em uma festa de Natal?

— Aham. Assim como você está usando a camisa e os sapatos do ex-marido da sua namorada. É o que temos.

16

E spere — alertou Kerry. Ela enfiou a mão debaixo da mesa de trabalho e pegou o arranjo que havia terminado no dia anterior.
— O que é isso? — perguntou Murphy enquanto ela o colocava sobre a mesa.
— Minha contribuição para a festa de John.

Kerry tinha enchido o fundo de um caixote de frutas, que encontrara no meio-fio, com papel amassado, depois empilhou maçãs verdes, peras, limões, mini-alcachofras e cachos de uvas verdes. Preencheu as lacunas entre as frutas com folhagens e rosas brancas compradas na mercearia.

— Parece a sobremesa — retrucou o irmão, roubando uma uva, antes que Kerry desse um tapinha na mão dele.

— É um arranjo de mesa e está pesado — disse Kerry, cambaleando com o peso. — Que tal você carregá-lo e eu levo o dobro?

O apartamento de John ficava no terceiro andar de um prédio de tijolos vermelhos com uma ampla entrada em arco, a meio quarteirão do estande de árvores de Natal. Eles tocaram a campainha e um momento depois ouviram a porta do térreo destrancar. Assim que saíram do elevador, ouviram sons de música, risos e o tilintar de copos vindos da porta parcialmente aberta no final do corredor.

Outras portas no corredor também estavam abertas, e as pessoas saíam de seus apartamentos carregando garrafas de vinho, pratos cobertos ou bandejas de comida. As mulheres usavam vestidos elegantes e curtos, os homens, calças bem passadas e blazers de tweed.

Kerry se sentiu mal-arrumada e desconfortável em seu traje improvisado com uma manta de lã e um blazer de brechó. Sentiu uma súbita vontade de voltar correndo para o Spammy, mas antes que ela pudesse agir, John apareceu e a puxou em um abraço efusivo. Ele segurava Ruby no colo, que estava deslumbrante em seu suéter de Natal de tricô verde e branco, com um gorro combinando adornado com chifres de rena.

— Kerry! Murphy! Estamos tão felizes por terem vindo — comemorou John. Ele pegou o arranjo das mãos de Murphy.

— Ai, meu Deus, que arranjo! Kerry, está divino. É fabuloso. Não acredito que foi você mesma quem fez. Thomas vai amar! Está perfeito. Rústico e elegante. E Kerry, sua danadinha, como você adivinhou que a decoração da sala de jantar está toda em verde e dourado? — Ele enganchou o braço no dela. — Agora entrem e vamos pegar algo para vocês comerem e beberem.

O espaçoso apartamento de pé-direito alto estava lotado de pessoas e a maioria parecia conhecer o irmão dela.

— Murphy! Que bom te ver.

— E aí, Murph! Tudo certo, cara? Como estão as coisas nas montanhas do Sul?

Depois de muitos tapinhas nas costas e beijos na bochecha, Kerry se espantou com o quão bem seu irmão parecia se encaixar com essas pessoas tão urbanas do West Village, enquanto ela se sentia como um infeliz ratinho do campo visitando a cidade.

Ela seguiu John até a sala de jantar, onde ele ajeitou o arranjo no meio de uma reluzente mesa oval de mogno repleta de bandejas de comida.

Era a sala mais elegante que Kerry já vira, com papel de parede de estampa adamascada em verde e dourado. Cortinas de seda se derramavam no chão de madeira. Um lustre de gotas de cristal iluminava a sala, e um aparador Hepplewhite de mogno continha dezenas de velas acesas em castiçais de prata.

A parede oposta ao aparador ostentava um enorme retrato a óleo emoldurado em dourado mostrando uma mulher elegante em um diáfano vestido de noite azul-piscina dos anos 1950.

John a notou observando o quadro.

— Minha bisavó — disse ele. — GeeGee. Ela era uma mulher e tanto. Debutou junto com Jackie Kennedy, dormiu com dois membros do gabinete da administração Johnson. Este apartamento e muitos dos móveis aqui eram dela.

Ele olhou por cima da cabeça de Kerry e acenou.

— Acabei de me lembrar que você ainda não conhece o Thomas. Ele estava viajando na turnê com a produção de *Annie*, chegou ontem.

O parceiro de John, Thomas, tinha os olhos mais azuis que Kerry já vira e uma barba grisalha cuidadosamente aparada.

— Querido. Esta é Kerry, a amiga de quem lhe falei. Ela é irmã do Murphy, mas, o mais importante, foi ela quem criou a guirlanda que está na papeleira de sua avó e aquele arranjo de mesa divino.

Os olhos de Thomas se alargaram em reconhecimento. Ele pegou a mão de Kerry com as duas mãos.

— Kerry, é um prazer conhecê-la. Nós dois amamos seu trabalho.

— Obrigada — disse ela. — Soube que estava em turnê com um espetáculo? Você é ator?

— Por Deus, não — os dois responderam em uníssono.

— Sou produtor teatral — explicou Thomas. — E John é escritor. Ele mesmo nunca lhe dirá isso, mas é um autor best--seller do *New York Times* — disse com orgulho. — Os livros dele me aterrorizam. Como um homem gay escreve coisas tão assustadoras?

— Você é gay??? — disse John baixando a voz quase em um sussurro. — Eu durmo com você há vinte e cinco anos, e agora que você me diz?

— Muito engraçado, querido — retrucou Thomas. — Ok, chega de falar de nós. Esta moça está aqui há pelo menos dez minutos e nem sequer tem uma bebida na mão.

— O que vai beber? — perguntou John. — Vinho? Martíni? Champanhe? Ou um pouco do famoso ponche de Natal do Thomas?

— O ponche parece delicioso, mas é um perigo, então acho que prefiro uma tacinha de champanhe.

Ela tomou um gole em uma delicada taça de cristal e entrou na sala de estar, onde foi avistada por Taryn Kaplan, que começou a apresentá-la a alguns dos outros convidados. Kerry sentiu um puxão na manga do blazer.

Austin sorriu para ela. O menino parecia especialmente elegante, vestindo uma camisa social listrada de vermelho e branco, colete xadrez vermelho e um colar de luzinhas de Natal de plástico que piscavam.

— Ei, Kerry! — cumprimentou o menino, com a voz exalando empolgação.

— Austin, oi — disse Kerry. — Onde está seu pai?

— Ele está na casa dele. É a vez da minha mãe ficar comigo. Você está muito bonita — elogiou Austin. Ele enfiou a mão no bolso da calça, pegou um biscoito coberto de glacê e deu uma mordida. — Já comeu os biscoitos? Eu ajudei a fazer.

— Ainda não, mas com certeza vou experimentar, agora que sei que foi você quem fez.

— Pega aqueles com os granulados prateados — aconselhou ele.

— Austin? — Uma mulher esbelta com cabelos escuros em um elegante corte bob se aproximou e apontou para o biscoito que o menino estava comendo. Kerry a reconheceu por seu breve encontro em frente ao estande. — Quantos desses você já comeu esta noite?

— Não muitos. Só cinco.

— Austin? — Ela limpou as migalhas de biscoito que caíam pelo colete do menino.

— Talvez seis? Eu já esqueci.

— Ok, chega de biscoitos — respondeu a mulher com firmeza. Ela olhou para Kerry com um sorriso frio.

— Olá. Sou Gretchen McCaleb, a mãe de Austin.

— Meu nome é Kerry. Meu irmão e eu administramos o estande de árvores de Natal. Austin tem sido um ótimo ajudante esta semana.

— Sério? Como assim?

— Meu irmão estava dormindo e eu precisava sair para resolver um problema, então Patrick e Austin se ofereceram gentilmente para cuidar do estande. Foi só por uma hora — explicou Kerry.

— Mas então a polícia chegou, e alguém chamou um guincho e eles iam rebocar o Spammy e levar embora. Mas Murphy gritou com o cara e ele foi embora — continuou o menino.

— A polícia?

— Foi um mal-entendido — Kerry a tranquilizou.

Gretchen assentiu.

— Você é a desenhista, não é? Austin tem me contado tudo sobre a história que vocês estão escrevendo e ilustrando juntos.

— O Sr. Heinz também tem ajudado. Ele desenha muito bem. Você deveria ver o desenho que ele fez de mim e da Kerry.

— Você está falando daquele velho sem-teto maluco de casaco empoeirado, Austin? Não sei se você deveria andar na companhia dele. Há algo de errado com aquele homem. Sempre vagando pela rua, dia e noite, resmungando sozinho.

— Ele me pareceu inofensivo — comentou Kerry.

Gretchen a encarou com uma expressão impassível.

— Você está por aqui há quanto tempo? Uma semana? Eu o vejo pelo bairro há anos. Ele me olha de cara feia toda vez que me vê. — Ela colocou uma das mãos no ombro de Austin, de forma protetora. — No ano passado, eu o vi bater no capô de um táxi com a bengala quando o taxista buzinou para ele por ter atravessado fora da faixa. Ele pode ser um maluco perigoso. Eu realmente preferiria que aquele homem ficasse longe do meu filho.

— Qual é o problema?

Patrick havia se aproximado silenciosamente da roda de conversa. O rosto de Austin se iluminou.

— Pai! Você veio.

Patrick cumprimentou o filho, batendo a mão espalmada na do menino.

— Claro que eu vim. Não poderia perder a melhor festa de Natal do ano.

— Pensei que você tinha um jantar com um cliente esta noite — comentou Gretchen.
— Era mais um happy hour. E o restaurante fica a apenas alguns quarteirões daqui.
— Que ótimo — murmurou Gretchen. Kerry quase riu. Dava para ver que a mulher estava furiosa por encontrar o ex-marido.

Gretchen tomou um gole de martíni.

— Eu estava dizendo a Kerry que não gosto que nosso filho passe tempo com aquele sem-teto. Ele parece desequilibrado.
— Ah, eu não acho que Heinz seja desequilibrado. E, de qualquer forma, Austin nunca ficou sozinho com ele.

Austin puxou a barra do paletó de tweed da Harris que Patrick vestia.

— Pai, olha ali o Murphy. E ele trouxe o dobro.

Claudia segurava Murphy pelo braço, praticamente arrastando-o em direção à lareira da sala de estar, onde uma cadeira havia sido colocada em frente ao fogo crepitante.

— Atenção, pessoal! — anunciou ela. — Temos uma atração esta noite. Murphy Tolliver se ofereceu para nos trazer um pouco do espírito natalino ao som de seu dobro.

Os convidados migraram da sala de jantar com copos e pratos na mão e formaram um semicírculo ao redor dele. A sala ficou em silêncio enquanto todos os olhos estavam voltados para o músico.

Finalmente, Murphy olhou para cima e limpou a garganta.

— Hmm, o que querem ouvir?
— Toca "Frosty the Snowman" — gritou Austin.

Risadas ecoaram pela multidão, quebrando o silêncio constrangedor.

17

Murphy fechou os olhos e posicionou suas mãos grandes e maltratadas sobre a ponte do dobro. Ficou imóvel por um momento e parecia quase em oração. Seus dedos eram semelhantes aos de Jock, grossos e calosos, com sujeira sob as unhas que nenhum esforço para limpar jamais seria capaz de eliminar.

Mas então, seus dedos voaram sobre as cordas. Kerry olhou para Austin, cujos olhos brilhavam de empolgação. Patrick também o observava e, por um momento, olhou para Kerry e sorriu.

De "Frosty the Snowman", Murphy continuou sem pausas para "Jingle Bells" e, em seguida, com um aceno de cabeça na direção de Austin, tocou "Rudolf the Red-Nosed Reindeer". Finalmente, ele fez uma pausa e ergueu os olhos do dobro, as bochechas rosadas de empolgação ou constrangimento, Kerry não sabia distinguir.

A sala explodiu em aplausos, e ele baixou levemente a cabeça em agradecimento. Os anfitriões haviam entrado na sala e se posicionado diante da enorme árvore de Natal que dominava o resto do cômodo. Estava decorada com o que pareciam ser milhares de pequenas luzes brancas cintilantes.

— Murphy, você pode tocar algo, não sei, talvez o tipo de música que você costuma tocar em casa? — perguntou John.

— Você quer dizer bluegrass, country, algo assim?

— O que você preferir — disse John.

A mão de Murphy começou a bater no braço do dobro e instantes depois as primeiras notas de "I'll Fly Away" ecoaram pela sala. Logo, todos na multidão estavam batendo palmas e marcando o ritmo com os pés.

— Toca mais! — alguém gritou.

Nos quinze minutos seguintes, Murphy realizou um concerto virtuoso de um homem só, nos ritmos do bluegrass que Kerry crescera ouvindo em casa, no sul das Montanhas Apalaches: "Man of Constant Sorrows", "Foggy Mountain Breakdown" e "Orange Blossom Special".

Mais aplausos, vivas e gritos de aprovação dos convidados.

Então, ele descansou as mãos sobre o dobro e respirou fundo. Claudia, que acompanhava tudo de pé ao seu lado, radiante de orgulho, entregou-lhe uma garrafa de cerveja. Ele deu um longo gole e enxugou a testa suada com o dorso da mão.

— Só mais uma música, Murphy. Por favor? — insistiu John.

Murphy deu mais um longo gole na cerveja e começou a tocar.

A princípio, Kerry não conseguiu identificar a música. Era familiar, mas a melodia era lenta, quase melancólica. Mas então, Thomas deu um passo à frente e, com uma voz de tenor poderosa e clara, começou a cantar.

— *Have yourself a merry little Christmas...*

John entrou na estrofe seguinte, entre risadas esparsas dos convidados.

— *Make the yuletide gay...*

E então todos começaram a cantar, hesitantes a princípio, alguns cantarolando quando não sabiam a letra. Kerry só se lembrava de algumas estrofes, então cantou quase num sussurro.

— *Have yourself a merry little Christmas, let your heart be light...*

Uma voz alta e um tanto hesitante de barítono parecia vir de perto dela. Era Patrick. Ele carregava Austin no colo com a cabeça aninhada em seu ombro, as pálpebras tremulando em uma tentativa desesperada de se manter acordado.

— Deixe-me levá-lo para a cama. Já passou da hora de dormir. — Gretchen estendeu a mão em direção a Austin, mas o filho balançou a cabeça.

— Eu quero ficar.

— Austin? Você ouviu sua mãe. — Patrick entregou o menino para a mãe. Gretchen meneou a cabeça friamente para Kerry e desapareceu em meio aos convidados. Austin deu um breve e cansado aceno de despedida.

Kerry queria parabenizar o irmão, dizer que estava muito orgulhosa de sua performance, mas ele estava cercado de pessoas elogiando seus dotes artísticos.

Claudia se aproximou de Kerry. Assim como Murphy, ela parecia incrivelmente glamourosa esta noite, vestia uma blusa de seda branca enfiada por dentro de amplas calças palazzo de lã também branca. Seu cabelo, na altura dos ombros, estava preso atrás de uma orelha com um pente cravejado de strass.

— Você está incrível — elogiou Kerry. — E mal posso acreditar na transformação do meu irmão. Acho que ele não se veste assim desde o último casamento do meu pai.

— Ele fica muito bonito quando se arruma, não é? — comentou Claudia em um tom afetuoso. — Apesar de toda a reclamação e dos grunhidos, acho que ele até gostou de toda a atenção desta noite.

— Não consigo acreditar. Ele é uma pessoa completamente diferente quando começa a tocar — espantou-se Kerry.

— É melhor eu ir resgatá-lo — disse Claudia.

O estômago de Kerry roncou e ela percebeu que mal tinha comido o dia todo. Foi até a sala de jantar, onde a mesa parecia uma foto de uma revista elegante, em parte graças ao seu arranjo artesanal, mas também pelas travessas de prata contendo salmão defumado em fatias finas, rosbife malpassado, uma enorme tigela de cristal lapidado repleta de camarão marinado, pratos de queijos e torradas e uma travessa de vegetais que parecia saída de um quadro de natureza-morta de um pintor holandês.

Ela pegou um prato e contornou a mesa, fazendo um sanduíche com um pãozinho de fermentação natural e um pouco de rosbife, depois serviu um pouco de camarão, cubinhos de queijo, uma porção de torradas e molho de alcachofra no prato. A festa começava a esvaziar, então ela se isolou em um canto da sala, beliscando a comida.

Kerry colocou uma miniatura de mil-folhas na boca e quase gemeu de satisfação. Olhou ao seu redor para se certificar de que ninguém estava olhando, depois colocou meia dúzia de doces em um guardanapo de papel, e já estava escondendo na bolsa quando uma voz rouca sussurrou em seu ouvido.

— Eu vi.

Com o susto, ela deu um pulo e deixou cair uma tartelete de morango no tapete oriental. E quando se virou deu de cara com Patrick, parado bem atrás dela.

— Hmm. Roubando cannoli?

O rosto de Kerry ficou vermelho como pimenta.

— Culpada, admito. Não tive tempo de comer hoje, e amanhã de manhã acho que também não terei.

Sem dizer uma palavra, ele se virou para a mesa do buffet, e fez toda uma encenação para arrumar um punhado de biscoitos em um guardanapo adamascado, que cuidadosamente dobrou e guardou no bolso do paletó.

— Acho que isso me torna cúmplice do crime — disse ele, apoiando as mãos na cintura com um ar de inocência.

— Não conto nada se você não contar — disse Kerry, recolhendo a tartelete do chão e colocando-a sobre uma pilha de pratos usados.

— Bem, então, já que agora somos cúmplices, posso pegar uma bebida para você? — Ele apontou para a taça de champanhe vazia.

Kerry pensou por um instante.

— Talvez só uma tacinha de vinho branco? Não me atrevo a beber duas taças de champanhe. Tenho que abrir o estande bem cedo amanhã.

Patrick atravessou uma porta de vaivém para o que ela supôs ser a cozinha e voltou um minuto depois com uma taça de vinho pela metade.

— Obrigada — disse ela, tomando um gole. O vinho estava bem gelado e delicioso. Seria fácil se acostumar com esse estilo de vida.

Patrick segurava um copo de cristal lapidado cheio de algo que parecia e cheirava a bourbon. Ele brindou o copo contra o dela. Com um meneio da cabeça, ele apontou em direção à sala de estar, onde Murphy e Claudia estavam parados em um canto, bem próximos um do outro.

Kerry seguiu seu olhar e riu.

— Acho que ele está enfeitiçado. — Ela levou a taça aos lábios e bebeu todo o vinho. — É melhor eu ir.

— Já? — A expressão de Patrick esmoreceu. — Mal são nove horas. Ele gesticulou em direção à sala de estar. — Eu pensei que poderíamos conversar mais hoje, já que é a noite de Gretchen ficar com Austin.

— Gostaria de poder ficar — disse ela, com sinceridade.

— Então eu te acompanho até o trailer — ofereceu Patrick, pousando o copo.

Ela quase protestou, mas mudou de ideia.

— Vou gostar da companhia.

18

Patrick e Kerry estavam atravessando a rua quando viram um jovem casal de mãos dadas, olhando para o estande de árvores de Natal fechado com a barreira de corda elástica.

— Ei — chamou o homem quando eles se aproximaram. — Vocês estão abertos?

— Agora estamos — disse Kerry. Qualquer venda poderia ajudar a atingirem a meta.

Ela desatou a corda e fez um gesto para que os dois entrassem. Patrick se sentou na cadeira dobrável de Murphy.

A garota apontou para Spammy.

— Adoro o trailerzinho. É tão fofo! Alguém realmente mora nele?

— Dois *alguéns* — explicou Kerry. — E uma cachorra. Até a véspera de Natal.

— Ahhh! Parece que saiu de um conto de fadas — exultou a garota.

— Está mais para uma história de terror — respondeu Kerry, avaliando o potencial de compra do casal.

Ela calculou que eles tinham por volta de vinte anos. A garota parecia ter saído de uma estação de esqui, usava um gorro cor-de-rosa de tricô sobre os longos cabelos loiros, uma jaqueta acolchoada branca e jeans justos enfiados em botas de camurça com detalhes de pele. O namorado também estava vestido para uma estação de esqui. Usava óculos de armação fina e tinha uma vasta cabeleira de cachos loiros acobreados.

— Isso pode soar meio estranho, mas teria como eu dar uma olhada dentro do seu trailer?

— Ashley, não. Isso definitivamente é muito estranho — disse o namorado.

A garota abriu um sorriso simpático.

— Por favor?

— Está um caos lá dentro — protestou Kerry. — Moro com um bagunceiro e a cachorra dele solta pelos. E antes de sair, eu me arrumei para uma festa...

— Não farei julgamentos — prometeu Ashley. — Só uma espiadinha?

Kerry suspirou, então subiu e abriu a porta do trailer. Queenie, que estava cochilando na cama de Murphy, deu um latido curto e interrogativo, depois se levantou e se espremeu para passar pela visitante.

Ashley enfiou a cabeça dentro.

— É rosa! E turquesa! E essa cozinha minúscula! Ela realmente funciona?

— Faz tempo que está desativada — respondeu Kerry.

— Vocês batizaram o trailer?

— Minha mãe o chamou de Spammy; sabe, porque parece uma lata de presunto enlatado — explicou Kerry.

— Ash? Eu achei que estávamos aqui para comprar uma árvore. — A voz do namorado parecia uma advertência.

— Ah, sim.

Ela deu uma rápida volta pelo estande.

— Awn, Shaun, olha esta aqui. — Ela apontou para uma árvore de três metros.

O namorado balançou a cabeça e riu.

— Querida, essa coisa parece a árvore do Rockefeller Center. Como vamos arrastar isso por três lances de escadas?

— Mas ela é tão bonita — protestou a garota.

Ele beijou a ponta do nariz dela.

— Escolha algo menor.

Ela deu uma volta pelo local, movendo e avaliando as árvores pelos dez minutos seguintes.

Kerry nem se preocupou em reprimir um bocejo.

— Ashley, essas pessoas querem fechar o estande — alertou o namorado.

— Não tem problema — disse Kerry, com um sorriso radiante.

A garota parou na frente das árvores menores e pegou uma de um metro e vinte de altura.

Ela a colocou no chão e a girou.

— É esta. É esta aqui.

— Tem certeza? — perguntou Shaun.

— Absoluta. É superfofa. Podemos colocá-la na mesa em frente à janela.

— E o que vai acontecer quando o Billy decidir escalar a sua árvore de Natal superfofa? — questionou Shaun. — Billy é o gato. O irritante e mimado gato dela.

— Ele não é mimado — discordou Ashley. — Ele é... voluntarioso, mas prometo que vou conversar com o Billy para ele ficar longe dessa árvore de Natal.

Shaun se virou para Kerry e Patrick.

— Estão vendo com o que eu tenho que lidar? — Ele colocou um dedo na testa. — Ela tem um parafuso a menos.

Ashley envolveu os braços ao redor dele.

— Sim, sou maluca. Maluca por você, Shaun Hettinger.

— Está bem — disse ele, suavizando a voz. — Vamos comprar a árvore. Você vai me fazer passar horas e horas enfeitando e depois rearrumando e depois re-rearrumando todas as luzes?

— Com certeza.

Ele pegou a carteira e ela deu um gritinho agudo de alegria.

— Este é nosso primeiro Natal juntos — comentou Ashley para Patrick e Kerry.

— O quê? — espantou-se Shaun. — Estamos juntos há dois anos.

— Quero dizer que este é o nosso primeiro Natal morando juntos em um lugar só nosso — explicou Ashley. Ela estendeu a mão esquerda, sacudindo os dedos para exibir a aliança com um pequeno diamante em seu dedo anelar. — Nós ficamos noivos no Dia de Ação de Graças.

Patrick sorriu radiante para o jovem casal.

— Parabéns! Que ótimo que vocês celebrarão o primeiro Natal juntos com uma árvore de Natal da Fazenda de Árvores da Família Tolliver. Na verdade, adoraríamos oferecer a vocês o nosso desconto de primeiro Natal juntos. Certo?

Ele olhou para Kerry em busca de aprovação, balançando discretamente a cabeça.

— Mesmo? — perguntou Ashley. — Então quanto custa a árvore?

Kerry entendeu a dica. Ela olhou para o estande dos Brody do outro lado da rua. A placa iluminada anunciava *Árvores Frescas e Baratas! A partir de US$40.*

— São trinta e oito dólares — respondeu Kerry.

— Legal. — Shaun abriu a carteira e entregou o dinheiro para Kerry.

Ashley tirou o celular do bolso da jaqueta.

— Teria algum problema se eu tirasse algumas fotos do estande para postar nas minhas redes sociais?

— Acho que não — disse Kerry.

— Coloque a árvore sobre o ombro, querido — instruiu a garota. — Como se você tivesse acabado de cortá-la direto das montanhas para decorar nossa casa.

Ele obedientemente equilibrou a árvore sobre um ombro, e ela entregou o telefone para Kerry antes de posar ao lado dele, com a mão na cintura.

Kerry tirou algumas fotos.

— Agora uma de nós ao lado do Spammy — instruiu Ashley. — E depois outra ao lado da placa do estande, para que meus seguidores saibam onde te encontrar.

Kerry obedeceu. Ashley pegou o telefone e analisou as fotos.

— Hmm. Nada mal. — Ela ergueu os olhos da tela. — Agora me deixe tirar uma de você com seu namorado em frente à placa. Boa publicidade, né?

Kerry sentiu um calor subir pelo seu pescoço e pelas bochechas.

— Ele não é meu...

— Sem problemas — prontificou-se Patrick, animado. Ele assobiou e Queenie trotou até eles, então ele pegou o braço de Kerry e a conduziu até a placa.

— O que você está fazendo? — sussurrou ela.

— Apenas sorria e finja que me adora — disse ele em voz baixa, envolvendo-a com o braço, enquanto Ashley fazia as fotos. — Depois eu te explico.

Quando a sessão de fotos improvisada terminou e o jovem e feliz casal estava indo embora com sua árvore de Natal em promoção, Kerry se virou para Patrick.

— Ok. O que está acontecendo?

— A garota, Ashley. Eu sabia que a reconhecia de algum lugar. Aí me lembrei. É a AshleyActually. Ela é uma famosa influenciadora digital.

Agora era a vez de Patrick olhar o celular. Ele abriu o Instagram, digitou algo na barra de pesquisa e mostrou o resultado a Kerry.

AshleyActually tinha 1,2 milhão de seguidores, e seu feed apresentava uma sequência interminável de fotos superproduzidas em que ela aparecia fazendo compras, passeando, bebendo, comendo e visitando lugares turísticos.

— Como você conhece alguém assim? — perguntou Kerry.

— Recentemente, um de nossos clientes pagou muito dinheiro para que ela promovesse a marca de café dele.

Com a ponta do dedo, ele deslizou o feed de Ashley, parando em uma foto com luz de fundo em que a garota aparece bebendo uma caneca de café, com um gato siamês descansando em seu colo. Ela olhava para fora de uma janela com uma expressão sonhadora através de uma cortina translúcida.

Reflexões matinais com meu café #KoolBeansRoasters e meu bff #SillyBillyCat. Não vivo sem eles — meu café #KoolBeansRoasters e meu Billy. Link na bio para um cupom de 20% de desconto e para participar de um sorteio da KoolBeans.

— Ela ganhou para fazer isso? — perguntou Kerry.

— Uma bela grana. E nosso cliente ficou incrivelmente satisfeito. Olhe o número de curtidas e comentários. A conta do café ganhou uns dois mil novos seguidores, e o cupom de desconto gerou um aumento significativo nas vendas.

— Hmm.

— Se ela de fato mencionar o estande da Fazenda de Árvores da Família Tolliver no Instagram, pode ser um sucesso gigantesco — explicou Patrick. — A Ashley e o Shaun não promovem qualquer produto. Eles são muito seletivos.

Kerry estava avaliando as possibilidades quando o celular de Patrick tocou. O sorriso aberto logo se tornou tenso.

— Gretchen. Fico imaginando por que ela está brava comigo agora.

Ele pressionou "Atender".

— Oi. Aconteceu alguma coisa?

Seu rosto suavizou enquanto ele ouvia.

— Ah, sim. Ainda estou por aqui. Estou subindo agora mesmo.

— Está tudo bem? — perguntou Kerry.

— Austin quer que eu suba e leia uma história para ele antes de dormir. Preciso ir.

— Até mais — disse Kerry. — E obrigada pela informação sobre a Ashley.

— Fico feliz em ajudar — murmurou Patrick. Ele se inclinou e a beijou suavemente nos lábios. — Espero que seja promissor.

19

Quando o telefone dela tocou na manhã seguinte, Kerry tateou pelo beliche, e finalmente o encontrou no chão, em cima da pilha de roupas da noite anterior.

Ela piscou algumas vezes quando viu o identificador de chamadas e, em seguida, a hora. Ainda eram 7 horas.

— Mãe? O que aconteceu?

— Não aconteceu nada. Seu irmão está por perto?

Ela olhou para o beliche de Murphy, onde Queenie ainda dormia. Caminhou de meias até a porta, então a abriu e deu uma espiada para fora. A placa de FECHADO ainda estava pendurada onde ela a deixara na noite anterior. Tremendo, ela voltou para cama e puxou os cobertores até o queixo.

— Não sei onde ele está. Por que não liga para o telefone dele em vez do meu?

— Eu liguei, mas você sabe como ele é. Metade do tempo ele nem sabe onde está o celular, e na outra metade, ele só atende se estiver com vontade.

Kerry se lembrou das palavras de Claudia ao se despedir na noite anterior. Claramente, Murphy tinha passado a noite fora.

— Acho que ele deve ter saído para tomar um café. Ou para entregar uma árvore.

— A esta hora da manhã?

— Mãe, estamos em Nova York. A cidade que nunca dorme. Posso ajudar em alguma coisa?

Ela sentiu uma hesitação na voz da mãe.

— Não. Nada de importante. Seu pai queria fazer uma pergunta para ele. Algo sobre um equipamento.

— Digo ao Murphy para te ligar assim que ele voltar — prometeu Kerry.

— Está bem. Como vocês estão se saindo? Estão se dando bem?

— Às vezes sim, às vezes não. Você conhece o Murphy. Ele pode ser bem esquentado... E é tão fechado. Nunca consigo saber o que ele está pensando.

— Puxou ao pai — concluiu Birdie. — Mas dê tempo a ele. Ele é um bom homem, Kerry. E as vendas, como estão?

— Achei que estavam indo bem, mas o Murphy diz que estamos muito abaixo dos outros anos.

— Vocês vão recuperar.

— Como está o papai? — perguntou Kerry.

Houve uma longa pausa.

— Mãe? Está me ouvindo?

Birdie suspirou.

— Bem. Rabugento como sempre.

Como se fosse ensaiado, Kerry ouviu a voz do pai, irritado, exigente...

— Bird? Você já está preparando meu café da manhã? Sabe que eu não posso tomar meus remédios sem comer...

— Você ouviu o homem — disse Birdie. — Tenho que ir. Diga ao Murphy para me ligar quando ele voltar.

Kerry continuou na cama por mais quinze minutos, seus pensamentos vagando para a noite anterior e o beijo de despedida de Patrick. O que aquilo significava? No Sul, as pessoas, até mesmo estranhos, costumavam se abraçar e se beijar quando se encontravam e quando se despediam. Mas estavam em Nova York.

Finalmente, ela se arrastou para fora da cama. Apesar do aquecedor, ainda estava frio o suficiente para que sua respiração formasse pequenas nuvens no ar. Ela ansiava por um banho quente, mas não incomodaria os Kaplan tão cedo em uma manhã de domingo.

Kerry vestiu sua jaqueta e prendeu a guia na coleira de Queenie antes de levá-la ao parque para fazer as necessidades.

Então, encheu as tigelas da cachorra com água e comida e a direcionou para o cobertor de feltro debaixo da mesa de trabalho no estande. Ela ouviu os sinos tocando na igreja de St. Egbert's a um quarteirão de distância. O sol brilhava. A calçada estava repleta de pessoas passeando com cachorros ou empurrando carrinhos de bebê. Um homem vestindo uma legging esportiva e uma regata passou correndo, e Kerry tremeu de frio por ele. Caminhões de entrega transitavam pela rua, e dois adolescentes cruzaram com ela em seus patinetes elétricos. A porta de uma lanchonete abriu e ela sentiu o aroma de bacon frito e mais o quê? Picles de pepino com endro? Ocorreu a Kerry que esse canto do West Village realmente era uma pequena vila, cheia de vida e permeada pelos sons e os aromas de uma cidade grande, e após apenas uma semana, ela se sentia em casa.

Ela pegou a guirlanda roxa e branca personalizada e terminou de prender os últimos ramos de visco. Assim que acabava de fazer o laço, um sedã preto e elegante parou na calçada e Susannah, a cliente ruiva, saltou do banco de trás.

Kerry ergueu a guirlanda para que ela pudesse inspecioná-la.

— Está perfeita — elogiou a mulher. — Melhor do que eu esperava. As árvores também são maravilhosas. Seu irmão até as colocou nos suportes para mim. Meu apartamento está com o aroma das florestas alpinas. Está divino. — Ela entregou um pequeno maço de notas para Kerry.

— Mas... mas... você já me pagou — balbuciou Kerry.

— Isso foi antes de eu ver o produto acabado. E aceite um conselho de alguém que tem um negócio próprio há muito tempo. Nunca discuta com um cliente que quer pagar a quantia que seu trabalho merece. Muitas mulheres se desvalorizam.

Susannah entrou no sedã e o carro partiu. Kerry desdobrou as notas. Havia cinco notas de vinte dólares. Nada mal para começar o dia.

Na hora seguinte, ela vendeu mais três árvores, todas para clientes que prometeram voltar para buscar a compra depois de retornar do brunch ou que desejavam que as árvores fossem entregues.

Ainda nenhum sinal de Murphy. Ela deveria estar irritada, mas então, pensou, por que ele não teria direito a uma noite de folga? Especialmente na companhia da estonteante Claudia.

Ela pegou o bloco de desenho e o lápis e começou a desenhar, retratando Queenie no meio da página, com as pombas, parecendo senhorinhas bisbilhoteiras, inclinadas para ciscar o chão. Em um impulso, ela pegou lápis de cor e começou a desenhar o estande de árvores de Natal, cercando Spammy, a cachorra, e as pombas com um semicírculo de árvores. Ela desenhou a placa com os dizeres Árvores de Natal da Família Tolliver enfeitada com um grande laço vermelho.

Quando ela ergueu os olhos do caderno, viu uma figura curvada em um sobretudo preto movendo-se lentamente pela calçada. Queenie se levantou e foi até ele, farejando o casaco do homem.

— Ela é uma garota esperta. — Heinz riu, apontando para a mesa de trabalho. — Então, no que está trabalhando hoje?

— Nada, na verdade — desconversou ela.

— Você me deixa ver?

Kerry deu de ombros e abriu o bloco de desenho. Ele colocou um par de óculos e estudou o trabalho.

— É só um rabisco — comentou Kerry. — Nem posso chamar de rabisco.

— Não, não. Gostei muito — elogiou Heinz. Ele virou para a página com o desenho de Queenie. — Gosto da expressão no rosto da Queenie enquanto ela observa os pombos. Você é muito boa com animais, sabe. Mas me diga, como tudo isso se encaixa na nossa história?

— Nossa história? — Kerry levantou uma sobrancelha.

— Sim. — Ele enfiou a mão no bolso do casaco, tirou um único biscoito de cachorro e estendeu a mão, com a palma virada para cima. Queenie se aproximou lentamente, agachada, e depois de analisar por um momento, abocanhou delicadamente o petisco.

— Boa menina — elogiou Heinz. Ele olhou ao redor do estande.

— Onde está nosso jovem amigo hoje?

— Ele está com a mãe esta semana, então eu duvido que apareça por aqui.

Ela se inclinou e baixou o tom de voz.

— Acho que a Gretchen não gosta de mim.

— Gretchen? A morena? — Ele riu. — Ela atravessa a rua quando me vê. Como se eu tivesse algo contagioso. Acho que ela não gosta de mim também. Então, você está em boa companhia. Aliás, acabo de perceber que nem sei seu nome, minha jovem.

— Meu nome é Kerry — apresentou-se com um sorriso. — Kerry Tolliver.

20

Kerry tinha acabado de vender uma árvore para os Moody, um casal de meia-idade que havia conhecido na festa da noite anterior, quando Murphy entrou mancando no estande com o dobro debaixo do braço.

Ele usava apenas um sapato. O cabelo estava desgrenhado, os olhos pareciam vidrados, e a camisa parcialmente abotoada pendia para fora da calça.

— Oi, Debra. Oi, Dale — disse ele, cumprimentando os clientes, acenando a cabeça sem muito entusiasmo.

— Bom dia, Murphy — disse Debra Moody. — Adoramos sua música ontem à noite.

Murphy respondeu com um sorriso cansado, desabou na cadeira e suspirou.

— Meu Deus, Murphy — comentou Kerry depois que os Moody foram embora. — O que aconteceu? Parece que você foi atropelado por um caminhão. Ou assaltado. Ou os dois.

— Eu me sinto como se tivesse sido atropelado por um caminhão cheio de assaltantes — resmungou ele, massageando a testa.

— Sei que não é da minha conta, mas o que você e a Claudia aprontaram ontem à noite?

— Claudia e eu? — Ele abriu um olho avermelhado. — Nada, eu não estava com ela.

— Mas eu pensei... do jeito que vocês dois estavam de cochichos ontem...

— Não. Para de pensar bobagem, Kerry. Eu a acompanhei até a casa dela e depois fui para o Augie's Pub jogar dardos.

Alguns caras que eu conheço apareceram e me pediram para tocar o dobro... quando me dei conta, já eram mais de 3 horas da manhã e eu não queria te acordar, então passei a noite lá.

— Em um bar? — Ela se inclinou e cheirou o irmão. De fato, ele cheirava a cerveja. E vômito.

— Bem, em um sofá no porão. — Ele tremeu. — Está meio frio, não está?

— Um pouco. O que aconteceu com sua jaqueta? E seu outro sapato?

— Eu sei lá.

Kerry tentou conter a crescente irritação. Ela apontou para a pilha de árvores de Natal marcadas com a etiqueta VENDIDAS.

— Você tem um monte de entregas para fazer. E eu prometi que todos receberiam as árvores hoje.

Murphy assoou o nariz na manga da camisa emprestada.

— Eu resolvo isso. — Ele ergueu os olhos para a rua e acenou. — Lá vem meu ajudante.

Um garoto se aproximou pela ciclovia em uma bicicleta amarela brilhante de doze marchas. Ele tinha um carrinho acoplado à traseira da bicicleta e um sorriso ansioso estampado no rosto.

— Ei, Murph! — disse o garoto, freando. — Estou pronto para trabalhar!

— Vic, esta é minha irmã Kerry. Ela está me ajudando este ano.

— Olá, senhora — disse o garoto, fazendo uma reverência pomposa.

— Vic voltou do internato ontem — explicou Murphy. — Ele vai fazer entregas de árvores e o que mais precisarmos nas próximas semanas.

— Como um estágio — esclareceu Vic, ansioso. Ele devia ter uns 14 anos, estava naquela fase desengonçada e desajeitada pela qual os meninos passam. Tinha cabelos loiros claros bem curtos, e apenas uma leve sombra do que poderia vir a ser uma barba algum dia.

Kerry se virou para o irmão.

— Precisamos conversar.

— Claro.

— A sós.

Murphy coçou a barba e grunhiu.

— Ei, Vic, que tal você começar carregando uma daquelas árvores no seu carrinho. Tudo bem, meu chapa?

Quando ficaram a sós, Kerry desabafou com o irmão.

— Não posso acreditar que você tem a audácia de aparecer aqui semimorto e de ressaca. Você disse que é o nosso dia mais movimentado e eu fiquei trabalhando aqui sozinha. Além disso, eu estava preocupada. Não podia ter me ligado?

O irmão piscou e vasculhou o bolso, tirando o celular.

— Desculpe. Está sem bateria.

— Claro — retrucou Kerry. — A mamãe ligou e me acordou às 7 da manhã. Eu tive que mentir para te safar.

— O que ela queria?

— Disse que precisa falar com você. Parecia evasiva.

— Sobre o quê?

— O que mais? A saúde do papai.

— Você perguntou a ela como ele estava?

— Ela disse que ele está bem, mas acho que só não quer que eu me preocupe com ele.

— Então não se preocupe — concluiu Murphy. — Eles são adultos, Kerry. Eles podem cuidar de si mesmos. Agora, se era só isso, preciso dormir um pouco.

— E esse garoto? — exigiu ela. — Não podemos pagar um ajudante, especialmente porque nossas vendas estão fracas. — Ela apontou para o estande dos Brody lotado. — Eles estão nos arruinando.

— Relaxa. Não vamos pagar um salário para o Vic. Ele trabalha pelas gorjetas. — Murphy massageou as têmporas novamente.

— Você ganha gorjetas? — Kerry se perguntara por que Murphy nunca reclamava de todas as entregas que tinha que fazer, e agora ela sabia.

— Claro. Estamos em Nova York. Aqui ninguém trabalha de graça.

— Quanto?

— Apartamento no térreo, cerca de dez dólares. A menos que seja uma senhora rica e idosa. Geralmente, elas são as mais muquiranas. As carteiras delas devem ter teias de aranha. Se eu tiver que carregar a árvore por alguns lances de escada, talvez uns vinte. Quanto mais alto o andar, maior a gorjeta.

— A Susannah me contou que você ainda montou as duas árvores no apartamento dela. E me pareceu bastante satisfeita.

— Muito, muito satisfeita. Ela me deu cinquenta dólares, mesmo tendo um elevador no prédio dela.

Kerry decidiu não mencionar a gorjeta de cem dólares que recebeu pela guirlanda personalizada.

Vic chegou ao estande da Família Tolliver na segunda-feira, exatamente às 8 horas — ou "oito em ponto", como ele costumava dizer. Estava arrumado, de roupas limpas e bem-disposto, enquanto Kerry não atendia a nenhum desses requisitos. O dia estava frio e cinzento, em sintonia com o humor dela.

Kerry já havia alimentado Queenie.

— Vou ao mercado de flores buscar mais materiais. Devo voltar em uma hora, mais ou menos, mas se eu não estiver de volta até as 9 horas, pode abrir o estande. Não acho que tenhamos muito movimento em uma manhã de segunda-feira, mas espero estar errada. Todas as árvores estão com etiquetas de preços. — Ela puxou a caixa de dinheiro de debaixo da mesa de trabalho e a destrancou. — Aqui tem dinheiro suficiente para o troco. Mas não aceite cheques e nem cartão de crédito.

— Entendido, senhora. Apenas dinheiro.

Kerry não conseguiu evitar sorrir com o entusiasmo do garoto.

— Se alguém tiver alguma pergunta, me ligue. Não acorde o Murphy, a menos que o estande esteja pegando fogo. Ele é meio rabugento de manhã.

— Sim, senhora. O que mais posso fazer?

— Você poderia levar a Queenie para um passeio, mas não vá muito longe, apenas até o final do quarteirão e volte.

Ela lançou um olhar desconfiado para o estande dos irmãos Brody, agora deserto.

— Cuidado com aqueles dois do outro lado da rua — aconselhou ela.

A expressão serena de Vic assumiu um ar sério, ele endireitou a postura e semicerrou os olhos.

— Você acha que eles podem estar armados?

— O quê? Não! Quero dizer, apenas tome cuidado para que eles não tentem nenhuma gracinha, como tentar roubar nossos clientes.

Kerry rabiscou o número de seu celular em um pedaço de papel e entregou ao garoto.

— Me ligue se tiver alguma pergunta.

— Sim, senhora. — O garoto só faltou bater continência.

A gorjeta de cem dólares que Susannah lhe dera encorajou Kerry a ousar mais nos gastos no mercado de flores. Ela comprou rolos de uma fita vermelha, larga e aramada e, por impulso, uma caixa de luzes pisca-piscas movidas à bateria. Depois, entrou em uma delicatéssen próxima para comprar o café da manhã: um bagel para ela e um pão com bacon, ovo e queijo para Vic.

Quando Kerry voltou, o garoto trabalhava agitado pelo estande.

— Vendi duas árvores — anunciou, empolgado. — Mas eu disse a eles que só poderia entregar quando você voltasse.

— Que ótimo — disse ela, entregando a ele um saco de papel branco. — Trouxe um pão com bacon, ovo e queijo para você.

— Ah, cara... quero dizer, senhora. Obrigado. Não tive tempo de tomar café da manhã em casa.

Ele devorou o sanduíche e engoliu tudo com a ajuda de uma bebida energética.

— E agora?

— Você pode entregar essas árvores, se quiser. Vou ficar ocupada fazendo guirlandas, mas quando você voltar, tenho um pequeno projeto em que poderia me ajudar.

Vic carregou as árvores no seu carrinho e pedalou alegremente em busca de gorjetas.

Como ela havia previsto, o movimento estava lento, então ela se concentrou em fazer as guirlandas. Quando Vic retornou das entregas, Kerry dava os retoques finais em duas enormes guirlandas, arrematando-as com laços vermelho-vivo.

— Ok — disse Vic, aquecendo as mãos junto ao fogo. — Estou pronto para a minha próxima tarefa.

— Tem uma escada na caminhonete — explicou ela, entregando as chaves para o garoto. — Você pode me ajudar a pendurar essas guirlandas e depois vamos instalar as luzes. Muitas e muitas luzes.

Enquanto Vic martelava os pregos nos pilares que sustentavam a placa do estande, Kerry abriu as caixas de luzes pisca-piscas, colocou as pilhas e testou os pequenos controles remotos de plástico.

— Terminei — informou Vic.

Ela apontou para a pilha de luzes na mesa de trabalho.

— Certo. Vamos colocar essas luzes nas árvores grandes nas laterais do estande.

Ele pegou o primeiro fio e o enrolou desajeitadamente ao redor do meio da árvore, como se amarrasse um cinto em uma criança rechonchuda.

— Não é assim — explicou ela, suspirando. Pegou um fio de luzes e se ajoelhou na base da primeira árvore. — Comece na parte de baixo. Prenda o fio no tronco e o enrole ao redor dos galhos duas ou três vezes. Assim. Depois, mova-se ao redor da árvore e comece outra fileira, talvez uns quinze centímetros acima da anterior.

Depois do almoço, Kerry enrolou as luzes restantes em volta da placa. Ela estava admirando seu trabalho de longe quando duas mulheres pararam na entrada do estande.

A mulher mais velha vestia roupas caras e carregava uma sacola de compras de grife, e a mais jovem empurrava um carrinho de bebê com uma criança sonolenta.

— Olha esta árvore grande, Holly. Adorei todas essas luzes. E o formato dela é lindo.

— Você deveria comprar uma dessa, mãe.

— Lembra como seu pai costumava decorar nossa árvore com luzes todos os anos? Ele era tão detalhista, passava horas arrumando. Eu era estritamente proibida de chegar perto dela até que ele terminasse. — A mulher pareceu saudosa com a lembrança.

— Minha mãe é igualzinha — confessou Kerry. — Foi ela quem me ensinou a colocar as luzes dessa maneira.

A mulher mais jovem puxou a manga da mãe.

— Mamãe, você deveria perguntar se ela poderia pendurar as luzes na sua árvore — sugeriu a jovem, apontando para Kerry.

— Você faz esse tipo de trabalho? — perguntou a mãe.

— Na verdade, sim. — *A partir de agora*, pensou Kerry.

— E qual o valor?

Kerry pensou rapidamente.

— Setenta e cinco dólares por hora, com um mínimo de duas horas.

— Ah, eu não sei — murmurou a mãe. — Parece muita extravagância.

— Mamãe, nem tivemos uma árvore no ano passado, porque você disse que seria estressante demais. E eu sei que ficou triste sem uma árvore de Natal — argumentou Holly.

— Bem... eu realmente não achei que sentiria falta de ter uma árvore, mas é verdade. As festas do ano passado não foram a mesma coisa. Parecia que algo estava faltando.

— Ok — disse Holly. — Nós vamos contratar a... Qual é o seu nome?

— Kerry Tolliver.

— É isso. Vamos contratar a Kerry para entregar, montar e decorar sua árvore.

Kerry apontou para as guirlandas que estava fazendo.

— Não gostariam de uma guirlanda, também? As pequenas custam setenta e cinco dólares e as grandes, cem.

— Sim. Uma grande para ela e outra para mim. Pensando bem, você poderia fazer o mesmo serviço na minha árvore? Entregar, montar e decorar?

— Se você mora aqui no bairro, eu posso fazer isso amanhã, depois das cinco.

— Perfeito — disse a mãe. Ela enfiou a mão dentro da bolsa e retirou um porta-cartões de couro. Pegou um cartão e o entregou a Kerry.

— Meu nome é Adele, e este é o meu endereço.

— Moro um andar acima da mamãe — comentou Holly. — Ah, e leve umas luzes novas, como as que você tem aqui. Nem imagino o estado que estão as nossas. Só de pensar em desemaranhar aquela bagunça, eu já fico ansiosa.

22

K erry? — chamou uma voz.
Era terça-feira. Kerry ergueu os olhos e viu Gretchen McCaleb, com uma aparência cansada, parada na entrada do estande. Ela vestia um casaco de cashmere preto, botas com detalhes em pele e discretos brincos de pérola, sua mão pousava suavemente no ombro do filho.

— Ah, oi, Gretchen. Oi, Austin. Mudou de ideia sobre comprar uma árvore de Natal?

— Céus, não. Olhe, estou em uma situação terrível. Tenho uma reunião importante fora da cidade esta manhã, mas a escola tem um daqueles treinamentos idiotas hoje, e minha babá cancelou. Não consigo localizar o Pat. Sei que é algo terrível de se pedir, mas o Austin gosta tanto de você...

— Eu adoraria que o Austin passasse o dia comigo e com a Queenie — prontificou-se e Kerry. — Ajuda extra é sempre bem-vinda.

— Está vendo, mãe? — disse Austin, radiante. — Eu falei que eles precisavam de mim aqui.

— Então está bem — emendou Gretchen, consultando o refinado relógio de ouro em seu pulso. — Vão me buscar daqui a dez minutos. — Ela pegou uma lancheira vermelha com estampa do Homem-Aranha e a estendeu para Kerry. — Aqui tem o almoço dele e algumas frutas para um lanche. Não sei quanto tempo minha reunião vai demorar. Espero que o pai dele possa vir esta tarde e...

Um carro preto encostou no meio-fio e o motorista piscou os faróis.

— Ah, não. Ele está adiantado. Preciso ir.

Ela se inclinou e beijou o topo da cabeça do filho.

— Tchau, meu amor.

Kerry e Austin se entreolharam. Ela gostava de crianças e com certeza se afeiçoara a esse garoto em particular, mas ela nunca tinha ficado totalmente responsável por um pequeno ser humano. Ao contrário da maioria dos adolescentes, ela nunca trabalhou como babá, e a maioria de seus amigos na Carolina do Norte eram solteiros ou ainda não tinham filhos.

Os dois se viraram e avistaram Murphy parado na porta do Spammy. Seu cabelo estava todo eriçado e ele vestia calças térmicas, seu traje preferido para dormir.

— Você acordou cedo — disse Kerry, arrastando as palavras.

— Mamãe acabou de ligar — disse em voz baixa. — Papai teve que voltar para o hospital.

Kerry encarou.

— É grave?

— Não é tão grave — explicou o irmão. — Ele estava se recusando a comer direito, ficou desidratado, e como ninguém consegue convencer o grande e poderoso Jock Tolliver de que há algo que ele não possa fazer, ontem à noite ele decidiu que seria uma ótima hora para sair e cortar lenha.

Kerry fechou os olhos e suspirou.

— Ele desmaiou e bateu a cabeça em um toco de árvore. Mamãe chamou a ambulância e o levaram para o hospital. Ele cortou a testa, levou alguns pontos e está em observação, tomando soro e fazendo alguns exames.

— Graças a Deus não foi nada mais grave — disse Kerry. Seu coração estava acelerado. — Talvez devêssemos fechar o estande e voltar para casa...

— De jeito nenhum — interrompeu Murphy. — Mamãe não quer nem ouvir falar nessa hipótese. Ela sabe que precisamos vender essas árvores para recuperar o prejuízo. E me jurou que conseguirá controlá-lo.

— Sério? Ela vai impedir o Jock de ser o Jock? Ela não conseguiu fazer isso quando estavam casados, como ela acha que vai conseguir agora?

O semblante de Murphy estava sombrio.

— Eu vou impedi-lo. Liguei para ele agora mesmo, disse tudo que estava engasgado e o xinguei de tudo o que você possa imaginar.

— E daí? Vocês dois discutem assim o tempo todo.

— Dessa vez é diferente. Eu disse a ele que se ele não fizer exatamente o que a mamãe e os médicos mandarem, eu vou embora da fazenda. Vou arranjar um emprego no Serviço Florestal, arrumar outro lugar para morar.

Ela estudou o rosto do irmão.

— Você faria isso?

— Num piscar de olhos. O velho é teimoso demais. Eu frequento todos os seminários sobre agronegócio que o estado oferece, faço aulas na universidade, mas toda vez que tento fazer algo diferente do que ele e o vovô sempre fizeram na fazenda, ele me ignora. Tenho quase 40 anos. Ele precisa começar a me tratar como um homem, ouvir algumas das minhas ideias.

Murphy passou a mão pelo cabelo desgrenhado.

— Preciso me vestir.

Ela estendeu a mão e tocou o cotovelo do irmão.

— Você ainda não me disse o que o papai te respondeu.

Ele riu envergonhado.

— Acho que finalmente consegui me fazer entender. Choramingou como um bebê, implorou para eu não me mudar. Prometeu obedecer à mamãe, parar de fumar de verdade e fazer exatamente o que os médicos disseram.

— Que bom — disse Kerry. — Você não quer realmente deixar a fazenda, quer?

— Não — admitiu ele. — É a última coisa que quero. Mas farei, se for preciso.

Vic chegou pedalando em sua bicicleta enquanto Murphy se vestia.

— Quem é o garotinho? — perguntou Vic, apontando com o polegar na direção de Austin.

— Esse é o Austin. Ele mora no bairro e vai passar o dia aqui e nos ajudar. Ele pode ser seu assistente. Logo depois de ele passear com a Queenie para mim.

Murphy saiu do trailer e partiu na direção da Anna's sem dizer uma palavra. Voltou com dois copos grandes de café, entregou um para Kerry e se sentou.

Minutos depois, ele voltou ao trailer e saiu com seu caderno. Folheou as páginas, deu um gole no café e balançou a cabeça.

— Não está nada bom.
— O café? O meu estava ótimo.
— Não, palerma. A venda das árvores.
— Está melhorando — argumentou Kerry. — Vendi dez árvores ontem e você vendeu mais quantas à noite?
— Oito. Mas não é suficiente. Estamos muito abaixo do que costumamos vender. E ainda temos que lidar com aqueles dois idiotas do outro lado da rua.
— Vou pensar em algo — disse Kerry. — Mas preciso voltar ao mercado de flores para comprar mais luzes para o meu trabalho de decoração mais tarde.
— O seu o quê?
— Vendi duas árvores para mãe e filha ontem, e elas perguntaram se eu poderia decorar as árvores com luzes do jeito que fizemos com as nossas. E eu aceitei. O Vic entregou as árvores delas, e mais tarde vou lá pendurar as luzes.
— Você está sendo paga por isso?
— Como você mesmo disse, estamos em Nova York. Ninguém faz nada de graça. Estou cobrando setenta e cinco dólares por hora, com um mínimo de duas horas, e elas nem pestanejaram.
— Que doideira — conclui Murphy.

23

Kerry abriu seu notebook para checar os e-mails. Ela tinha postado suas informações de contato em um fórum online para designers freelancers, na esperança de conseguir um novo trabalho, mas sua caixa de entrada estava tristemente vazia.

Ela enviara a nota fiscal para um cliente antes de sair de casa, mas não tinha recebido uma resposta. Como estava morando de graça com a Birdie, a situação ainda não estava tão terrível, mas ficaria em breve se ela não conseguisse mais trabalho.

— Ok, Austin — chamou Kerry, colocando o notebook de lado e abrindo o caderno de desenhos. — Onde paramos?

— Na floresta de árvores de Natal — lembrou Austin. — E os pássaros e esquilos eram meus amigos.

Em um impulso, ela acrescentou um grande e elaborado portão de ferro forjado ao desenho que fizera anteriormente, com uma viçosa hera entrelaçada ao redor. Acrescentou também uma profusão de árvores e arbustos ao lado do portão.

— O que é isso? — perguntou Austin.

— Na minha imaginação, esse é o portão para um reino mágico e misterioso em uma floresta, bem no meio da cidade.

— Mas teria que ser uma floresta secreta, que mais ninguém conheça, só eu. E eu tenho a chave.

— Ah, gostei — disse Kerry.

— Gostou do quê?

Patrick sorriu para eles. Ele estava segurando dois copos descartáveis de isopor.

— Quem quer chocolate quente?

— Eu! — gritou Austin, pegando ansiosamente um dos copos. — Papai, o que você está fazendo aqui?

— Sua mãe ligou e me pediu para vir buscá-lo.

— Eu ainda não posso ir embora. A gente *estamos* trabalhando na nossa história.

— A gente *está* — corrigiu Patrick. — Posso dar uma olhada?

— É só uma brincadeira — apressou-se Kerry, sentindo-se desconfortável e envergonhada perto de Patrick. Ele sorriu ao olhar para os desenhos, e ela notou as rugas nos cantos dos olhos dele, que ele precisava fazer a barba e que tinha uma marquinha exatamente no mesmo lugar que Robert Redford, por quem ela foi apaixonada anos atrás, na primeira das dezenas de vezes em que assistiu ao DVD de Birdie do filme *Butch Cassidy*.

— Estão ótimos — disse Patrick. — Agora, vamos para casa. Está esfriando e logo já é hora do jantar.

A expressão de Austin esmoreceu por um momento, mas logo se animou novamente.

— Já sei. A Kerry pode jantar conosco e depois podemos continuar desenhando nossa história.

— Boa ideia — disse Patrick, virando-se para Kerry. — O que acha?

— Adoraria, mas tenho que trabalhar esta noite. — Ela olhou para o telefone e se assustou ao ver que já eram quase 17 horas. — Aliás, preciso sair assim que o Murphy voltar.

Patrick pareceu tão desapontado quanto o filho.

— Fica para outro dia, então? Para que eu possa te agradecer direito por cuidar do Austin.

— Não precisa me agradecer. Nos divertimos hoje. Para falar a verdade, senti falta dele nesses últimos dias.

Ele levantou uma sobrancelha.

— E de mim?

— Tá bom, sim. Senti falta de vocês dois. — Ela se afligiu ao perceber que seu rosto começava a corar.

Patrick pareceu satisfeito e então ficou sério, abaixando a voz para não ser ouvido.

— Tenho que pedir desculpas pela Gretchen. Não consigo acreditar que ela simplesmente... largou nosso filho com você e foi embora. Ela não tinha o direito...

Kerry tocou no braço dele.

— Ela estava obviamente em apuros. E fico feliz por ter passado tempo com Austin. Ele é tão divertido, um garoto adorável. Ele pode ficar conosco sempre que quiser.

— Ele claramente adora você e o Murphy. E quanto a esse jantar? Podemos marcar uma data?

— Hmm... — Ela sentiu o rosto corar de novo. — A hora que você quiser. Minha agenda social está longe de ser agitada.

— Sexta à noite, então? Por volta das sete? Acho que sei onde pegar você, certo?

— Isso mesmo. — Ela hesitou. — Pode ser em um lugar mais casual?

— Você é quem manda. — Ele deu um beijo rápido na bochecha de Kerry.

O beijo não passou despercebido ao olhar aguçado de Austin.

— Pai! Vamos. Estou com fome.

24

Murphy. — Kerry sacudiu o ombro do irmão. Ele tinha adormecido em sua cadeira dobrável, envolto no saco de dormir, e roncava suavemente. O fogo no tonel tinha se apagado em algum momento durante a noite, e a mesa de trabalho estava cheia de latas vazias de Red Bull, copos descartáveis de café e os restos de um balde de frango frito para viagem.

— Ugh. — Ela jogou tudo no lixo. Ainda era cedo, pouco depois das 7 horas, então ela decidiu deixá-lo dormir enquanto dava um pulo no apartamento dos Kaplans para um banho rápido.

Quando Kerry voltou, Murphy já estava acordado.

— O que aconteceu com meu frango frito?

— Joguei fora, junto com todo o seu lixo — respondeu ela.

— Era meu café da manhã — resmungou o irmão. — Como foi a noite passada? Você não me contou.

— Você não perguntou — retrucou Kerry.

Quando ela voltou para o estande na noite anterior, Murphy e alguns amigos estavam sentados ao redor do fogo, dividindo uma jarra da aguardente de milho feita artesanalmente por Jock Tolliver, enquanto Murphy tocava seu dobro.

— Estou perguntando agora.

— Foi tudo ótimo. O apartamento da mãe era bem contemporâneo e minimalista. Quando terminei de colocar as luzes na árvore, ela decidiu que gostava do visual mais simples, então nem coloquei outros enfeites. Levei apenas uma hora, mas recebi o pagamento pelo mínimo de duas horas, e ela ficou muito feliz com o resultado. O apartamento da filha demorou mais. Acabamos mudando a árvore para um canto diferente da sala, mas deu certo, e ganhei trezentos dólares, mais uma gorjeta de quarenta. Nada mal para algumas horas de trabalho. E como foi por aqui?

— O movimento foi fraco. Só vendi quatro árvores.

Ela colocou a mão no bolso e entregou a ele três notas de cinquenta dólares.

— O que é isso?

— Sua parte dos lucros — explicou Kerry. — E as clientes de ontem à noite prometeram recomendar nossas árvores a todos amigos e vizinhos.

No início da tarde, Kerry vendeu mais duas árvores de Natal. Quando o movimento diminuiu novamente, ela voltou a trabalhar nos desenhos da floresta que Austin havia imaginado. Já havia terminado de desenhar molduras ovais ao redor dos esboços, cada uma um pouco diferente, com trepadeiras entrelaçadas, pinhas e borboletas, e começara a escrever o texto quando Heinz pareceu surgir do nada.

Ele ficou de pé ao lado da mesa de trabalho, examinando a arte dela.

— Ora, está ficando muito bom.

— Austin passou o dia comigo ontem e, é claro, ele quis trabalhar na história — disse ela.

Heinz apontou para o desenho do portal para a floresta.

— Ahh. Parece muito mágico.

— Que bom que teve essa impressão. Ele queria a própria floresta secreta, habitada por uma variedade de criaturas.

Ele bateu com o dedo na moldura que ela acabara de desenhar.

— O adorno oval foi um belo toque. Acrescentou um ar de fantasia. E sua caligrafia é excelente. Você aprendeu na escola de arte?

— Não. Aprendi sozinha assistindo a vídeos no YouTube. Era assim que eu ganhava um dinheiro extra quando estava na faculdade, endereçando convites e marcadores de lugar para casamentos.

Ele assentiu.

— O que acontece a seguir nesta sua história?

— Ainda não sei ao certo. O Austin vai pensar em algo.

Heinz balançou a cabeça.

— Que imaginação aquele garoto tem.

— Ele é muito inteligente. E doce. Ele perguntou de você ontem.

Heinz olhou para o lado.

— Estive cuidando dos negócios.

Kerry inclinou a cabeça.

— Você mora no bairro? Quero dizer, te vejo caminhando aqui na maioria dos dias.

— Na vizinhança — respondeu o homem. Ele pegou o caderno de desenhos, mudando abruptamente de assunto, e começou a folhear as páginas.

— Ahhhh. Esses cachorros. Quanta personalidade você deu a eles!

— Eu gosto de desenhar cachorros — admitiu Kerry. — Há algo na sinceridade deles, em suas personalidades vibrantes, que me encanta. — Ela se virou e viu Gretchen se aproximando.

— Preciso ir — apressou-se o Sr. Heinz, acenando na direção da mulher. — Aquela ali pensa que sou o bicho-papão.

Se Gretchen reparou no homem mais velho conversando com Kerry, não se preocupou em mencionar. Ela caminhava rápido, como alguém com uma missão.

— Kerry, o Austin me contou o quanto ele gostou do dia de ontem, e nem tenho palavras para te agradecer. — Ela fez uma pausa. — O Pat acha que foi extremamente inapropriado da minha parte te pedir isso.

Gretchen balançou a cabeça para indicar que discordava do ex.

— De qualquer forma, comprei uma lembrancinha para você. — Ela entregou um envelope na mão de Kerry, virou-se e foi embora.

— Espere — chamou Kerry. — Não é...
Kerry olhou para o envelope, deu de ombros e o abriu. Quando viu um vale-presente da American Express de duzentos dólares, ficou sem palavras.
— Isso é um pouco exagerado — murmurou.

25

Dois dias depois, Kerry estava parada do lado de fora da vitrine de uma boutique próxima, olhando para as araras de roupas de grife lá dentro.

— Não tem nada aqui para mim — disse a si mesma. Mas a loja era perto, e ela prometeu ao Vic que estaria de volta ao estande em meia hora.

Sua missão nesta manhã era simples: comprar algo adequado para o jantar "casual" com Patrick e Austin.

Mas nessa loja? O toldo listrado em verde-escuro e branco, a fachada acetinada adornada em detalhes pintados de verde-escuro, sem mencionar a iluminação suave e a elegância discreta da vitrine — tudo gritava dinheiro.

E Kerry tinha apenas duzentos dólares, na forma de um vale-presente da American Express, que Gretchen insistiu que ela aceitasse.

Duas mulheres passaram por ela na calçada com os braços repletos de sacolas de compras. Lançaram um olhar rápido e curioso na direção de Kerry, depois entraram na loja.

Ela estava prestes a entrar também, quando viu seu reflexo na vitrine. Ao ver sua imagem ao lado do manequim se sentiu inadequada, cafona e desarrumada, apesar do fato de ter tomado banho e secado o cabelo mais cedo no apartamento dos Kaplans, e estar vestindo seu melhor (e único) par de jeans de grife e o blazer de veludo, com os quais, até esse exato momento, sentia-se elegante.

Estava frio na calçada, e uma vendedora a observava ostensivamente de dentro da loja.

O ambiente na loja era perfumado, o carpete era espesso, e no pé-direito alto pendia um enorme lustre com gotas de cristal. Ela virou a etiqueta de um suéter azul-marinho básico e fez uma careta. Mil e quinhentos dólares, o que era mais do que seu primeiro carro tinha custado.

— Oi. — A vendedora era jovem, tinha por volta de 20 anos, Kerry supôs, com cabelos loiros puxados para trás em um rabo de cavalo impecável. Estava toda de preto. A garota tocou a manga do casaco de Kerry. — Amei o blazer! É vintage?

— Huh, sim — respondeu Kerry, surpresa com a postura amigável da garota. — Acho que sim. Comprei em um brechó.

— Adoro fazer compras em lojas vintage. — Ela abaixou a voz. — Mas não conte para minha gerente. Agora, em que posso te ajudar?

Kerry sentiu a ansiedade abrandar levemente.

— Eu preciso de algo... especial. Mas não tenho certeza se posso pagar alguma coisa daqui.

A garota observou Kerry, e ela se sentiu ainda mais insignificante e maltrapilha do que quando estava do lado de fora da loja. Isso foi um erro. Ela se virou para sair.

— Ei — chamou a garota. — Não vá embora. Eu não estava te julgando. Só estava tentando adivinhar o seu signo.

— Meu signo?

— Você sabe. Seu signo astrológico. Aposto que você é virginiana. Acertei?

O queixo de Kerry caiu.

— Como você sabia?

— Ah, a astrologia é meu superpoder, junto com minha habilidade para conseguir um táxi e meu supertalento como designer de sobrancelhas. E eu também sou virginiana, então consigo identificar uma a quilômetros de distância. Meu nome é Astrid, aliás. Somos racionais, práticas, perfeccionistas e atentas aos detalhes. Você também é assim, aposto.

— Acertou — admitiu Kerry. — Meu nome é Kerry e preciso de algo para usar em um jantar hoje à noite, e estou em pânico porque preciso voltar para o trabalho.

— De onde você é? Posso jurar que identifiquei um sotaque do Sul.

120

— Carolina do Norte.

— Das montanhas, não da costa, certo?

— Como você...?

— Sou de Raleigh — revelou Astrid. — Você não encontra muitos *tarheels* aqui na cidade.

— Você não tem sotaque nenhum — disse Kerry.

— Ah, querida — disse Astrid, arrastando as palavras. — Sou atriz. Mudo de sotaque conforme necessário, como troco de roupa. Agora, vamos encontrar algo incrível para você. Quanto estava pensando em gastar?

Kerry sentiu seu rosto corar.

— Estou com um orçamento um tanto apertado.

— Quão apertado?

— Duzentos — sussurrou Kerry. — Impossível, eu sei...

Astrid tocou a manga do casaco de Kerry.

— Deixa comigo, garota.

Ela guiou Kerry para a parte de trás da loja.

— Você veste 38, certo?

— Acho que estou mais para 40.

— Espere um minutinho. Estava guardando esse suéter especialmente para a cliente certa.

Quando Astrid reapareceu, trazia um suéter de cashmere em um exuberante tom de verde-petróleo. Tinha um decote fechadura preso com um laço e mangas três quartos.

— Não é maravilhoso? Vai ficar espetacular com seu tom de pele.

Kerry passou a mão no tecido.

— Quanto custa?

— Não é tão caro — disse a vendedora. — Está com um preço bem reduzido porque já estamos começando a receber a coleção de primavera.

— Quanto seria não tão caro?

— Cento e oitenta e nove — respondeu Astrid, entregando-lhe o suéter. — Experimenta. Juro, essa peça estava à sua espera para levá-la para casa.

No provador, Kerry tirou o blazer e a camisa e vestiu o suéter.

Ficou sem fôlego quando se virou para olhar no espelho. O caimento era perfeito. A cor era adorável e o cashmere era mais macio que as bochechas de um bebê. Ela já estava se trocando quando ouviu o som do celular indicando uma mensagem recebida. Era do Murphy e, bem ao estilo dele, era curta e direta.

ONDE DIABOS VC TÁ?

— Como ficou? — perguntou Astrid, afastando a cortina.

— Vou levar, mas tenho que voltar para o trabalho agora mesmo.

Ela seguiu a garota até o caixa e entregou o vale-presente.

— Você trabalha por aqui? — perguntou Astrid, enquanto registrava a venda.

— Estou trabalhando no estande de árvores de Natal da nossa família, na praça Abingdon. Meu irmão acabou de me mandar mensagem dizendo que preciso voltar já.

— Espera. Seu irmão é o Murphy?

Kerry respondeu à pergunta com outra pergunta.

— Você conhece meu irmão?

Astrid riu, fazendo surgir uma covinha.

— Querida, todo mundo no bairro conhece Murphy Tolliver. Meu namorado e eu sempre compramos as árvores de vocês.

Ela embrulhou o suéter em papel de seda e o colocou em uma elegante sacola de compras.

Kerry estendeu a mão para pegar a sacola.

— Espera — disse Astrid. Ela correu até um mostruário de joias. Quando voltou, colocou algo na sacola.

— Isso é um pequeno *sercy* de uma *tarheel* para outra — disse ela. — Não podemos deixar você sair hoje à noite sem lindos brincos novos.

— Agora tenho certeza de que você é do Sul — comentou Kerry. — Nunca conheci ninguém fora da Carolina do Norte que saiba que *sercy* é um presente.

— Ou um *lagniappe*, em Nova Orleans — concordou Astrid.

— Mas não posso aceitar.

— Já está feito — disse a garota. — Com o valor que custam para mim, eles são praticamente de graça, de qualquer maneira.

— Obrigada — agradeceu Kerry. — E quando você for comprar sua árvore, vou te dar uma guirlanda de brinde.

— Combinado — disse Astrid.

26

Kerry estava a meio quarteirão de distância da praça Abingdon quando avistou a multidão. Pessoas se aglomeravam em torno do estande de árvores de Natal, formando uma fila na calçada, tirando selfies em frente à placa Árvores de Natal da Família Tolliver e posando ao lado do Spammy.

— Mas o que diabos está acontecendo? — murmurou, acelerando o passo para um trote e depois uma corrida. Murphy estava parado no meio de um grupo formado em sua maioria por mulheres, todas conversando animadamente, embora houvesse alguns homens também. Ela avistou Vic, lutando para amarrar três árvores no carrinho acoplado à bicicleta.

Murphy parecia encurralado. E em pânico. Ao chegar ao estande, os olhos dele encontraram os dela por cima da multidão, e ele murmurou uma palavra: *Socorro*.

— Oi — disse ela, esquivando-se em meio à confusão. — Desculpe. Só vou guardar a sacola no trailer...

— Moça! — chamou uma mulher. Ela estava abraçada a uma árvore de mesa. — Quanto custa esta? E você tem outras desse tamanho?

— Senhorita! — Uma mulher de meia-idade abriu caminho até a mulher com a árvore de mesa. — Eu cheguei antes e preciso de...

Ela ouviu uma jovem na faixa dos 20 anos comentar com a amiga:

— Ai, meu Deus. Aquele trailer é a coisa mais fofa do mundo. Eu quero morar nele!

Kerry abriu a porta do trailer, jogou a sacola lá dentro e se virou, dando de cara com um homem de meia-idade empurrando o cartão de crédito na direção dela.

— Eu tenho um compromisso e preciso pagar pela minha árvore agora mesmo.

— Só um minuto, por favor. Só temos uma maquininha e meu irmão está usando. — Quando ele começou a protestar, ela se virou e foi até Murphy.

— O que está acontecendo aqui? De onde vieram todas essas pessoas?

— É o que eu gostaria de saber. Essas mulheres estão prestes a começar um tumulto por causa de árvores de Natal. Elas dizem que leram sobre nós em uma tal de Ashley. Quem diabos é essa pessoa?

— Elas devem estar falando da AshleyActually. Ela e o noivo compraram uma árvore aqui na semana passada. Parece que essa mulher é uma influenciadora famosa. Ela tem mais de um milhão de seguidores nas redes sociais.

Kerry pegou seu celular, tocou no ícone do Instagram e digitou "ASHLEY ACTUALLY" na barra de pesquisa. Imediatamente reconheceu a loira elegante e seu noivo, ao lado da placa do estande da Família Tolliver, e depois outra imagem de Kerry com o casal, com a legenda:

> Na semana passada, Shaun e eu descobrimos o local mais incrível de Nova York para se comprar uma árvore de Natal e sentir o clima festivo. Corra até o West Village e visite o estande de Árvores de Natal da Família Tolliver para apoiar um ótimo negócio familiar. As árvores são frescas, vêm direto da fazenda nas montanhas da Carolina do Norte e têm um aroma incrível. E não se esqueça de conferir o trailerzinho fofo que eles chamam de Spammy. Eles realmente moram nele durante a temporada de Natal!

Ela passou o celular para Murphy.

— Tem mais de oito mil curtidas e mais de mil e setecentos comentários. E ela postou isso há apenas algumas horas.

— Uma garota que você nunca viu antes é responsável por todo esse... caos?

— Parece que sim. Não é maravilhoso?

— Mas eles tinham que vir todos ao mesmo tempo?

— Senhor? Senhor? — Uma jovem vestida de roxo dos pés à cabeça acenou com um cartão de crédito. — Quero uma árvore de um metro e oitenta, e onde ficam aquelas guirlandas fofas iguais a que a Ashley mostrou no post do Instagram?

— As guirlandas estão em falta — explicou Kerry. Ela entregou o caderno à mulher. — Escreva seu nome e número de telefone e envio uma mensagem assim que eu tiver mais nos próximos dias.

— Ei! — Um homem com uma árvore pendurada no ombro abriu caminho em direção aos irmãos, quase ferindo os olhos de outra pessoa com a ponta da árvore. — Cara, você pode fechar minha compra? Meu Uber está quase chegando. — Ele tinha um punhado de notas na mão. Kerry pegou o dinheiro e lhe deu o troco.

As duas horas seguintes foram apenas um borrão, com novas ondas de clientes chegando ao estande, clamando por árvores e guirlandas e pedindo que Kerry e Murphy posassem para selfies ou permitissem uma visita ao Spammy. A pilha de árvores aguardando entrega estava imensa, já ameaçando desabar, e Vic ia e vinha do estande sem parar, com o rosto suado e um sorriso de orelha a orelha.

Pouco antes das 16 horas, o movimento diminuiu e os irmãos desabaram, em sincronia, em suas cadeiras dobráveis.

— Que loucura — disse Murphy, observando o reduzido estoque de árvores que, depois do frenesi de vendas, estava todo revirado com alguns abetos caídos pelo chão. — Olhe para este lugar. Se o movimento continuar nesse ritmo, ficaremos sem árvores até domingo. Talvez antes.

— E o que faremos se ficarmos sem árvores? — perguntou Kerry.

— Não sei. Nunca aconteceu antes do Natal. Com certeza, nunca vendemos tudo com tanta antecedência. Quero dizer, normalmente reservamos algumas árvores para os compradores de última hora. Acho que, se ficarmos sem árvores, simplesmente arrumamos tudo e voltamos para casa.

Kerry sentiu a boca seca e um aperto no estômago. Há alguns dias, ela teria ficado empolgada com a ideia de voltar para casa, para uma cama de verdade, água corrente e uma noite de sono silenciosa, sem os roncos de Murphy. Mas agora?

Ela olhou ao redor, para a praça, com os pombos bicando as migalhas de pão deixadas pela senhora que costumava caminhar pelo parque com seu andador todas as manhãs, levando um pacote de biscoitos velhos, observou as lojas agora familiares e seus donos, que rapidamente se tornaram da família, e os vizinhos passeando com seus cachorros na calçada — ela sabia o nome de todos eles e de seus cães. Recordou as visitas de Heinz e suas críticas diretas e precisas sobre sua arte.

No entanto, pensou principalmente em Austin e na história ainda inacabada que estavam criando, e no pai de Austin, Patrick.

— Não podemos conseguir mais árvores?

— Você quer que eu pegue um táxi até o Central Park e corte algumas? — ironizou o irmão.

— Mas não temos mais árvores na fazenda?

Murphy coçou a barba.

— Não sei ao certo. Papai sempre reserva um certo número para vender no estande à beira da estrada e para alguns comerciantes de Asheville.

— Talvez seja melhor ligar para ele e perguntar — sugeriu Kerry. — Quem sabe os Joyner ou os Fletcher possam ajudar? Talvez eles tenham algumas árvores de Natal extras que estariam dispostos a nos vender?

— Mesmo que eles ainda tenham algumas para vender, como as traríamos até aqui? Eles não vão largar os estandes deles para transportar algumas centenas de árvores até aqui assim, de repente.

— Você não poderia ir até lá buscá-las? — perguntou.

— E quem cuidaria do estande enquanto eu estiver fora?

— Eu — respondeu Kerry. — Vic pode me ajudar. Pagamos as horas trabalhadas. E talvez ele possa conseguir a ajuda de um amigo. Só até você voltar.

— Dez horas dirigindo até as montanhas e depois de volta? Sem mencionar o tempo que levaria para carregar as árvores? E sabe lá se eu conseguiria mais abetos a esta altura.

— Mas e se você conseguir? Se os negócios continuarem assim, pense no que isso poderia significar para o papai e para a fazenda. Seria o suficiente para sair do prejuízo e ainda ter algum lucro. E talvez, só talvez, isso mostrasse ao papai que você realmente tem alguma expertise no negócio. Pense nisso, pelo menos?

— Vou pensar. — Murphy desapareceu para dentro do trailer.

Uma nova horda de clientes surgiu quinze minutos depois. Outra dezena de mulheres tagarelas e hiperativas, com um número aparentemente interminável de perguntas e pedidos.

— Vocês entregam no Queens?

— Vocês conseguem uma árvore exatamente com esse formato, mas mais cheia?

Quando Vic voltou de suas entregas, ela o deixou encarregado de preencher recibos e anotar os pedidos de entrega — um total de seis — e mais três serviços de decoração de árvores.

— Espere até eu contar para o Murphy — disse Kerry em voz baixa, enquanto dava troco e passava cartões de crédito dos clientes.

Em certo momento, quando ainda tinha quatro pessoas na fila esperando para pagar as compras, ela olhou casualmente para o outro lado da rua. Notou os irmãos Brody parados na calçada, olhando feio na direção do estande. Ela acenou, agitando os dedos com um ar triunfante.

— Hmm, senhorita Kerry, senhora? — Era o Vic. Ele parecia tão cansado quanto ela se sentia. — Desculpe, mas eu realmente preciso ir para casa agora. Minha mãe está me ligando para saber onde estou.

— Ai, meu Deus, Vic. Desculpe. Não sei o que seria de nós sem você hoje.

Ele abriu um largo sorriso e começou a tirar notas de cinco, dez e vinte dólares dos bolsos do casaco.

— Hoje foi incrível! Acho que ganhei mais de duzentos dólares, fácil.

— Você mereceu. Posso te perguntar uma coisa? Existe a possibilidade de o Murphy precisar voltar para buscar outra carga de árvores. Se acontecer, você poderia me ajudar em tempo integral?

— Talvez — respondeu o garoto. — Posso confirmar amanhã de manhã?

— Claro. — Ela deu um tapinha nas costas dele.

Pela primeira vez no dia, Kerry ficou sozinha. Ela entrou no trailer, que trepidava com os roncos do irmão. Eram quase 18 horas, mas ela não teve coragem de acordá-lo. Em vez disso, vestiu seu casaco acolchoado mais quente e voltou para o seu posto, exatamente no momento em que Patrick e Austin se aproximaram. Patrick usava um paletó por baixo do casaco, e reparou que Austin estava usando uma elegante gravata-borboleta vermelha.

— Kerry — chamou Austin. — Está pronta para o nosso encontro?

— Meu Deus. Eu estive tão ocupada que perdi completamente a noção do tempo — disse exasperada.

— Eu te enviei mensagens — respondeu Patrick gentilmente. — Pensei em passar aqui para ter certeza de que ainda estava de pé. Mas se estiver ocupada demais...

Ela pegou o celular do bolso e viu três mensagens dele.

— Eu fiquei ansiosa por esta noite a semana toda, mas hoje tivemos um movimento impressionante. Nem consegui ver suas mensagens. — Ela apontou para o estande, que estava notavelmente mais vazio do que oito horas antes.

— Uau — disse Patrick. — Você deve ter vendido muitas árvores hoje. O que aconteceu?

— AshleyActually fez uma postagem no Instagram e uma multidão apareceu. Na verdade, havia mulheres brigando pelas árvores.

— Isso é ótimo, não?

— Depende do ponto de vista. Murphy diz que podemos ficar sem árvores já neste fim de semana. E, se isso acontecer, ele diz que arrumamos tudo e voltamos para casa.

— Para casa? — Austin pareceu alarmado. — E a nossa história?

— Calma, amigão — disse Patrick, colocando a mão no ombro do filho. — E vocês não conseguem comprar mais árvores em algum lugar?

— Foi o que sugeri, mas o Murphy não está muito animado em vender qualquer árvore. Ele é bem exigente com a qualidade. Concordo com ele, é a marca da nossa família. Não queremos prejudicar nossa imagem.

— Ele tem razão.

— E o nosso encontro? — clamou Austin. — Quando vamos comer? Estou com fome. Você não está com fome, Kerry?

— Sabe de uma coisa? Estou faminta — disse ela. — Eu nem almocei.

— Então vamos — disse Austin.

— Você consegue sair? — perguntou Patrick.

Kerry olhou para o trailer. Ela podia ouvir os roncos abafados do irmão.

— Eu teria que acordar o Murphy. Ele também trabalhou o dia todo. — Ela examinou o próprio estado. As calças estavam sujas de terra, e as mãos, grudentas de seiva de abeto.

Ela ansiava por um banho quente e a chance de exibir seu suéter novo.

— Você não pode apenas fechar o estande? — perguntou Patrick. — Não há muitas árvores sobrando para vender hoje à noite.

— Olhe para mim — protestou ela. — Estou um caos.

— Não vamos longe — prometeu Patrick.

Ela olhou para Austin, que contraía o rosto, ansioso pela resposta.

Kerry desamarrou o avental verde com a marca da Fazenda de Árvores de Natal da Família Tolliver e o jogou sobre o encosto da cadeira.

— Meu expediente oficialmente terminou. Se o Murphy acordar, ele pode assumir o próximo turno.

28

Bernie's Burgerz — comemorou Austin enquanto entravam no restaurante. — Meu favorito.
 Patrick deu um sorriso constrangido para Kerry.
— Nós costumamos sair para jantar sempre que ele está comigo, e era a vez dele de escolher, então aqui estamos.
 Uma mulher negra de meia-idade, com cabelos prateados bem curtos, saiu de trás da bancada de recepção e cumprimentou Austin como uma celebridade querida.
— Austin, onde esteve ultimamente? Estava com saudades de você — exclamou a mulher, ajoelhando-se no chão e envolvendo o garoto em um abraço.
— Oi, Bernie. É que eu vou para a escola agora.
 Ela bagunçou o cabelo dele.
— Eu bem notei algo diferente em você desde a última vez em que esteve aqui. Você está um homenzinho. — Ela tocou a gravata-borboleta vermelha. — E está todo elegante. Seu pai também. Estão comemorando o aniversário de alguém hoje à noite?
— Não. Eu e o papai estamos em um encontro com ela. — Ele apontou com o polegar na direção de Kerry. — O nome dela é Kerry. Ela vende árvores de Natal e desenha. E é minha amiga.
 Bernie envolveu a mão de Kerry com ambas as mãos e apertou carinhosamente.
— Que moça de sorte! Fiquem à vontade. Reservei a mesa preferida de vocês, bem ali, perto da janela.

Depois que receberam as bebidas, vinho para os adultos e limonada para Austin, Patrick pediu uma entrada de bolinhos fritos de batata cobertos com chili e queijo.

— Meu Deus — deliciou-se Kerry, na primeira mordida.
— Isso está divino.
— Os hambúrgueres daqui são os melhores do mundo inteiro — recomendou Austin.
— Claro, há muitas outras opções no cardápio — informou Patrick. — Frango, peixe, carne. Eles têm ótimas saladas...
— Quem pede salada em um lugar chamado Bernie's Burgerz? Seria uma afronta. Vou querer um hambúrguer, malpassado, com tudo que tenho direito.
— Não esquece as batatas fritas — disse Austin.

Assim que os pedidos chegaram, Kerry se controlou para não devorar o hambúrguer como uma hiena faminta.

A conversa durante o jantar fluiu de forma tão descontraída e natural que ela esqueceu as habituais inquietações de um primeiro encontro. Nada de mãos suadas, frio na barriga ou ansiedade em relação às roupas ou à própria aparência. Tinha certeza de que seu pai diria que ela estava tão desgrenhada quanto "um cavalo suado que ficou sem banho", mas Patrick não pareceu se importar.

Patrick era bom de papo.

— Como foi crescer em uma fazenda de árvores de Natal? — perguntou ele.
— Você teria que perguntar ao Murphy — explicou Kerry.
— Não moro na fazenda em tempo integral desde que meus pais se separaram quando eu tinha a idade do Austin.

O menino olhou para ela.

— Kerry, seus pais também se divorciaram?

Ela olhou para Patrick, que encolheu os ombros.

— Sim, eles se divorciaram.
— Você ficou triste?
— Faz muito tempo, mas, sim, fiquei triste no começo.
— Eu também — disse ele em um tom pragmático.

Kerry escolheu as palavras com cuidado.

— Minha mãe me prometeu que ela e meu pai ainda me amavam, mas que eles simplesmente não queriam mais ficar casados. Com o tempo, percebi que minha mãe estava mais feliz, então isso também me deixou mais feliz.

Austin ponderou por um momento.

— Hmm. Quando será que minha mãe vai ficar mais feliz? Ela ainda grita com meu pai e fica zangada com ele.

Patrick fez uma careta.

— Ela não está zangada com você, amigão. Nenhum de nós está.

— Eu sei. — O garoto pegou mais uma batata frita e mergulhou no ketchup.

Kerry tentou direcionar a conversa para um território neutro.

— Eu passava alguns fins de semana e partes do verão na fazenda. E era mágico. Meu pai tinha galinhas, ele adora galinhas, e criava cabras para ajudar a controlar as ervas daninhas, eu até tinha uma cabritinha de estimação.

Os olhos de Austin se arregalaram.

— Uma cabritinha? Que legal. Como era o nome dela?

— Cookie. Porque ela vinha correndo sempre que eu levava biscoitos. Mas a Cookie comia qualquer coisa. Comeu até minha boneca favorita e um dos meus tênis.

— Um tênis! — O garoto deu risada. — Tinha muitas árvores de Natal também?

— Hectares e hectares. Elas recobrem toda a encosta da montanha. Eu adorava descer de trenó quando tinha neve. Meu pai colocava fardos de feno na base da colina como segurança, e a gente batia neles de propósito.

— Parece um lugar divertido para crescer — disse Patrick. — Sua mãe morava longe da fazenda?

— A uns oito quilômetros. Mas na cidade. Ela era professora, e como a escola ficava a apenas algumas quadras de distância, eu podia ir a pé.

— Conta mais — incentivou Austin. — Sobre a fazenda.

— Meu pai tinha um jardim enorme, e havia um celeiro antigo e meio fantasmagórico cheio de tratores e equipamentos agrícolas quebrados onde brincávamos de esconde-esconde. Uma vez, enquanto eu estava escondida, um rato passou correndo pelo meu pé, eu gritei como louca, e todo mundo pensou que eu tinha sido picada por uma cobra. Ainda odeio ratos.

— Você tinha um cachorro?

— Sempre — disse Kerry. — Na maioria das vezes, eram apenas vira-latas que apareciam na fazenda. Acho que a notícia de que o Jock era um alvo fácil se espalhou. E minha mãe sempre teve cachorros também. Ela tem um setter inglês agora, chamado Alfie. Era para ser o cachorro de caça do Murphy, mas acontece que ele tem medo de tiro. Então ele foi morar com a minha mãe. E agora, é um grande bebê mimado.

— O que mais? — Austin deu um grande bocejo.

— Macieiras. Eu tinha minha macieira especial. Costumava subir nela e me esconder do Murphy. Lia os livros da biblioteca, sonhava acordada e desenhava.

— Eu queria ter uma macieira especial para subir — disse Austin. — E uma cabritinha. — As pálpebras dele tremularam. — E um cachorro e minha própria floresta de árvores de Natal.

Patrick chamou a atenção do garçom e fez um sinal para pedir a conta.

— É melhor te levar para dormir em casa, amigão. Sua tia Suzie vai te levar para ver o Papai Noel de manhã.

— Eu não estou com sono! Além disso, quero um sundae de sobremesa — protestou o garoto.

— Sabe, anos atrás o Papai Noel morava na minha cidade natal — disse Kerry.

Ele olhou para ela com uma expressão desconfiada.

— Eu pensei que o Papai Noel morasse no Polo Norte.

— Bem, talvez ele não fosse o verdadeiro Papai Noel, mas a roupa que ele usava com certeza era de verdade, e era cheia de magia. Eu te conto mais no caminho para casa, está bem?

Eles caminharam lentamente pelos dois quarteirões até a praça Abingdon, com Austin no meio, segurando as mãos dos dois. Estava mais frio, e o calor da mão enluvada do menino era bem-vindo.

— Conta sobre a roupa do Papai Noel, Kerry — pediu ele.

— Uma mulher se mudou para uma casa antiga pertinho da nossa fazenda, onde ela encontrou uma linda roupa de Papai Noel guardada em um armário — começou Kerry. — Mais tarde, descobrimos que o homem que morou naquela casa por muitos anos costumava se vestir de Papai Noel todo ano para as crianças da região. E todos os anos, ele e sua esposa decoravam a casa com milhares e milhares de luzes de Natal. Ele fazia muitas outras coisas maravilhosas para a nossa comunidade também. O nome dele era Papai Noel Bob, e eu também o visitei quando era criança.

"Mas, quando já estava bem velhinho — continuou —, o Papai Noel Bob morreu, e a casa ficou vazia. Até que essa senhora se mudou para lá. Ela perguntou ao homem que lhe vendeu a casa se ele aceitaria usar a roupa na grande celebração natalina que temos todos os anos em nossa cidade, chamada Desfile de Natal. Ele aceitou e, então, ele e a mulher se apaixonaram. E muitas outras coisas mágicas aconteceram, e todos os anos, desde então, ele é o Papai Noel do Desfile de Natal. E agora eles têm um garotinho, o nome dele é Nick."

A placa de FECHADO ainda estava pendurada na entrada do estande.

— Acho que o Murphy encerrou por hoje — disse Kerry.

— Ainda não está tão tarde. Por que não sobe comigo? — sugeriu Patrick. — Eu vou colocar esse carinha na cama, e depois a gente pode beber alguma coisa.

O apartamento ficava no quarto andar do belo prédio de tijolinhos amarelos e fachada decorada em arenito marrom. Dava para ver por que nem Patrick nem Gretchen queriam abrir mão do lugar.

Era menor e muito menos grandioso do que o apartamento de Taryn. Mas tinha pé-direito alto e piso de madeira marrom-escuro. Havia um grande sofá de couro um tanto desgastado de frente para uma lareira, poltronas e mesinhas de canto descoordenadas e uma mesa de centro que já tinha visto dias melhores. Pareciam as sobras de uma separação, em que cada um levou as melhores peças e deixou o restante para trás. Havia uma grande árvore de Natal artificial decorada com enfeites feitos de palitos de picolé, glitter e cartolina, no canto próximo à lareira, com as luzes pisca-piscas acesas.

Mas a estrela da sala era a parede com janelas que iam quase do chão ao teto, com vista para a rua e a praça. Havia um conjunto de mesa e cadeira infantil diante das janelas, e o espaço ao redor estava cheio de materiais de arte e brinquedos. Peças de Lego e livros de ilustrações transbordavam de caixas plásticas alinhadas sob as janelas.

Patrick apontou para um carrinho de bar em frente a algumas prateleiras de livros.

— Sirva-se do que quiser. Acho que tem uma garrafa de vinho branco na geladeira. Vou colocar esse carinha para dormir e já volto. — Ele desapareceu por um corredor estreito repleto de fotos de família emolduradas.

Kerry encontrou uma garrafa de bourbon de uma marca que não conhecia e serviu um pouco do líquido âmbar em um copo de cristal. Ela foi para a cozinha em busca de gelo e voltou para a sala de estar, imediatamente atraída para a grande janela.

Ela se sentou no banco perto da janela e observou a cena abaixo. Os postes antigos iluminavam a praça, onde as pessoas passeavam, parando para observar Spammy e as árvores de Natal iluminadas no estande. Clientes entravam e saíam do Lombardi's, e havia um casal sentado no banco em frente à Anna's, abraçado para se proteger do frio. Além das copas das árvores no parque, ela avistou o Empire State Building, todo iluminado de vermelho e verde. Ônibus e carros passavam zunindo pela rua Hudson, e até o som de uma sirene ao longe tornava a agitação e a correria da cidade encantadoras e empolgantes.

Uma porta fechou suavemente atrás dela e, um minuto depois, Patrick se acomodou ao seu lado, sentando-se tão perto que seus ombros se tocavam.

— O que você está olhando?

— Tudo isso. — Ela fez um gesto para a cena abaixo. — A cidade, o bairro. Você tem uma vista incrível. Eu entendo por que você não quis abrir mão deste apartamento.

— Sim. O Austin também adora este cantinho. Quase todas as manhãs, ele se senta bem aqui, comendo Pop-Tarts no café da manhã. Ele adora observar você e o Murphy montando o estande de manhã.

— Pop-Tarts? — Kerry olhou para ele fingindo horror. — A mãe dele sabe que você está alimentando o filho dela com essa porcaria?

— Ah, são de frutas, não são?

— Fiquei viciada em Pop-Tarts no meu primeiro ano de faculdade — admitiu Kerry. — Minha mãe é meio fanática por comida saudável. Ela ficou chocada na primeira vez que voltei para casa nas férias com uma caixa de Pop-Tarts na mochila.

— Parece que você e sua mãe são bem próximas — observou ele.

— Somos totalmente diferentes, mas ela me ama e me aceita como sou, e tenho muita sorte por isso.

— O que você vai fazer quando todas as árvores de Natal forem vendidas? — perguntou ele, passando o braço em volta do ombro dela. — Você vai voltar para... qual é mesmo o nome da cidade?

— Tarburton. Por enquanto, até eu descobrir o que fazer. A única coisa que sei com certeza é que não quero morar lá para sempre.

— Mesmo? Você faz parecer tão idílico, a fazenda, as montanhas, as macieiras...

— O que as pessoas dizem mesmo sobre a cidade de Nova York, "*é um lugar legal para visitar, mas eu não gostaria de morar lá*"? É assim que me sinto sobre Tarburton. Eu não me encaixo lá. Nunca me encaixei.

Ela sentiu as lágrimas pinicarem seus olhos. A ideia de voltar para as limitações sufocantes da pequena cidade nas montanhas a deixava apreensiva.

Patrick colocou a mão sob o queixo dela e gentilmente virou seu rosto na direção dele.

— Espero que você não vá — murmurou, enquanto seus lábios se encontravam. — Pelo menos não tão cedo.

Kerry retribuiu o beijo.

— Vamos mudar de assunto — sussurrou. — *Carpe diem*, está bem?

— Papai? — a voz de Austin ecoou pelo apartamento. — Não lemos nossa história.

— Esta noite não, amigão — disse Patrick, mas Kerry tocou seu braço.

— Tudo bem. Preciso acordar cedo, de qualquer maneira. Pode deixar que saio sozinha. — Ela o beijou suavemente. — Continuamos depois?

29

A caminhonete de Murphy estava estacionada em fila dupla, com o motor ligado, na frente do Spammy. Ele estava saindo do trailer quando ela se aproximou.

— O que está acontecendo? — perguntou ela.

— Eu já ia ligar para você. Estou voltando para a fazenda.

— A esta hora? — Ela estava incrédula. — Sério? Você não quer esperar até de manhã?

— Se eu sair agora, posso chegar lá ao amanhecer, carregar a carreta e estar de volta no domingo. Papai jurou que consegue arrumar um ajudante para cortar e embalar as árvores. Ele tem entre sessenta e setenta e cinco árvores perto do riacho, mas acha que não temos muitas grandes sobrando.

— É até melhor, na verdade — disse Kerry. — Parece que as pessoas preferem as árvores de mesa. E seria bom ter mais algumas entre um metro e oitenta e dois e quarenta também.

Murphy a olhou com desdém.

— Agora você é a especialista? Pode prever o que meus clientes, para quem papai e eu vendemos árvores há trinta anos, querem ou não?

Kerry ficou boquiaberta diante da intensidade de sua raiva.

— Ei. Não vá se é pra ficar todo irritado e mal-humorado, Murphy. Eu não entendo por que você está tão furioso por finalmente estarmos vendendo árvores e ganhando algum dinheiro. Não é esse o propósito dessa viagem? Para que a fazenda saia do vermelho e papai não fique tão estressado a ponto de ter outro ataque cardíaco?

140

Ele se apoiou no trailer, o corpo rígido, tentando controlar a raiva.

— Sim, é por isso. Mas eu fico furioso de você vir me dizer o que fazer, caindo de paraquedas por aqui e mudando tudo. Papai e eu já temos um jeito de...

— Que não estava funcionando muito bem, certo? Era você quem estava reclamando que as vendas deste ano estavam abaixo do esperado, folheando aquele caderno do papai sem parar. Então, em vez de ficar aqui assistindo aos irmãos Brody roubarem nossos clientes...

— *Meus* clientes — disse Murphy, entredentes.

— Viu? Esse é o problema real. Eu entendo. Você não quer que uma mulher te diga o que fazer. Especialmente se essa mulher for sua irmã mais nova.

— Vai se ferrar. — Murphy pegou a mochila que tinha deixado nos degraus do trailer e caminhou na direção da caminhonete. — Preciso ir para o depósito engatar a carreta. Não tenho tempo para suas bobagens.

— Quando você vai voltar? — perguntou Kerry, de repente em pânico.

— Amanhã à noite ou no domingo de madrugada. — Ele subiu na cabine da caminhonete. — Vou deixar a Queenie aqui. Ela vai te proteger se alguém tentar mexer com você.

— E como vou conseguir administrar o estande sozinha?

— Você não é a especialista? Se vira.

— Vamos, Queenie — chamou Kerry. — Vamos encerrar por hoje. — A cachorra abanou o rabo em aprovação e a seguiu até o trailer.

Kerry se sentou na cama e olhou ao redor do espaço apertado, onde parecia que um ciclone tinha acabado de passar. As roupas sujas do irmão estavam espalhadas pelo chão, que tinha marcas de lama de suas botas, o beliche dele era um amontoado de cobertores, saco de dormir, travesseiros e uma pilha de roupas de grau de limpeza indeterminado.

Sem pensar muito, ela jogou as roupas na sacola de lavanderia, dobrou os cobertores e arrumou a cama dele. Ela saiu para pegar a vassoura e, enquanto estava lá fora, foi até a caminhonete de Jock e pegou o bastão de beisebol que ele mantinha guardado debaixo do banco dianteiro.

— Por segurança — disse para si mesma. Ela tinha que admitir que já estava um tanto apreensiva em sua primeira noite sozinha na cidade.

Depois de descarregar a raiva limpando o trailer, ela se preparou para dormir. Queenie pulou e se acomodou na cama de Murphy. Kerry trancou a porta e pegou o caderno do irmão, folheando até a página das vendas do ano anterior. Ele tinha circulado o número de árvores em vermelho. Quarenta e duas.

Quando seu celular tocou, ela o pegou esperando que fosse Patrick. Mas era a mãe.

— Então é verdade? — murmurou Birdie. — Murphy realmente está voltando para cá para buscar mais árvores? Seu pai está muito agitado com a notícia. Ele ainda não disse nada, mas sei que ele está pensando em ir com seu irmão. Ter que ficar em casa este ano está acabando com ele.

— Mãe, não! — indignou-se Kerry. — Você não pode deixar que ele venha para cá.

— Eu disse àquele velho teimoso que se ele sair desta casa, eu desisto. Ele que volte para o Silver Singles e encontre uma nova namorada para cozinhar, limpar e lembrá-lo de tomar os remédios.

— Há! Ele nunca namoraria alguém com idade suficiente para estar naquele aplicativo — ironizou Kerry. — Mas é melhor você dizer isso para o Murphy. Tenho certeza de que ele adoraria que o papai me substituísse.

Mãe e filha suspiraram ao mesmo tempo.

— Os homens da família Tolliver — disse Birdie. — Minha mãe tentou me avisar, mas... — Sua voz foi se dissipando. — Você vai conseguir administrar o estande sozinha? É muito trabalho.

— Temos um adolescente muito responsável que tem nos ajudado. Espero que ele consiga um amigo para trabalhar também, assim eu terei alguém no estande enquanto o Vic faz as entregas.

— Eu também espero — respondeu Birdie.

— Amanhã é sábado. De acordo com o caderno do Murphy, deve ser o dia mais movimentado da temporada.

— Eu gostaria de poder fazer algo para ajudar — lamentou a mãe. — Querida, estou tão orgulhosa de você e da forma como tem se dedicado. Sei que está passando por um momento difícil em sua vida. Teve alguma notícia do Blake?

— Blake é passado. Mas, mãe, eu estive pensando. Assim que as festas acabarem, eu vou começar a procurar seriamente um lugar só meu.

— Aqui na cidade?

— Não. Você estava certa. Tenho que parar de me esconder e ser sempre tão cautelosa com a minha vida. É hora de me reinventar. Não sei exatamente como será, mas eu comecei a desenhar e pintar. E parece que consigo respirar outra vez. Como se minha alma criativa tivesse sido libertada.

— É isso que sempre peço em minhas orações — disse Birdie. — É só o que quero para os meus filhos. Que vocês sejam felizes e realizados. E estejam em segurança. Boa noite, querida.

— Boa noite — despediu-se Kerry, sem se preocupar em conter um bocejo.

— Não se esqueça de trancar a porta — recomendou Birdie, antes de desligar.

Dez minutos depois, o celular tocou novamente. Era Murphy.

— Olá — cumprimentou o irmão. Houve um longo silêncio. Ela conseguia ouvir vagamente o rádio da caminhonete, tocando música country, é claro.

— Oi — disse Kerry, apenas para quebrar o silêncio. — Algum problema?

— Hmm, estive pensando. Acho que fui meio idiota mais cedo.

— Meio?

— Você não vai aliviar, não é?

— Não mesmo — respondeu a irmã.

Ele respirou fundo.

— Bem, acho que passei dos limites ao gritar com você. Na verdade, é uma coisa boa que já tenhamos vendido quase todas as árvores. E isso foi tudo mérito seu.

Kerry riu.

— A mamãe ligou e te deu uma bela bronca, não foi?

— É. — Ele parecia envergonhado. — Bem, era isso. Me mantenha informado amanhã.

— Pode deixar. E Murph?

— Sim?

— Obrigada por ligar. Dirija com cuidado.

30

Era sábado de manhã e o trailer, mesmo com o aquecedor ligado no máximo, estava tão frio quanto... qual era mesmo a metáfora favorita de Jock? Nariz de esquimó? Kerry tremeu enquanto lavava o rosto com a água gelada de uma garrafa — era o mais perto que chegaria de um banho.

Alguém estava batendo na porta do trailer. Já? Nem eram 7 horas.

Queenie pulou do beliche e latiu ameaçadoramente.

— Sim? — gritou ela.

— Senhora? Sou eu, o Vic. Só queria avisar que cheguei.

— Só um segundo. — Ela vestiu um suéter grosso sobre a camisa de flanela e colocou um gorro de lã sobre o cabelo bagunçado antes de abrir a porta.

— Oi — cumprimento Kerry. — Saio daqui a um minuto. Você pode levar a Queenie para dar uma voltinha? — Ela entregou a guia da cachorra com um saquinho para recolher cocô amarrado e Queenie saiu pulando, toda animada.

Kerry pegou o casaco no gancho perto da porta e saiu para a manhã fria.

A escuridão era pontilhada pelas luzinhas piscantes penduradas ao redor do estande de árvores. Murphy tinha programado um timer para desligá-las ao amanhecer — que ainda não tinha chegado.

A rua estava relativamente tranquila. Um caminhão de entrega descarregava produtos na mercearia. Trabalhadores apressados passavam a caminho da estação de metrô da rua 14th.

Ela encheu as tigelas de Queenie com comida e água, em seguida, caminhou pelo estande, recolhendo galhos caídos, que jogou no tonel que usavam como fogueira.

— Estou de volta — informou Vic minutos depois. Ela afagou a cabeça de Queenie e soltou a guia.

Kerry olhou para as nuvens baixas.

— Será que vai nevar hoje?

— Talvez. Está frio para isso. Hmm, Srta. Kerry... — Vic olhou para os próprios pés.

— Pode me chamar de Kerry, Vic — sugeriu ela, gentilmente. — Não sou uma de suas professoras.

— Tá bom... hmm, é que eu só posso trabalhar até o meio-dia hoje.

O humor de Kerry passou do desânimo ao desespero.

— Ah, não. Justo hoje?

— Sinto muito mesmo, mas minha mãe disse que tenho que ir visitar meu pai e minha madrasta, que moram no norte do estado, antes do feriado. Ela diz que é meu dever como filho. Entende?

Ela assentiu.

— Entendo. Não é culpa sua. — Ela olhou para a Anna's, onde as luzes tinham acabado de acender. — Vou precisar de um pouco de café. E carboidratos. Cuide do estande, está bem?

Quando voltou, Kerry entregou a Vic um copo fumegante de chocolate quente e um donut. Ele abriu um largo sorriso enquanto mordia um pedaço generoso da massa e mastigava com entusiasmo. Ela invejava a disposição e o metabolismo do menino.

Vic apontou para a última árvore grande restante.

— Um cara passou enquanto você estava fora. Ele quer comprar aquela árvore, mas desde que possa levar as luzes também.

— Ótimo. Ele pode ficar com todas as luzes. Você disse a ele o preço?

Vic tomou um gole do chocolate quente.

— Eu não sabia o preço. Não tem etiqueta.

— São mil e duzentos. E se ele decidir comprar, você acaba de ganhar uma bela comissão.

— Legal! Ele quer que entreguem hoje. Mas não tem como essa árvore caber na minha bicicleta.

— Será que caberia no carrinho da bicicleta do Murphy?

Ela olhou ao redor do estande, mas a bicicleta e o carrinho, que seu irmão normalmente mantinha presos ao poste, haviam desaparecido.

Kerry tirou o celular do bolso e ligou para Murphy.

— Oi. Já chegou em casa?

— Acabo de cruzar a fronteira com a Carolina do Norte. Aconteceu alguma coisa?

— Você guardou a bicicleta com o carrinho em outro lugar?

— Não. Quando saí ontem à noite, ela estava presa ao poste, como sempre.

— Ela sumiu — disse Kerry. — Nem sinal dela.

— Droga. Alguém deve ter roubado. Mas onde estava a Queenie? Ela não latiu?

— Nem um pio.

Murphy soltou uma sequência de palavrões.

— Foram aqueles malditos irmãos Brody.

— Só pode ser. Eles ficaram bem irritados ontem quando viram nossas vendas. E agora?

— Tenho outra bicicleta na fazenda. Posso levá-la quando voltar, mas tive que construir aquele carrinho eu mesmo. Não dá tempo de fazer outro agora. Acho que você vai ter que contar com o Vic e a bicicleta dele por enquanto.

— Mais uma má notícia. O Vic só pode trabalhar até o meio-dia hoje.

— Veja se ele tem um amigo que possa ajudar.

Kerry ergueu os olhos na direção de Vic.

— Você tem um amigo que possa ajudar hoje?

— Desculpa. Eu chamei alguns caras, mas todo mundo já tinha planos.

Ele terminou de comer o donut e limpou as mãos na calça jeans.

— Nada feito — informou Kerry. — Deixa pra lá. Eu dou um jeito. Enquanto isso, devo chamar a polícia e fazer um boletim de ocorrência?

— Nem se dê ao trabalho — aconselhou Murphy. — Nova York não é Tarburton. A bicicleta e o carrinho estão perdidos. Faça o que puder até eu voltar. Depois eu mesmo lido com aqueles cretinos.

Kerry conectou o telefone a uma caixa de som Bluetooth que ela havia comprado em uma loja de eletrônicos do bairro e baixou uma playlist de animadas músicas natalinas.

Às 9 horas, o estande de Árvores de Natal da Família Tolliver estava lotado de clientes, todos ansiosos por árvores e selfies com o Spammy, ávidos por histórias pitorescas sobre a vida em uma fazenda de árvores de Natal. Ela resistiu à tentação de começar a inventar histórias sobre elfos mágicos, corujas sentinelas e *trolls* malignos que roubam bicicletas, e se concentrou em manter um sorriso (quase sempre) alegre.

Vic andava agitado pelo estande, ajudando os compradores a escolher árvores, manuseando a motosserra para cortar os troncos e carregando as compras até os carros ou até endereços próximos.

A pilha de árvores maiores, que precisavam ser entregues, continuou crescendo, já que Kerry prometeu que Murphy e sua bicicleta estariam de volta até domingo.

Ao meio-dia, o estande estava quase sem árvores para vender.

— Pode ir agora — disse Kerry, contando o dinheiro e colocando-o sobre a mão estendida do garoto. — Se o Murphy voltar com mais árvores, provavelmente seria bom contar com sua ajuda novamente amanhã, se estiver disponível.

— Vou checar com minha mãe — respondeu Vic. — Posso te mandar uma mensagem de manhã?

— Claro. Ótimo trabalho hoje, Vic. Não sei o que teria feito sem você.

O garoto sorriu e apontou para os bolsos de sua jaqueta, abarrotados de gorjetas.

— Está brincando? Eu ganhei um bom dinheiro hoje!

— Posso te pedir só mais um favor? — pediu Kerry. — Você pode ir até a loja de ferragens e trazer um pouco de lenha? Essa garota do Sul está prestes a congelar até a morte aqui.

A tarde foi tão parada quanto a manhã foi agitada. Kerry levou Queenie para um rápido passeio até a Anna's, onde comprou um sanduíche e um café.

Ela pegou seu caderno de desenho no trailer e continuou o esboço de um atrevido Westie que vira a algumas quadras. Ela o desenhou usando um elegante casaco xadrez que combinava com o da dona, uma mulher que ela reconheceu do prédio dos Kaplan.

— Oi, Kerry. — Austin correu até o lado dela. Ele estava bem agasalhado, com um casaco grosso, botas de neve, luvas e um gorro de esqui listrado de verde e vermelho. — Podemos trabalhar na nossa história? Meu pai disse que você não parecia estar muito ocupada agora.

Ela entregou o caderno de desenho para ele.

— Onde paramos?

Ele folheou as páginas.

— Aqui — disse, batendo a ponta do dedo na página com o portão adornado e a floresta secreta. — Acho que o que acontece agora é que os caras maus descobrem como entrar na floresta, para roubar as árvores.

Kerry olhou para o outro lado da rua, onde um dos irmãos Brody estava parado na calçada, girando a placa com os dizeres ÁRVORES EM PROMOÇÃO como uma baliza de fanfarra.

— Que tal — começou ela, pensando em voz alta — se os caras maus fossem irmãos?

— Sim! — disse Austin, empolgado.

De repente, Patrick estava parado na calçada, bem atrás de Kerry. Ele colocou as mãos nos ombros dela, apertando levemente para cumprimentá-la.

— O que aqueles dois fizeram agora? — perguntou, gesticulando em direção aos Brody.

— Tenho quase certeza de que eles roubaram a bicicleta e o carrinho do Murphy na noite passada — disse ela.

— Lá vem o Sr. Heinz — anunciou Austin, apontando para o homem idoso, que caminhava lentamente em direção a eles.

Ele entrou no estande e cumprimentou Patrick e Kerry com um aceno de cabeça.

— Ora, vejam quem está aqui hoje — alegrou-se Heinz.

— Senti sua falta esta semana, meu jovem. Alguma ideia nova para nossa história?

— Sim. Os caras maus são irmãos, porque eles roubaram a bicicleta do Murphy — disse Austin indignado.

— É mesmo? — Heinz estendeu a mão e pegou uma caneta. Ele virou para uma página em branco no caderno de desenho. Seus dedos nodosos apertaram a caneta, e ela voou sobre o papel. Num piscar de olhos, ele desenhou duas figuras ameaçadoras, vestidas de preto, agachadas em frente à silhueta do portão que Kerry havia desenhado, espiando furtivamente a floresta além.

— São eles — anunciou Austin, assentindo com a cabeça vigorosamente. — Mas como eles se chamam?

— Malvolio e Iago — sugeriu Heinz.

— Que nomes engraçados — comentou Austin, franzindo o nariz.

— Dois dos vilões mais desprezíveis de Shakespeare — explicou o homem. — Infelizmente, você tem razão. Os jovens de hoje não conhecem esses nomes.

— Triste, mas é verdade — concordou Patrick.

— Já sei. Gordy e Payton — sugeriu Austin. — São os garotos mais malvados da minha classe.

— Por que acha esses meninos tão maus? — perguntou Heinz.

— Bem, Gordy morde todo mundo e o Payton senta atrás da minha carteira e chuta minha mesa quando o professor não está olhando — contou o menino.

— Parece que já temos nossos vilões — concordou Kerry.

— Ninguém gosta de alguém que morde os outros. E então, como eles conseguem se infiltrar na floresta?

— Acho que eles deveriam saltar de paraquedas de um helicóptero — disse Patrick. — E talvez lançar algumas granadas de fumaça.

— Paaai. — Austin revirou os olhos. — Não é isso que acontece nos filmes que a mamãe não me deixa assistir?

Kerry se levantou e foi até a frente do trailer, onde acabara de notar algo que havia passado despercebido até então. Era a corrente que Murphy usava para prender sua bicicleta e o carrinho.

— Acho que usaram um alicate — disse, mostrando a corrente.

31

Patrick estendeu a mão.
— Posso ver?
Ela lhe entregou a corrente. Patrick a examinou, virando-a de um lado para outro, e a devolveu, com uma expressão preocupada.
— Quando isso aconteceu?
— Na noite passada. Em algum momento depois que peguei no sono. Os dois cretinos do outro lado da rua devem ter visto Murphy carregando a caminhonete e acharam que era uma boa oportunidade para criar problemas.
— Para onde o Murphy foi? — perguntou ele.
— Ele voltou para a fazenda para buscar mais árvores.
Patrick xingou baixinho.
— Foi muito audacioso virem até aqui, com você dormindo tão perto. A Queenie não latiu?
— Não. Nós duas estávamos exaustas.
— Que terrível — disse Heinz, balançando a cabeça. — Seu irmão sabe disso?
— Eu liguei para ele há pouco. Ele está furioso, é claro, mas disse que é perda de tempo chamar a polícia. Ele deve chegar bem tarde esta noite ou amanhã de manhã.
Kerry estremeceu e foi até a fogueira para colocar mais um pedaço de lenha. Faíscas espiralaram pelo ar frio. A realidade de ter ladrões parados do lado de fora do trailer na noite anterior, enquanto ela dormia, estava começando a se consolidar.
— Não gosto da ideia de você ficar aqui sozinha esta noite — disse Patrick. — Talvez você devesse ficar na nossa casa até

o Murphy voltar. Eu posso dormir com o Austin e você pode ficar no meu quarto.

— Sim — concordou Austin, pulando de empolgação.

— Uma festa do pijama.

A ideia de dormir em uma cama de verdade, com aquecimento funcionando, acesso a um chuveiro quente e o bônus de estar perto de um cara atraente, ou seja, o Patrick, era muito tentadora.

— Não posso simplesmente abandonar meu posto. E se eles voltarem para levar algo mais, ou fazer algo pior? Além disso, eu não vou deixar esses dois valentões me assustarem. Não sou uma boneca de porcelana. Sou uma garota das montanhas.

Ela correu para o trailer e voltou, empunhando o taco de beisebol e então avançou até a beira da calçada e, dirigindo-se aos irmãos Brody, gritou alto o suficiente para ser ouvida com o som do tráfego.

— Eu tenho o taco de beisebol do meu pai, e não tenho medo de usá-lo. — Ela golpeou o ar duas ou três vezes de uma forma que lhe pareceu ostensivamente ameaçadora.

A resposta do irmão mais magro foi obscena e direta, seguida por uma gargalhada alta e estridente.

— Vocês realmente não sabem com quem estão mexendo — gritou ela, então, virou as costas e voltou para o estande.

— Eu não mexeria com você — disse Heinz, e ele e Patrick riram juntos, dissipando a tensão.

— Aposto que eles estão bravos porque você vendeu mais árvores do que eles — disse Austin.

— Provavelmente — respondeu Kerry.

— Senhor Heinz — chamou Austin, olhando para o homem idoso. — Já comprou a sua árvore de Natal?

— Ah, não — respondeu Heinz. — Meu apartamento é muito pequeno e moro sozinho, então realmente não há necessidade de me preocupar com essas tolices.

Antes que o garoto pudesse argumentar, ele se levantou lentamente e tocou a aba do chapéu; um Borsalino preto de lã com uma pequena pena decorando a faixa. Ele olhou para o relógio. Era grosso e dourado, parecia uma bela antiguidade aos olhos leigos de Kerry.

— Eu preciso ir.

Queenie havia saído sorrateiramente de debaixo da mesa e agora cutucava gentilmente a mão dele com o focinho e abanava o rabo.

— Ah, meu Deus — disse Heinz. — Quase esqueci. — Ele colocou a mão no bolso e ofereceu um biscoito, que a cachorra devorou rapidamente. Então ele acariciou a cabeça dela. — Cuide bem da sua dona esta noite, certo? Se alguém se aproximar, ataque!

Kerry não conteve o riso.

— Se alguém se aproximar, ela provavelmente vai lambê-lo até a morte.

Clientes iam e vinham do estande, e Patrick assumiu a função de assistente de Kerry, carregando árvores em carros e carrinhos enquanto Austin mantinha o estande limpo.

— O que aconteceu com o seu ajudante? — perguntou Patrick, depois de adicionar mais uma árvore à pilha de entregas.

— A mãe dele tinha planos para ele hoje, então estou sozinha — explicou Kerry.

Patrick checou o relógio.

— Minha irmã está na cidade hoje e prometi levá-la para um almoço mais tarde. Mas depois voltaremos para ajudar.

Austin exibiu os braços flexionados.

— Eu e meu pai somos bem fortes.

Patrick o imitou, fazendo sua melhor pose de fortão.

— Uau, olhem só para esses músculos — brincou Kerry.

— Vejo vocês mais tarde, então.

A temperatura continuou a cair nas duas horas seguintes. O céu escureceu e Kerry olhou para cima a tempo de ver os primeiros flocos de neve. Ela jogou mais um pedaço de lenha na fogueira e parou ao lado, aquecendo suas mãos.

Ela apoiou o celular na mesa de trabalho e escolheu a playlist do Spotify. Instantes depois, Bing Crosby e Nat King Cole estavam cantando sobre passeios de trenó e castanhas assando numa fogueira enquanto ela se aconchegava com o visual e os sons do Natal em Nova York.

Os clientes não paravam de chegar, a maioria incentivada pelo post de AshleyActually no Instagram sobre o estande de Árvores de Natal da Família Tolliver. Ela vendeu mais seis árvores, restando apenas sete, e ficou grata por todos os clientes não se importarem de carregar as compras para casa.

Austin e Patrick voltaram para o estande ao anoitecer. Austin usava um gorro e um cachecol listrados em amarelo e azul, obviamente novos, do time de futebol americano Steelers, e Patrick carregava uma grande caixa de pizza.

— Parece que você vendeu várias árvores — disse Patrick, colocando a caixa na mesa de trabalho ao lado dela, enquanto Austin se enfiava debaixo da mesa para se aconchegar com Queenie.

Kerry apontou para a caixa.

— É o que eu estou pensando?

Ele levantou a tampa.

— Do Arturo's. A melhor pizza autêntica do Village. Desculpe por chegar tão tarde. Eu amo minha irmã, mas ela sabe prolongar uma despedida como ninguém.

Kerry inalou o aroma de tomate condimentado e pegou uma fatia da caixa. Deu uma mordida, mastigou e soltou um suspiro de contentamento.

— Ah, meu Deus. É uma delícia.

Ela devorou a fatia com uma rapidez constrangedora.

— Sei que não tem pizza assim na Carolina do Norte — comentou Patrick.

Ela limpou as mãos em um guardanapo de papel, depois enxugou os lábios com leves batidinhas.

— Por outro lado, você também não consegue encontrar churrasco de verdade em Greenwich Village, ou em qualquer lugar de Nova York.

155

— Há! Tem um lugar ali na avenida Greenwich, chamado Mighty Quinn's. Eles têm um churrasco autêntico incrível.

— Aposto que eles servem *brisket* — disse Kerry com um resmungo desdenhoso. — Não é a mesma coisa. Além disso, qual é o molho? É molho do leste ou do oeste da Carolina do Norte?

— Tem diferença?

— Nem queira saber. Esse assunto já rendeu batalhas sangrentas. O churrasco do leste da Carolina pode ser de qualquer corte de carne e o molho é ralo, à base de vinagre e pimenta. Para mim, tem gosto de amargura e decepção. Por outro lado, o churrasco do oeste da Carolina é divino. É pernil de porco defumado com um molho espesso e rico que leva ketchup e um pouco de açúcar mascavo.

Patrick levantou uma sobrancelha.

— Estou detectando uma certa parcialidade?

— Só estou atestando os fatos — retrucou Kerry. — Mas o molho do meu pai é um pouco da mistura dos dois. Embora, na verdade, seja a receita secreta original da minha avó. Muv costumava encher garrafas de vinho vazias com o molho dela e presenteá-las no Natal. E se realmente gostasse de você, ela te pedia para levar a garrafa de volta para um refil.

— Gostaria de experimentar esse molho — disse Patrick.

— O Murphy costuma carregar um pouco na caminhonete, para churrascos de emergência. Quando ele voltar, vou pedir para ele te dar um pouco para provar. Ou, quando eu for para casa, posso te mandar uma garrafa.

— Por que você precisa ir para casa? — perguntou Austin com uma voz chorosa.

— Porque... eu preciso — explicou Kerry. — Não posso morar nesse trailer para sempre.

— Por que não? Eu adoro o Spammy. Eu moraria nele para sempre se meu pai deixasse.

— O Spammy não tem nem um banheiro nem uma cozinha que funcionam. E nós não podemos ficar estacionados aqui por muito mais tempo, porque esse espaço não nos pertence.

Logo após o Natal, tenho que encontrar um novo emprego e um novo lugar para morar — explicou.

— Mas...

Patrick bagunçou o cabelo do filho.

— Eu também gostaria que ela ficasse, Austin, mas ela disse que só ficará por aqui até o Natal, então precisamos respeitar isso. Está bem?

Austin abaixou o queixo e Kerry pôde ver que ele tentava conter as lágrimas. Kerry também estava ficando um pouco emocionada com a perspectiva das iminentes mudanças após as festas.

Ela envolveu o menino em seus braços.

— Ei. Vamos deixar as despedidas para depois.

— Ele está tremendo — disse Kerry para Patrick. — Talvez seja melhor vocês irem para casa.

Austin se soltou dos braços de Kerry.

— Pai, podemos acampar aqui hoje à noite? Por favor? Eu nunca fui acampar. Vai ser como acampar em uma floresta. — Seus olhos azuis brilharam de empolgação enquanto ele fazia seu apelo.

Patrick olhou para Kerry em busca de aprovação.

— Acredite em mim, acampar não é tão legal assim. Sei por experiência própria.

— Mas acho que ele tem razão. Não podemos simplesmente te deixar indefesa contra aqueles caras.

Kerry pegou seu taco novamente.

— São eles que deveriam se preocupar comigo.

Patrick deu meio passo para trás.

— Talvez seja melhor a gente ficar por aqui um tempo, cantar músicas de acampamento e fazer coisas de acampamento. Só até o Murphy voltar?

— Faz um frio terrível aqui fora — disse Kerry. — E acho que vai nevar de novo.

— Minha avó me deu um saco de dormir de presente de aniversário — empolgou-se Austin.

Patrick pensou por um momento e então cedeu facilmente à súplica do filho.

— Tudo bem. Vamos subir e pegar nosso "equipamento de *camping*", por assim dizer. Enquanto isso, Kerry, por favor, tente não começar a Terceira Guerra Mundial com os novos vizinhos.

Ela girou o taco.

— Não posso prometer nada.

32

Voltamos! — Austin carregava uma mochila quase maior do que ele e um saco de dormir enrolado debaixo do braço. Seu pai empurrava um pequeno carrinho de compras com uma lanterna, cobertores, uma garrafa térmica e um par de cadeiras dobráveis.

— Você chama isso de acampar? — Kerry pegou uma garrafa de champanhe do carrinho.

— É assim que fazemos aqui no Village — ironizou Patrick.

Austin lutou para se livrar da mochila e se acomodou na cadeira menor.

Patrick armou a própria cadeira e espirrou.

— Saúde — disse Kerry.

Ele espirrou mais duas vezes seguidas, e ela notou que seus olhos estavam vermelhos e lacrimejantes.

— Sua alergia a pinheiros não é brincadeira — disse ela.

— Não mesmo. — Ele fungou em um lenço que tirara do bolso do casaco.

— Você vai ficar bem?

— Tomei dois antialérgicos antes de virmos para cá — explicou ele. — Só estou te avisando, porque posso ficar um pouco sonolento.

— Eu também — disse Kerry, esticando as pernas em direção à fogueira no tonel.

Patrick desrosqueou a tampa da garrafa térmica.

— Alguém quer chocolate quente?

— Não, obrigada. Mas não recusaria um pouco de champanhe.

— Ahhh. Uma mulher que me entende.

Ele fez uma encenação para abrir a garrafa, e ela estendeu uma das taças.

— Delicioso — elogiou Kerry, dando um gole.

— Você vai cantar uma música de acampamento? — perguntou Austin, mal conseguindo conter um bocejo.

— Você conhece essa? — Kerry cantarolou um pouco e depois começou a lembrar os versos.

— *Puff, the magic dragon...*

— *Lived by the sea* — entoou Patrick suavemente.

— Eu adoro dragões — disse Austin, com as pálpebras tremulando.

Aos poucos, Kerry e Patrick cantaram o restante da música enquanto o queixo de Austin começava a cair lentamente em direção ao peito.

Kerry se levantou e pegou o menino sonolento em seus braços.

— Ei, amigão — sussurrou ela. — Quer conhecer o beliche do Murphy?

Os olhos dele se abriram levemente.

— No Spammy?

— Sim.

— Mas eu tenho que ficar de olho nos vilões.

— Tem uma janela bem ao lado do beliche do Murphy. Você terá uma visão perfeita caso alguém tente causar problemas — disse ela.

— Tá, mas eu preciso do meu sabre de luz e dos meus binóculos — pediu ele.

Patrick pegou a mochila.

— Estão bem aqui — garantiu ao filho, enquanto Kerry transferia Austin para seus braços.

Ela abriu a porta do trailer e apontou para o beliche do irmão.

Patrick o colocou na cama e ela abriu o zíper do saco de dormir e o cobriu com ele.

Em um instante, a respiração do menino diminuiu e suavizou.

— Ele apagou — sussurrou Patrick, olhando para Kerry. — Bendito chocolate quente.

33

Sua família inteira realmente morou aqui durante um mês? — perguntou Patrick, esticando-se no beliche oposto e olhando ao redor do trailer apertado.

Kerry se sentou na beirada de seu beliche.

— Sim. Quando eu era criança, parecia divertido. Naquela época, o banheiro e o fogão funcionavam. Mamãe preparava sopas e ensopados em uma panela elétrica. Ela fazia até as coisas mais mundanas parecerem mágicas. Uma vez fomos à Macy's na praça Herald para ver o Papai Noel. Pegamos o metrô e eu achei simplesmente incrível. Melhor até do que o nosso Papai Noel lá em Tarburton.

Patrick sorriu e se recostou em um monte de travesseiros.

— Eu adoraria ter visto Nova York pelos olhos da Kerry de 7 anos.

Ele se inclinou, beijou a bochecha e acariciou o cabelo dela. Lentamente, ela virou o rosto e seus lábios encontraram os dele. O primeiro beijo foi hesitante, mas aos poucos o clima foi esquentando.

Kerry envolveu os braços ao redor do pescoço de Patrick. Estar com ele assim era tão reconfortante, parecia tão certo. Ela suspirou.

— O que foi? — sussurrou ele. — Você está triste? — Ele lhe deu um beijo na testa e depois pressionou os lábios nos dela. — Não fique triste.

— Não estou triste. Estou pensando em como isso é bom. Estou... contente.

Ele afastou um pouco o rosto do dela e franziu a testa.

— Isso era para ser um elogio? Meus beijos fazem você se sentir... contente?

Ela tocou no queixo dele com a ponta do dedo, delineando a barba por fazer com a unha.

— Definitivamente é um elogio. Isso... estar aqui, abraçada com você, parece certo.

Patrick alcançou o cobertor dobrado aos pés da cama e o esticou até cobrir os dois. Ele abriu o zíper da jaqueta acolchoada dela e começou a deslizar as mãos sob o suéter, mas hesitou.

Austin se mexeu ligeiramente no beliche e murmurou algo ininteligível.

— Seria muito melhor se meu filho não estivesse dormindo a dois passos de nós — resmungou Patrick, olhando para o filho adormecido. — Quando poderemos ficar sozinhos?

— Shh. Ele está dormindo, não está? — Kerry o beijou, desfazendo a expressão contrariada no rosto dele, e Patrick levantou a barra do suéter, encontrando a camisa de flanela que ela usava por baixo.

— Quantas camadas de roupas você está usando? — seu sussurro exalava urgência.

— Eu trabalho ao ar livre, lembra? — Ela se sentou na beirada do beliche. Então se inclinou e descalçou as botinas, depois se levantou.

— Aonde você vai?

— Só vou até o banheiro para tirar algumas dessas roupas chatas — disse ela, rindo. — Talvez você deva fazer o mesmo enquanto isso?

— Ahhhh.

De meias, Kerry caminhou na ponta dos pés até o banheiro, deixando a pesada jaqueta pelo caminho. De alguma forma, no espaço menor do que uma cabine telefônica, ela conseguiu se desvencilhar da calça jeans. Então foi a vez do suéter, depois a camisa de flanela, seguida pela blusa térmica. Apoiada em um pé e depois no outro, ela tirou a calça térmica. Finalmente, tremendo e vestindo apenas calcinha e meias de lã, ela se inclinou no espelho para verificar sua aparência e desejou não ter feito isso. O cabelo estava sem vida, os olhos contornados por olheiras, e ela não tinha tomado um banho de verdade.

Desesperada, ela espremeu um pouco de pasta de dente na boca e bochechou, depois borrifou o corpo com a única coisa que encontrou, um frasco de desodorante Axe do Murphy. Ela ajeitou o cabelo e, no frio, correu de volta para o beliche.

Patrick ainda estava encostado na pilha de travesseiros, com o cobertor sobre o peito nu. E dormia profundamente.

Ela se sentou no beliche e tocou timidamente o rosto dele. Patrick não se mexeu. Ela pousou a mão no peito dele. Era um peito bonito, musculoso, com pouco pelo. Ela levantou o cobertor e deu uma espiada. Ele estava apenas de cueca boxer. Era vermelha, com uma estampa natalina de renas saltitantes.

— Patrick? — Ela aproximou os lábios de sua orelha e sussurrou. — Patrick?

As pálpebras dele tremularam.

Kerry voltou ao banheiro para pegar as roupas que acabara de tirar com tanta dificuldade.

Ele roncava suavemente quando ela se sentou no beliche. Kerry sacudiu o ombro dele.

— Patrick. Ei, acorde.

— Hã? — Sua voz estava rouca de sono, e ele parecia confuso ao vê-la semivestida.

— Você adormeceu — disse ela.

Ele ameaçou se sentar, mas gemeu e deitou novamente.

— São os malditos antialérgicos. — Patrick segurou a mão dela. — Mas agora estou acordado.

— Não tem problema — disse ela. — Não se preocupe com isso. Já está tarde e estou exausta também. E não dá para prever quando o Murphy vai aparecer por aqui.

A menção ao irmão dela fez com que Patrick acordasse completamente. Ele passou os dedos pelo cabelo, suspirou e pegou as roupas que tinha deixado no chão.

— Provavelmente não era uma ideia muito boa, não é?

Ela se inclinou e o beijou com força nos lábios.

— Às vezes, até as melhores ideias não dão certo.

Ele retribuiu o beijo e tocou a bochecha dela.

— Vamos marcar outro dia? Podemos ter um encontro de verdade, só nós dois?

— Eu adoraria.

Ela o ajudou a enrolar Austin no saco de dormir e colocou a lanterna e os binóculos na mochila do menino antes de acompanhar Patrick para fora com o filho aninhado no colo.

— Só mais uma coisa — chamou Kerry, quando ele começou a atravessar a rua.

— O que foi?

— Promete para mim que, quando tivermos nosso encontro, você vai usar essa cueca vermelha fofa de rena?

Ele corou e depois piscou.

— Combinado.

Depois que Patrick e Austin partiram, Kerry deu uma última checada no estande. Já era quase meia-noite. Ela viu as luzes piscando no Lombardi's, viu os últimos funcionários saírem e trancarem a porta. O trânsito estava tranquilo, e a neve ainda caía suavemente sobre o asfalto úmido da rua Hudson.

Ela pegou o telefone e ligou para o irmão.

— E aí? — disse Murphy. Ele soava tão cansado quanto ela se sentia.

— Está tudo bem? — perguntou ela.

— Tudo ótimo. Mamãe praticamente teve que amarrar o papai para impedi-lo de vir comigo. Como estão as coisas por aí?

— Muito bem. Restam menos de meia dúzia de árvores agora. Você ainda vai demorar?

— Mais algumas horas, pelo menos. Vou parar daqui a pouco em uma parada de caminhões e tirar um cochilo. Devo chegar no máximo às cinco.

— Estou te esperando — disse Kerry. — Ei, Murph?

— Sim?

— Dirija com cuidado, tá bem?

— Sempre, irmãzinha.

Kerry encerrou a ligação. Esticou a barreira de corda na entrada do estande e colocou a placa de FECHADO. Depois, assobiou para Queenie, que a seguiu para dentro do trailer.

34

Kerry flutuava em algum lugar no fundo do mar, ou talvez estivesse nas nuvens. Sons abafados permeavam sua consciência: vozes baixas, batidas, passos. Mas ela estava além do contato com a terra, flutuando livre, relaxada. O tempo e o espaço não existiam.

Até que foi abruptamente puxada de volta à realidade. A porta do trailer bateu com força. Ela lutou para voltar à superfície. Sentou-se e piscou, ofuscada pela luz do sol que entrava pela porta aberta.

— Está acordada? — Murphy segurava duas xícaras de café fumegante e lhe entregou uma.

— Agora estou.

— Já estava na hora.

Kerry inspirou o aroma do café.

— Quando você chegou? Que horas são?

Do lado de fora, fileiras de árvores de Natal recém-cortadas estavam arrumadas em pilhas de três.

— Como você descarregou todas essas árvores sozinho? Você deveria ter me acordado.

— Um dos garotos do Lombardi's me ajudou. Descarregamos as árvores e depois levei a carreta para o depósito no Brooklyn, a guardei e voltei. Não queria te acordar, então dormi na caminhonete. Aliás, já são quase 9 horas e estou exausto.

— Desculpa — disse Kerry, pegando suas roupas. — Eu tenho que tomar um banho na casa dos Kaplan. Volto em dez minutos, tá bom?

Ele desabou na cama.

— Não me acorde quando voltar.

Quando ela retornou ao estande de árvores, a fogueira estava acesa no tonel e, da calçada, dava para ouvir os roncos do irmão. Kerry pegou o telefone e ligou para todos os clientes que haviam encomendado árvores durante o fim de semana para informá-los de que a nova remessa tinha chegado. Entre as ligações, ela conseguiu fazer mais algumas guirlandas e até vendeu três árvores para moradores do bairro.

Pouco depois do meio-dia, ela esticou a corda elástica na entrada do estande e correu até Lombardi's para fazer um pedido para viagem.

Claudia caminhava apressada pelo salão principal lotado, conversando com clientes habituais. Ela usava um suéter verde justo decorado com árvores de Natal enfeitadas com fitas prateadas.

Ela se aproximou de Kerry no balcão.

— Olá, há quanto tempo. Como estão os negócios?

— Como uma montanha-russa. Estava devagar e agora estamos a toda velocidade, está tão movimentado que vendemos todas as árvores e o Murphy teve que ir buscar mais na fazenda. Ele acabou de voltar.

— Sim, ele ligou para me avisar que estava indo para casa — disse Claudia, ajeitando um fio de cabelo loiro em seu penteado.

Kerry a encarou espantada.

— Ele te ligou?

Claudia riu da expressão chocada de Kerry.

— Não fique tão surpresa. Ele sabia que eu ficaria chateada. A gente ia sair na sexta à noite.

— A culpa é minha — admitiu Kerry. — Eu usei um pouco de chantagem emocional para ele voltar à fazenda.

— Ele colocou a culpa em você. Mas nós dois sabemos que ninguém consegue obrigar Murphy Tolliver a fazer o que não quer.

O barman chegou com o pedido de Kerry.

— O que você pediu? — perguntou Claudia.

Kerry abriu a sacola e inspirou o cheiro de alho, orégano e tomate.

— Sua minestrone e uma porção de pão de alho. Preciso de algo quente no estômago hoje.

— Boa escolha — disse Claudia.

— De qualquer forma, desculpe por arruinar seus planos de fim de semana — lamentou Kerry.

— Ele terá mais uma chance de se redimir — confidenciou Claudia. — Nada de um jantar tardio aqui no Lombardi's depois que fechamos. Eu disse ao seu irmão que ele precisa fazer planos de verdade. Quero me arrumar e sair pela cidade em um encontro decente.

— Fez muito bem. — Kerry olhou pela janela de vidro do restaurante e viu um casal jovem parado em frente ao estande de Árvores de Natal da Família Tolliver.

— Opa. Tenho que ir vender algumas árvores agora. Mas não se preocupe, vou falar para o Murphy que eu ficarei no estande neste fim de semana para que vocês dois possam sair e se divertir.

O casal passou quarenta e cinco minutos decidindo qual árvore — a de um metro e meio ou a de um metro e oitenta — causaria mais impacto em um loft com pé-direito alto.

— Leve a de um metro e oitenta — incentivou Kerry.

Então ela usou uma das frases preferidas de Jock:

— Se for alta demais, você sempre pode cortar alguns centímetros, mas não dá para fazê-la crescer mais. — A mulher riu e o marido entregou o dinheiro a Kerry.

Os clientes chegaram em um ritmo constante durante toda a tarde, retirando as árvores que haviam reservado durante o fim de semana ou escolhendo uma árvore para entrega, e ela ficou aliviada ao ver Vic chegar em sua bicicleta, pronto para trabalhar.

— Nossa — disse ele, olhando em volta para o estande reabastecido. — Como vamos vender todas essas árvores antes do Natal?

168

— Veja as etiquetas — comentou Kerry. — Muitas delas já estão vendidas. E tenho uma ideia de uma pequena promoção na qual você pode me ajudar assim que voltar das entregas.

Ela estava escrevendo a lista de compras quando Austin entrou pulando no estande, seguido pelo pai.

Austin estava muito bem agasalhado e segurava um livro contra o peito.

— Você está lendo esse livro para a escola? — perguntou Kerry, depois de cumprimentar os dois.

Ele sorriu e balançou a cabeça.

— Não. Papai comprou para mim na livraria. Olha só.

Ele estendeu o livro para ela.

— É sobre dragões.

O livro ilustrado se chamava *Os Dragões Adoram Tacos*, e Kerry sorriu ao folhear as páginas repletas de ilustrações caprichosas e a história de um dragão que ama tacos e acidentalmente come um molho picante demais.

— Dragões, hein? — disse ela, entregando o livro de volta.

— De repente, ele ficou obcecado por dragões. Passou a manhã inteira falando de dragões sem parar — explicou Patrick. — Ele me fez procurar a letra inteira de "Puff the Magic Dragon".

Kerry corou.

Ele se inclinou e sussurrou no ouvido dela:

— Acho que essa vai ser nossa música agora, não é?

Austin pulava sem conseguir conter a empolgação.

— Kerry, você acha que podemos colocar dragões na nossa história? É por isso que eu amo esse livro. Sei que é para bebês e não para uma criança como eu, que já sabe ler, mas os desenhos dos dragões são muito legais.

— Com certeza — respondeu Kerry, abrindo o livro novamente para estudar as ilustrações.

— Eba. Nossos dragões podem proteger a entrada da floresta — disse Austin. — Aposto que isso assustaria os vilões.

Ela assentiu e pegou seu bloco de desenho, virando para uma página em branco. Rapidamente, ela desenhou um dragão, com asas de morcego, um corpo coberto de escamas, grandes espinhos ao longo do dorso, uma cauda bifurcada, pés com garras assustadoras e uma cabeça imponente com mandíbulas poderosas e olhos encapsulados.

— Uau! — Patrick deu meio passo para trás. — Esse dragão certamente me assustaria se eu fosse um vilão.

Austin estudou o desenho dela e tocou o dragão com o dedo.

— Nosso dragão é bonzinho quando quer, certo, Kerry?

— Claro — disse Kerry. — Será que um dos dragões pode ser menina?

— Acho que tudo bem — disse Austin.

— Olha, eu conheço várias garotas que são bravas como dragões, especialmente de manhã — disse Patrick.

— Como a mamãe?

— Só antes de ela tomar o café da manhã — explicou Patrick. — Mas nunca conte para ela que eu disse isso.

Kerry tamborilou a ponta da caneta no papel por um momento, enquanto tentava imaginar como seria um dragão fêmea. Laço no cabelo? Tênis rosa? Um sutiã? Ela olhou para a rua ao seu redor, esperando encontrar alguma inspiração.

Em vez disso, avistou o Sr. Heinz atravessando a rua lentamente na direção deles.

Queenie também o viu e correu para encontrar o homem, abanando o rabo. Ela pressionou o focinho no bolso do grosso casaco de lã.

— Ah, olá — cumprimentou Heinz, sua risada transformando-se em uma tosse rouca enquanto afagava as orelhas da cachorra e estendia o petisco que sabia que ela estava procurando.

— O senhor está bem? — perguntou Kerry. O rosto do amigo estava excepcionalmente pálido e ele parecia um tanto oscilante apoiado na bengala.

— Estou bem — disse Heinz. — Esse ar muito frio, às vezes, não me faz bem.

Kerry se levantou rapidamente.

— Por favor, sente-se. Posso te trazer um café ou um chá?

— Não precisa — disse ele, tranquilizando-a com um aceno. Ele apontou para o bloco de desenho. — O que é essa criatura feroz que estou vendo?

— É um dragão — explicou Austin. — Para ajudar a proteger a floresta mágica contra os vilões.

— Ahhh — respondeu Heinz, assentindo lentamente. — Sim, acho que um dragão seria muito eficaz para afugentar os vilões.

— Mas deveria haver dois dragões — comentou Austin. — Kerry acha que um deles deve ser menina.

— Concordo.

— O problema é que eu não sei exatamente como seria um dragão fêmea — admitiu Kerry.

— Posso tentar? — perguntou o Sr. Heinz.

Kerry se levantou.

— Fique à vontade. Vou pegar algo quente para nós bebermos. O que prefere? Café ou chá?

Ele se sentou na cadeira.

— Bom, se você insiste, chá. Talvez com um toque de mel, se não for incômodo.

— Kerry, olha! — chamou Austin quando ela voltou para o estande. Com cuidado, ela colocou os copos descartáveis na borda da bancada de trabalho, junto com alguns biscoitos cobertos de chocolate.

O Sr. Heinz havia usado os lápis de cor da caixa de material de arte e, em cerca de dez minutos, tinha criado um dragão com aparência distintamente feminina, com longos cílios tremulantes e garras pintadas de rosa. Ela parecia feroz e ao mesmo tempo adorável, se isso fosse possível.

— Nossa, Sr. Heinz, ela está perfeita — elogiou Kerry.

O riso do homem se transformou em um espasmo de tosse. Seu rosto ficou vermelho e o peito arfou com o esforço de respirar.

— Ei — disse Patrick, alarmado. — O senhor está bem?

— Só um momento. — Ofegou o Sr. Heinz, colocando a mão no peito. Um minuto depois, seu rosto recuperou a cor. — Estou bem — anunciou ele. — Foi só uma migalha chata de biscoito que foi para o lugar errado.

Ele conseguiu se levantar e pegar sua bengala.

— Eu realmente preciso ir.

— Deixe a gente te acompanhar até em casa — sugeriu Patrick. — O senhor ainda parece ofegante.

— Não, não — disse o Sr. Heinz. — É muita gentileza da sua parte, mas estou bem. Só fui um velho tolo por comer doces que meu médico me proíbe. Tenho coisas para fazer, alguns compromissos.

— Por favor — insistiu Kerry. — Deixe o Patrick te acompanhar. O senhor não parece muito bem.

O sorriso do velho desapareceu.

— Sou perfeitamente capaz de cuidar de mim mesmo. — Ele acenou com a cabeça para Austin, acariciou Queenie e começou a se afastar com passos lentos e claudicantes.

35

Nos dias seguintes, Kerry sentiu que estava acostumando-se com o inverno. Nevou novamente, apenas o suficiente para cobrir as árvores do estande e a grama e os arbustos no parque com uma fina camada de gelo, o céu estava azul e sem nuvens. A playlist natalina personalizada tocava na caixa de som enquanto ela aquecia sidra aromatizada em uma cafeteira emprestada, e acendia a fogueira no tonel. Ela até usava um gorro vermelho e verde de duende com pequenos sinos prateados que tilintavam sempre que ela movia a cabeça.

Mariah Carey começava a cantar "All I Want for Christmas Is You" quando a porta do trailer se abriu violentamente e Murphy emergiu com uma expressão mortífera.

— O que diabos está acontecendo? — berrou ele, encarando a irmã. — Que barulheira é essa?

— Chama-se música natalina — respondeu Kerry calmamente. — Deixa as pessoas no clima para as compras de Natal.

— Me deixa de mau humor, isso sim — esbravejou ele. Seu cabelo estava eriçado e desgrenhado, e parecia que ele tinha dormido de roupa. Ele levantou a cabeça e fungou. — E que cheiro é esse?

— Se você está se referindo ao delicioso aroma de especiarias de outono como canela, noz-moscada e cravo, provavelmente é a sidra aromatizada que eu planejo servir aos nossos clientes hoje. — Ela apontou para a cafeteira, que havia conectado ao cabo de extensão vindo da Lombardi's. — Mas se está se referindo àquele outro cheiro desagradável. Eu diria que é um elixir nojento de meias sujas e suor de homem das montanhas. E como costumávamos dizer quando éramos crianças: "O primeiro a acusar é sempre o culpado."

Ele voltou para o trailer, mas momentos depois emergiu com seu kit de barbear em uma mão e uma sacola de roupa suja pendurada no ombro, passando por ela sem dizer uma palavra.

Clientes entraram e saíram do estande comprando árvores, mas, após o almoço, quando o movimento diminuiu, Kerry aumentou o volume da música e voltou a trabalhar na confecção das guirlandas.

Murphy saiu do trailer por volta das 14 horas. Acenou na direção da irmã, atravessou a rua e entrou no Lombardi's. Meia hora depois, ele retornou com um saco de papel, que entregou a ela.

— O especial do dia é sanduíche de almôndegas — comentou. — Claudia achou que você poderia estar com fome.

— Obrigada. Estou faminta — confessou Kerry, desembrulhando o sanduíche, com molho marinara picante e muçarela derretida escorrendo pelos lados.

Murphy se sentou à bancada de trabalho dela e se serviu de uma xícara de sidra aromatizada.

— Como estão as vendas hoje?

Ela limpou a boca com um guardanapo.

— Oito árvores e meia dúzia de guirlandas.

Ele pegou seu onipresente caderno.

— Nada mal. Mas realmente precisamos acelerar para vender o restante dessas árvores.

— É por isso que estou oferecendo a sidra e tocando músicas de Natal, Capitão Óbvio — explicou ela, tentando não mostrar sua irritação. — Ei, já que você acordou, pode cuidar do estande por um tempinho?

— Para quê?

— Estou quase sem materiais para as guirlandas. Vou dar uma passada rápida no mercado de flores e já volto.

— Acho que tudo bem. — Ele se virou e apontou para a pilha de árvores apoiadas ao lado do Spammy. — Todas essas são para entrega?

— Sim — disse Kerry. — Todas estão pagas e eu marquei cada uma com o endereço. — Ela franziu a testa. — O Vic já devia ter chegado.

— Esqueci de te avisar. Ele só vem depois, no fim da tarde. Tem uma consulta no dentista.

— Você devia ter me falado — lamentou Kerry. — Prometi para os Foster e os Carter que eles receberiam essas árvores hoje à tarde.

Murphy deu de ombros.

— Eu entrego quando você sair. Não vai demorar muito.

— Você vai deixar o estande sem ninguém?

— Só por alguns minutos — explicou. — Eles moram aqui perto. Não se preocupe. Está tranquilo agora. Provavelmente só vai ficar movimentado de novo depois do fim da tarde, quando as pessoas estiverem voltando para casa à noite.

— Mas... — ela começou a protestar, mas ele levantou a mão, como um guarda de trânsito.

— Faço isso há anos sem sua ajuda, tá bom? Deixe comigo. Eu sei o que estou fazendo.

Ela ainda estava irritada com o desdém do irmão quando voltou ao estande de árvores uma hora depois e viu a placa de FECHADO pendurada na entrada.

A pilha de árvores para entrega com certeza havia diminuído. Ela descarregou seus suprimentos e começou a amarrar laços e prender ramos de azevinho nos aros de guirlanda que havia montado mais cedo. O céu do final da tarde estava cinza-chumbo. A temperatura havia caído e o vento levantava folhas secas e agulhas de pinheiro, soprando-os pelo ar gélido de inverno.

— Kerry? — Gretchen McCaleb entrou apressada no estande. Ela estava com os olhos arregalados, vestia um casaco de esqui e um gorro sobre o cabelo incomumente bagunçado. — Você viu o Austin?

— Hoje não — disse Kerry. — Ele não está com o pai?

— Não. Eu prometi levá-lo para fazer compras de Natal. Chegamos ao saguão e percebi que tinha esquecido meu celular em casa. Pedi que me esperasse no saguão, mas, quando desci, ele tinha sumido! Voltei para o apartamento, pensando que talvez ele tivesse se cansado de esperar, mas ele não estava lá. Procurei por todo o prédio, bati em todas as portas, mas ninguém o viu. O Patrick está vindo para cá agora.

A voz de Gretchen crepitava de ansiedade.

— Não consigo encontrar meu filho. Não sei o que fazer. — Ela olhou ao redor do estande. — Será que ele pode ter ido a algum lugar com o seu irmão?

— Talvez. Acabei de chegar aqui — disse Kerry. — O Murphy está fazendo entregas. Talvez o Austin tenha ido com ele.

— Alguma notícia? — gritou Patrick ao estacionar o carro. Seu rosto estava vincado de preocupação. — Alguém o viu? Você ligou para a polícia?

— Eu estava prestes a fazer isso — disse Gretchen. Ela pegou o telefone, mas Patrick estendeu a mão para detê-la.

— Olha.

Ele apontou para a rua. O Sr. Heinz caminhava lentamente na direção deles, uma mão na bengala e a outra segurando firmemente o braço de Austin.

— Graças a Deus — disse Patrick com a voz suave.

Gretchen saiu correndo, seguida por Patrick. Ela caiu de joelhos na frente do garoto, abraçando-o com força contra o peito.

— Austin! Oh, Austin.

O Sr. Heinz soltou a mão do menino e parou, um tanto constrangido, a alguns passos de distância.

Gretchen ergueu os olhos para o homem.

— Como você pôde fazer isso? Como pôde levar meu filho? Sabe o quanto estávamos assustados?

— Gretch! — interveio Patrick com firmeza.

— Não, mãe! — resmungou Austin. — Não grite com o Sr. Heinz. Não fique brava com ele. Não é culpa dele. — Ele lutava para se soltar do abraço da mãe.

— Austin? — repreendeu Patrick. — O que aconteceu? Aonde você foi?

— Eu encontrei a bicicleta do Murphy! A que os caras maus roubaram — explicou o menino. — Eu estava esperando no saguão, como a mamãe disse, mas então vi o homem passando pelo prédio com ela. Então eu o segui. E vi onde ele a escondeu.

— O que tem minha bicicleta? — perguntou Murphy ao se juntar ao grupo.

— Eu encontrei sua bicicleta! — declarou Austin com orgulho. — Foram os caras maus que pegaram.

Patrick olhou para o Sr. Heinz com a expressão séria.

— Isso é verdade?

— A duas quadras daqui — confirmou o homem. — Na rua Hudson. Eu normalmente não passo por lá, mas, hoje, eu precisava consertar meus óculos em uma ótica que fica ali. Estava saindo quando vi nosso amiguinho aqui espiando atrás de um poste.

— O cara mau escondeu a bicicleta ao lado da entrada de um prédio! — continuou Austin. — Tem um portãozinho, e ele colocou lá e trancou. Mas agora eu sei exatamente onde está!

— Realmente parece a bicicleta do Murphy. E o carrinho está lá também — afirmou Heinz. Ele virou a cabeça e tossiu em um lenço.

— Quem você viu com a bicicleta? Quem é o cara mau? — questionou Murphy. — Você está falando de um daqueles caras vendendo árvores de Natal ali? — Ele apontou na direção do estande dos irmãos Brody.

— Eu, hmm, não sei direito. Ele estava com um moletom, da cor que os caras do exército usam. E óculos escuros. Mas eu sabia que era a bicicleta do Murphy por causa da placa atrás. Fazenda de Árvores da Família Tolliver. Não é?

Gretchen ainda estava ajoelhada. Ela segurou o casaco do filho pela gola. Lágrimas escorriam pelo seu rosto.

— Austin. Você nunca, nunca pode fazer algo assim de novo. Crianças não podem vagar sozinhas pelas ruas da cidade. Há pessoas muito más por aí...

— Eu tenho quase 6 anos e meio! E eu não estava vagando pela cidade — disse Austin indignado. — Eu estava na rua onde o papai e eu cortamos o cabelo. Eu ia voltar para casa assim que descobrisse como pegar a bicicleta do Murphy de volta. E então o Sr. Heinz me viu. E ele é um dos caras bons, certo?

— Ok, bem, você voltou em segurança, e isso é o mais importante — conclui Patrick. — E sim. O Sr. Heinz é definitivamente do bem. Mas sua mãe está certa. Você nunca, nunca pode fazer isso de novo. Se sua mãe ou eu dissermos para você ficar em algum lugar, você fica exatamente lá. Não importa o que aconteça. Certo?

— Sim, senhor. — Austin olhou para os pés. — Mas e a bicicleta?

Murphy olhou para o outro lado da rua.

— Acho que vou ter uma conversinha com esses dois palhaços para esclarecer algumas coisas. Mas, primeiro, vou pegar meu alicate na caminhonete e reaver minha propriedade.

— Vou com você — ofereceu-se Patrick. — Para te dar cobertura.

— Eu posso mostrar onde a bicicleta e o carrinho estão escondidos — disse Heinz calmamente.

— E eu vou também. Porque fui eu que encontrei — acrescentou Austin, inflando o peito.

— Ah, não — proibiu Gretchen. — Já está escurecendo. Você vai pra casa comigo, mocinho.

Ela pegou na mão de Austin e o levou para casa.

Conforme Murphy havia previsto, o movimento aumentou consideravelmente à medida que escureceu. Vic chegou e foi rapidamente enviado para entregar árvores. Kerry esperava ansiosamente pelo retorno do irmão.

Finalmente, quase uma hora depois, Murphy pedalou pela rua com o carrinho preso à traseira da bicicleta e o grande alicate enfiado no carrinho.

— Você conseguiu! — disse Kerry, quando o irmão desceu da bicicleta.

— Deu tudo certo — comentou Murphy, olhando ao redor do estande. — E parece que por aqui também.

— As árvores estão sumindo agora — contou Kerry com orgulho. — O Vic acabou de levar mais três para entregar. Mas me conte sobre a grande farsa da bicicleta roubada.

— Não tem muito para contar. Heinz me mostrou o local exato e, como o Austin disse, a bicicleta e o carrinho estavam escondidos em uma daquelas áreas cercadas ao lado da entrada, e o portão tinha uma corrente grande e um cadeado novo. Que eu cortei.

— Tinha alguém por perto? Você não teve medo de a polícia aparecer?

— Não. O prédio onde estavam escondidos está em construção. Havia alguns andaimes na frente. De qualquer forma, aqui é Nova York, Kere. As pessoas resolvem seus problemas sozinhas. Além disso, quem os escondeu lá é um ladrão.

Kerry olhou para além do irmão.

— O Patrick foi para casa, se é quem você está procurando — informou Murphy. — Ele me pediu para te dizer que vai te ligar mais tarde.

— Ah, é... não — balbuciou ela, tentando disfarçar. — Eu estava procurando o Sr. Heinz.

Murphy revirou os olhos.

— Ah, tá bom. O Sr. Heinz foi embora. Acho que ele não estava se sentindo muito bem.

— Sim, estou preocupada que ele esteja realmente doente — contou Kerry. — Ele está me parecendo tão frágil, de repente.

— Bem, ele é um cara velho. Deve ter uns 90 anos. Muito mais velho que o nosso pai. — Ele pegou uma sacola de plástico e tirou uma corrente nova, empurrou a bicicleta até o poste e prendeu a bicicleta e o carrinho nele. — Isso deve ser o suficiente.

Ele se endireitou e pegou o alicate de cortar parafusos.

— O que você vai fazer com isso? — perguntou ela.

— Vou atravessar a rua e ter uma conversa amigável com os Brody, especialmente o mais sem noção, que está usando o moletom verde que o Austin descreveu para nós.

— Mas você não vai... machucar ninguém. Não é? — questionou Kerry um tanto desconfortável.

— Não. Mas os irmãos Brody não sabem disso.

36

Murphy voltou trinta minutos depois. Ele tinha um hematoma abaixo do olho esquerdo e toalhas de papel ensanguentadas enroladas em torno da mão direita, que segurava o que restava de um *pack* de seis cervejas.

Kerry olhou para o irmão horrorizada.

— Você está bem? O que aconteceu? Eu pensei que você tinha dito que não haveria violência.

— Não houve violência — explicou ele com naturalidade. — Eu só disse àqueles moleques que sabia que eles roubaram minha bicicleta, e eles tentaram negar. Mas Duane, o idiota, estava usando aquele moletom verde. Discutimos. Ele cometeu o erro de me dar um soco, então eu bati com o alicate na cabeça dele. De leve, só para ele ficar esperto. Então Donny, o grandalhão, me atacou, e eu tive que explicar as coisas à moda das montanhas.

Kerry apontou para a mão dele.

— Você está sangrando.

Murphy riu.

— É só um arranhão. De qualquer forma, está tudo resolvido agora.

— Resolvido como?

— Eu disse a eles que não chamaria a polícia pelo roubo da bicicleta e não mostraria as fotos que nossa testemunha tirou do Duane escondendo minha bicicleta. E amanhã bem cedo, eles vão empacotar o resto daquelas árvores horrorosas e nos deixar em paz de uma vez por todas.

— Que ótimo — comemorou Kerry. — Mas você não poderia ter feito isso sem brigar?

— Aquilo nem foi uma briga — protestou Murphy. — Eu apenas dei uma acalmada naqueles moleques, para que pudessem ouvir a voz da razão.

Ele piscou para ela com um gesto exagerado.

— Na verdade, acho que foi essa música de Natal barulhenta que os afugentou. Ninguém aguenta ouvir a Mariah Carey se esgoelando sobre tudo o que ela quer para o Natal *tantas* vezes.

Ela revirou os olhos e apontou para o *pack* de cerveja.

— E a cerveja?

Ele enxugou a mão na calça jeans, deixando um rastro de sangue, e então abriu uma das três latas restantes.

— Isso aqui é diplomacia. Depois de resolvermos as coisas, paguei uma rodada para nós. Agora está tudo bem.

Murphy puxou sua cadeira dobrável mais perto do fogo.

— Você quer pedir algo para viagem do Red Dragon? Estou com um pouco de fome.

Eles ficaram ao lado do fogo por mais algumas horas, comendo *dim sum* de porco e sopa de *wonton*. Eles venderam quatro árvores até que Murphy fez uma cena e abaixou o volume da música de Natal.

Kerry fez um esforço para não olhar para o telefone, mas entre um cliente e outro e, uma vez, quando o irmão foi ao Lombardi's para ir ao banheiro, ela deu uma espiada furtiva. Mas nenhuma notícia de Patrick.

Às 22 horas, mal conseguindo manter os olhos abertos, ela se levantou.

— Para mim, já deu por hoje. Te vejo de manhã.

Murphy ergueu os olhos do caderno.

— Ei, hmm, Kere, seu dia foi ótimo. As vendas estão muito boas.

— Eu sei.

— Só temos umas trinta árvores sobrando. Acho que venderemos tudo até o fim da semana.

— Você acha? — Vender tudo significaria deixar a cidade. E Patrick. E Austin.

— Com certeza. O problema é que eu meio que prometi à Claudia que a levaria para sair na sexta à noite.

— Ah, é?

— Tipo, sair mesmo. Em um encontro de verdade. Ir a um restaurante que não seja o Lombardi's.

— Parece justo. A Claudia é ótima. Realmente especial.

— Sim. Mas isso significaria que você teria que cobrir meu turno na sexta à noite — disse Murphy.

— Não tem problema. Posso fazer um turno duplo na sexta. — Kerry olhou para o irmão de cima a baixo. — O que você planeja vestir nesse grande encontro e para onde vocês vão?

Ele mexeu na barba desgrenhada e então olhou para as próprias roupas, que, além da calça jeans, incluía uma parca, botinas enlameadas e uma camisa xadrez desbotada.

— Bem, definitivamente não isso. Ainda estou pensando no restaurante.

— Você pelo menos trouxe alguma roupa legal? Tem algum par de sapatos que não sejam botinas? — Ela balançou a cabeça. — Deixa pra lá, já sei a resposta.

— A Claudia sabe como eu me visto. E ela deve gostar do que vê. — Ele deu um sorrisinho de canto.

— Você não quer levá-la para um lugar especial? Se arrumar para mostrar que se importa? Eu realmente acho que vamos ter que comprar roupas novas decentes para você.

— Droga. Eu odeio roupas novas — resmungou ele.

37

Assim que acordou na quarta-feira, Kerry pegou o telefone. Uma mensagem de texto de Patrick tinha chegado por volta da meia-noite, muito depois de ela ter adormecido.

Vamos tomar um café amanhã de manhã?

Ela pulou da cama e se vestiu às pressas, prendendo o cabelo em um rabo de cavalo, e só percebeu que Queenie dormia no beliche de Murphy quando estava prestes a sair.

— Já volto — prometeu, acariciando a cabeça da cachorra.

Ela correu até a Anna's para usar o banheiro, passando por Murphy, que roncava na cadeira dobrável perto da fogueira, enrolado em seu saco de dormir e em um edredom.

Ela prendeu a guia na coleira de Queenie.

— Vamos lá, garota. Vamos aproveitar o dia antes que o dia nos atropele.

A cachorra trotou até um arbusto no parque e se aliviou enquanto Kerry respondia a mensagem de Patrick.

Topo o café. Acabei de acordar e estou passeando com a Queenie. Volto em dez minutos.

Enquanto atravessava a rua, ela notou com uma satisfação macabra que o estande de árvores dos irmãos Brody não estava mais lá. O único vestígio de sua presença eram alguns pinheiros-escoceses secos e uma pilha de madeira do estande desmontado abandonada sobre a calçada em frente à mercearia.

Quando voltou ao estande, Murphy tinha se recolhido para o trailer e Taryn Kaplan a cumprimentou. Os gêmeos estavam acomodados no carrinho, bem agasalhados.

— Você e Murphy voltarão para a Carolina do Norte em breve, não é? Aposto que ficará feliz em voltar para casa, dormir na própria cama, com aquecimento e encanamento de verdade.

— Hmm, é — disse Kerry. Ela viu Patrick saindo da Anna's com dois copos descartáveis e um saquinho branco.

Taryn deve ter notado o sorriso que iluminou o rosto de Kerry quando Patrick se aproximou.

— Mas talvez nosso bairro tenha outros encantos, não é mesmo?

Kerry corou.

— Digamos que sim.

— Oi, Pat — cumprimentou Taryn quando o vizinho se aproximou. — Ouvi dizer que passaram por um grande susto com o desaparecimento de Austin outro dia.

— Sim — concordou Patrick, entregando um café para Kerry. — Mas, felizmente, Heinz o trouxe de volta para nós.

— A Gretchen deve ter ficado desesperada. — Taryn olhou para baixo e viu que um dos gêmeos tinha oferecido sua chupeta para Queenie, que agora a lambia alegremente.

— Ai, Oscar. — Ela pegou a chupeta e a enfiou no bolso do casaco. — Temos que ir ou perderemos a contação de história na biblioteca.

Ela olhou para Kerry.

— Se você quiser tomar um banho e lavar um pouco de roupa hoje, fique à vontade. Só voltaremos depois do almoço.

— Ah, vou aproveitar, assim que tiver uma pausa no movimento esta manhã — prometeu Kerry.

Patrick esperou até que Taryn e os gêmeos tivessem se afastado. Ele entregou a ela o saquinho da padaria.

— Hmm — deleitou-se Kerry, comendo um pedaço do croissant ainda quente. — Você sabe como mimar uma garota, não?

Patrick deu um gole em seu café.

— Estava pensando no encontro que estou te devendo. Talvez na sexta à noite? Gretchen e Austin vão para o interior visitar a família. Podíamos sair, ou ficar em casa e eu preparo um jantar legal para nós. Você escolhe.

— Você cozinha?

— É tão surpreendente assim?

— Nenhum homem da família Tolliver cozinha, além de grelhar hambúrgueres ou defumar um lombo de porco.

— E você nunca namorou um homem que cozinha?

— Meu último namorado conseguia fazer torradas e ovos mexidos, e era só. Na verdade, os ovos dele tinham gosto de borracha, mas ele ficava tão orgulhoso do que tinha feito que nunca tive coragem de contar a verdade para ele.

— Nas férias de verão, durante a faculdade, eu trabalhava no restaurante do meu tio na costa de Nova Jersey. Então, sim, eu cozinho. Faço um filé-mignon recheado com cogumelos que é sensacional. E então? O que prefere, sair ou jantar em casa?

— Receio que nenhum dos dois. Prometi ao meu irmão que ficaria no estande na sexta à noite. Ele tem grandes planos com a Claudia.

A expressão no rosto de Patrick esmoreceu com tanta dramaticidade que Kerry ficou tentada a rir, mas resistiu ao impulso.

— Ah, mas que droga.

— Senhorita? — Uma voz masculina os interrompeu. Ela se virou e encontrou um casal mais velho, examinando uma das últimas árvores grandes.

38

A fome atraiu Kerry até o Lombardi's para um almoço tardio. Ela se sentou ao balcão e conversou com o Danny enquanto esperava pelo seu habitual pedido de minestrone para viagem.

— Ei, você viu o Sr. Heinz hoje? — perguntou ela enquanto ele lustrava os copos que tinham acabado de sair da máquina de lavar louça.

— Pensando agora, não o vejo há uns dias. É estranho, porque ele não veio na terça à noite, que é a noite de parmegiana de berinjela, e o Sr. Heinz nunca perde a noite de parmegiana. Acha que ele está bem?

— Espero que sim, mas estou começando a ficar preocupada. A última vez que o vi foi na noite de segunda, depois de ele encontrar o Austin — disse Kerry. — Ele estava com uma tosse horrível e parecia bem abatido.

— Sim, ele esteve aqui no domingo para almoçar e notei que ele não parecia bem. Eu devia ter percebido que algo estava errado quando ele não quis o tiramisu. Ele nunca despreza um doce.

Um dos garçons emergiu com um saco de papel com o pedido dela.

— Prontinho — disse Danny, entregando-o para Kerry. — Me avise o que descobrir sobre o Sr. Heinz. Vou perguntar por aí, para alguns dos nossos clientes habituais, para checar se alguém o viu.

185

— Eu imagino que ele more no bairro — disse Kerry. — Talvez eu deva dar uma passada na casa dele e checar como ele está? Você sabe se ele tem família?

— Ele nunca mencionou uma família para mim. Ele é caladão. Não é de muito papo. Eu presumo que ele more por perto, já que está sempre por aqui, mas não faço ideia de onde exatamente. Se você o vir, diga que eu reservei uma porção de parmegiana de berinjela para ele, tá bom?

Murphy estava acordado, alimentando o fogo no tonel, quando Kerry voltou para o estande de árvores de Natal. Ela se sentou em sua mesa de trabalho e abriu o recipiente ainda fumegante de sopa.

— O cheiro está bom — comentou ele, sentando-se na frente da irmã.

Ela ofereceu o recipiente.

— Quer um pouco?

— Não, hmm, escuta, Kere, acho que seria bom se pudesse me ajudar a decidir o que vestir na sexta-feira à noite.

Ela levantou uma sobrancelha.

— Ah, é mesmo?

— Eu dei uma olhada nas minhas roupas. Elas estão, hmm, meio surradas.

— O eufemismo do ano. Olha, Murph. Você vai precisar de uma calça decente, uma camisa e provavelmente algum tipo de blazer.

— Um blazer? — reclamou ele.

— Você quer minha ajuda ou não? — protestou ela.

Ele deu de ombros.

— Tá bom. O Danny conseguiu uma reserva para mim em um bistrô francês aqui no bairro, então isso já está resolvido.

— Que bom — disse Kerry. — Já está mostrando um pouco de iniciativa. Agora, é você que vai fazer compras ou sou eu?

Ele recuou como se ela tivesse pedido para ele colocar a mão no fogo.

— Ah, nem pensar. Não vou fazer compras.

— Ok, tudo bem. Eu já sei os seus tamanhos. Ajudo a mamãe a comprar roupas que você odeia desde que você tinha 16 anos. Mas você terá que comprar sapatos de adulto. Couro de verdade. Acha que consegue fazer isso sozinho?

— Sem problemas — disse ele, revirando os olhos. — Só uma coisa. Nada de lenço de bolso e nada de gravata.

Duas horas depois, Kerry voltou para o Spammy com um blazer de tweed cinza-azulado da Harris e um cachecol de cashmere do seu novo brechó favorito, além de calças cinza--chumbo e uma camisa branca comprados em promoção na Bloomingdale's.

Ela tirou os itens das sacolas para a inspeção de Murphy. Ele tocou o tecido do blazer com certa hesitação.

— Não é terrível — disse ele.

— Posso fazer só mais uma sugestãozinha? — perguntou ela.

— Ah, chega — retrucou ele. — Tenho árvores para entregar. Cuide do estande enquanto estou fora.

Assim que Murphy pedalou de volta para o estande, ela atacou.

— Você precisa cortar o cabelo — disse ela de maneira enfática. — Esse corte *mullet*, essa mistura que parece que você não sabe se é sério ou descolado, já era.

— Eu ia cortar o cabelo antes de sexta-feira. Até afiei minhas tesouras.

— Estou falando de um corte de cabelo de verdade. Além disso, a barba precisa ser aparada. Você parece um mamute--lanoso.

Murphy recuou com genuíno horror.

— Você quer que eu deixe um estranho cortar meu cabelo e aparar minha barba?

— Tenho uma novidade para você, meu irmão. Existem profissionais que vivem disso. E eles não usam tesouras de poda.

— Negativo. Isso é perigoso. Daqui a pouco você vai querer que eu faça as unhas ou algo assim. E isso é um caminho sem volta.

Kerry pegou as enormes mãos do irmão nas dela. A pele estava seca e calosa, as unhas sujas e as cutículas rachadas.

— Parecem as mãos de um assassino em série — disse ela.

Ele puxou a mão de volta.

— Não começa.

Mas ela começou mesmo assim.

— Vai cortar esse cabelo, cara.

— Tá bom — concordou ele com um suspiro exagerado. — Eu não vou gostar, mas vou fazer.

Ela entregou a ele um pedaço de papel com o nome e endereço do lugar que Patrick havia lhe dado.

Murphy leu e fez uma careta.

— Salon Stephanie? Isso é alguma piada? Eu não vou cortar o cabelo em um salão de beleza.

— É Salon Stephanè. É Stephen em francês. O Patrick corta o cabelo lá. Você tem um horário às três na sexta-feira, e eu fiz um depósito antecipado, então nem pense em faltar.

39

Na quinta-feira, após uma noite em grande parte insone, Kerry acordou com um sentimento de apreensão — uma apreensão fria, cinzenta e úmida, um reflexo do clima do lado de fora do trailer.

Murphy ainda dormia, deitado de bruços no beliche, mas Vic chegou cedo, ansioso para ganhar um dinheiro extra para o Natal. Ela explicou que tinha uma missão e o deixou cuidando de Queenie e do estande de árvores enquanto saía para procurar o Sr. Heinz.

A neve que caíra durante a noite estava parcialmente derretida, e depois de quinze minutos de caminhada pelo lamaçal de neve derretida, seus sapatos estavam encharcados.

Sua primeira parada foi numa loja de bebidas na rua do estande. Ela havia feito um esboço do Sr. Heinz e o deslizou pelo vão na janela de acrílico que separava o balconista dos clientes.

— Você o viu ultimamente?

— Aquele senhor que usa um casaco empoeirado e anda com uma bengala? Acho que não o vi por esses dias.

Ela entrou no Red Dragon algumas portas adiante. A garota no balcão tinha um corte pixie e franjas tingidas de azul-vivo. Ela examinou o esboço.

— Acho que minha avó conhece esse homem. Espere um momento.

As janelas da loja estavam embaçadas com condensação, e o lugar tinha um cheiro delicioso de carne assada, gengibre e alho.

Um momento depois, a garota voltou com uma idosa de rosto enrugado, vestindo um longo avental branco impecável. Ela falou com a senhora em um idioma que Kerry presumiu ser chinês. A senhora acenou com a cabeça e respondeu rapidamente, terminando com uma mímica dramática de tosse.

— Ela disse que este é o Sr. Heinz — traduziu a garota. — Sempre pede o combo número três. A vovó contou que ele esteve aqui no sábado e tossia muito. E falou para você pedir para ele voltar, que ela vai fazer o caldo especial dela.

Kerry ficava mais desanimada a cada parada. Ou as pessoas não conheciam o Sr. Heinz ou o reconheciam, mas não o viam há pelo menos três dias. Neve e chuva voltaram a cair, e ela puxou o capuz de sua jaqueta sobre o cabelo molhado, tremendo e imaginando o Sr. Heinz nesse clima.

A três quarteirões de distância, ela avistou o Salon Stephanè e uma ótica, a Owl Opticals, e se lembrou de que o Sr. Heinz tinha dito que encontrou Austin depois de consertar os óculos.

A sineta da porta tocou para anunciar sua chegada. O balcão da frente estava vazio, mas logo um homem de meia-idade usando um jaleco branco apareceu apressado vindo da sala dos fundos.

— Posso ajudar?

— Oi — disse Kerry. — Isso pode soar estranho, mas estou procurando um homem que acho que pode ser um de seus clientes. O nome dele é Heinz. — Ela mostrou o esboço.

— Heinz Schoenbaum? Ele esteve aqui outro dia para consertar os óculos.

Kerry sentiu um lampejo de esperança. Agora ela tinha até um sobrenome para seu amigo esquivo.

— Sim! Ele me disse que esteve aqui. Mas eu não o vejo há alguns dias e estou começando a ficar preocupada.

O optometrista cruzou os braços sobre o peito. Ele era alto e magro, com uma careca reluzente e óculos estilosos inspirados em Elton John, com armações grandes e exageradamente brilhosas.

— Por que está preocupada? — perguntou ele. — Não quero ser intrometido, mas qual sua relação com o Sr. Heinz?

— Ele é um amigo. Meu irmão e eu administramos o estande de árvores de Natal perto do parque, e ele passa por lá todos os dias. Sem falta. Até esta semana. Da última vez que o vi, ele estava com uma tosse terrível e parecia muito debilitado.

— Notei que ele parecia mal — admitiu o optometrista.

— Se eu soubesse onde ele mora, poderia passar lá e ver se ele está bem — explicou Kerry, sua voz ecoando a crescente desesperança. — Você deve ter o endereço dele, não é?

— Desculpe, mas não posso compartilhar informações privadas de um cliente com você.

Ela esperava essa resposta, mas continuou:

— Você sabe se ele tem família na cidade? Alguém cuidando dele? Eu juro, só sou uma amiga.

O optometrista pareceu hesitar por um momento, mas depois balançou a cabeça.

— Tudo que posso dizer é que ele nunca comentou sobre uma família, mas o Sr. Heinz não é de conversa fiada.

Kerry sentiu vontade de chorar, e o homem deve ter percebido seu desespero. Ele se aproximou de um computador de mesa, murmurando enquanto digitava:

— Posso perder minha licença por isso.

— Não vou contar para ninguém — sussurrou. — Prometo.

— Nada feito. O único endereço que tenho para Heinz Schoenbaum é uma caixa postal — contou o homem, erguendo os olhos da tela do computador. — Mas *sei* que ele mora no bairro. Uma vez, depois de dilatar as pupilas dele, tentei chamar um táxi para levá-lo para casa, mas ele não quis. Depois perguntei se eu podia ligar para alguém para acompanhá-lo até em casa, mas ele disse que morava a poucos quarteirões de distância.

— Isso não ajuda muito — lamentou Kerry. — De qualquer forma, obrigada.

Ela se virou para sair.

— Ei, moça — chamou o homem. — Você poderia me avisar se ele está bem? O Sr. Heinz é meu cliente há décadas. Era cliente do meu pai, antes de ele se aposentar.

— Prometo que vou te avisar — disse Kerry.

Murphy e Austin estavam à sua espera quando ela voltou para o estande de árvores.

— Ei, Austin — cumprimentou Kerry, tentando parecer animada embora a realidade fosse muito diferente. — Como vai?

— Não muito bem — reclamou ele, balançando a cabeça.

— Austin insistiu com a mãe dele que precisava vir até aqui esperar pelo Sr. Heinz — explicou Murphy. — Então ficamos aqui conversando, falando de chocolate quente e coisas do tipo. Austin diz que marshmallows são ótimos no chocolate quente, mas para mim são uma porcaria. Gosto só com xarope de milho. Aquilo é horrível. Você concorda comigo, não é?

— Eu adoro marshmallows no chocolate quente — disse Kerry, aproximando-se da fogueira.

Austin olhou para Kerry com uma expressão suplicante.

— Você viu o Sr. Heinz?

— Não, amigão — admitiu ela. — Não consegui encontrá-lo. Talvez ele esteja em casa, por causa do tempo ruim.

— Foi o que eu disse a ele — acrescentou Murphy. — Ou ele foi visitar a família fora da cidade. Afinal, já é quase Natal.

— Não mesmo. — Austin ergueu o queixo com um ar determinado. — Ele não iria embora antes de terminarmos a história.

A expressão do menino se tornou sombria.

— Talvez algo ruim tenha acontecido. — Ele apontou para a pilha de detritos do outro lado da rua, onde ficava o estande dos irmãos Brody. — Os caras maus podem ter feito alguma coisa com ele. E se ele foi amarrado e levado na caminhonete deles? Ele pode ter sido sequestrado.

— Não, não, não — apressou-se Murphy. Ele se agachou na calçada até ficar na altura dos olhos do menino.

— Eu e os irmãos Brody fizemos as pazes — continuou. — Eles me disseram que pegaram a bicicleta e o carrinho como uma espécie de brincadeira. Uma brincadeira sem graça. Mas está tudo bem agora. Eles decidiram vender o restante das árvores em outro lugar. Só isso. Eles não machucariam o Sr. Heinz.

Austin balançou a cabeça.

— Ainda acho que aconteceu algo ruim. Precisamos encontrar o Sr. Heinz.

Murphy olhou para Kerry e, em seguida, para o menino.

— Estamos tentando. Está bem?

Kerry pegou a mão do menino na sua e a apertou brevemente antes de soltá-la.

— Sabe o que podemos fazer? Acho que devíamos trabalhar na história. Só você e eu. Como uma surpresa para o Sr. Heinz.

— Kerry estava congelando e ansiava por vestir roupas secas e sair do frio. — Podíamos trabalhar dentro do Spammy. Na mesa. E desenhar figuras. O que acha? — sugeriu.

— Não quero — retrucou Austin, enfiando suas mãos enluvadas no bolso do casaco.

— Austin? — Gretchen chegou ao estande apressada. — Tenho certeza de que o Murphy e a Kerry vão nos avisar assim que encontrarem seu amigo. Mas precisamos ir para casa agora e nos preparar para viajar amanhã. — Ela estendeu a mão para pegar a do filho, mas ele a puxou de volta.

— Mamãe! Não! — protestou Austin. — Eu tenho que terminar minha história. Eu tenho que entregar meu presente para o Sr. Heinz.

— Depois — explicou Gretchen, segurando os ombros do menino e virando-o na direção do prédio deles. — Precisamos ir para casa. Agora mesmo.

— Nãaaao — choramingou Austin. Ele olhou para Kerry, com a expressão suplicante. — Fala para ela. Fala que eu tenho que ficar.

— Já chega! — repreendeu Gretchen. — Quer que eu conte para o Papai Noel que você está se comportando mal?

— Não me importo. Eu odeio o Papai Noel! — explodiu Austin, agitando os punhos enluvados contra a mãe. — E eu te odeio.

— Ei, calma lá, amigão! — interveio Murphy com severidade.

A criança virou o rosto coberto de lágrimas para o irmão de Kerry.

— Fala para ela, Murphy. Fala que eu preciso ficar aqui com você. E com a Kerry.

— Você não pode ficar — disse Kerry com suavidade, sentindo como se seu coração estivesse sendo arrancado do peito. — Murphy e eu temos muito trabalho para fazer agora, então você precisa obedecer à sua mãe. E assim que encontrarmos o Sr. Heinz, a gente te avisa, está bem?

— Vamos — insistiu Gretchen, suavizando a voz. Ela se inclinou e ergueu o menino no quadril. — Vamos para casa agora.

Os irmãos observaram enquanto Gretchen se afastava em direção ao prédio, com Austin soluçando e berrando em protesto. Murphy olhou para Kerry.

— Temos que encontrar o Sr. Heinz, de qualquer jeito.

40

Murphy foi até a mercearia e voltou com cerveja e um saco de pipoca. Kerry se serviu de um punhado de pipoca.

— Não me diga que isso é o jantar.

— Não, esse é nosso aperitivo. O prato principal está a caminho. Pizza. Sem anchovas, já que você não gosta, e porque sou um irmão muito gentil.

Murphy jogou mais toras na fogueira e deu um gole na cerveja.

— Sabe, se continuarmos vendendo árvores nesse ritmo, estou pensando em desmontar o estande e voltar para casa no sábado.

— Sábado? — Kerry quase se engasgou com a pipoca. — Por que tão cedo?

— Por que não? Com certeza venderemos o restante das árvores antes disso. Qual é o problema? Está se acostumando a essa vida de acampar no frio, ouvir meu ronco e fazer xixi na casa de estranhos?

Ela se recostou na precária cadeira dobrável e observou ao redor. As árvores que restavam estavam enfeitadas com pisca-piscas, as vitrines das lojas cintilavam com as decorações natalinas e luzes brilhavam suavemente pelas janelas dos apartamentos ao longo da rua. A temperatura estava abaixo de zero, seus pés estavam molhados, e Kerry se enrolou em um saco de dormir do Garibaldo, que provavelmente não tinha sido lavado desde seus tempos de jardim de infância. E mesmo com a incessante preocupação com o bem-estar do

Sr. Heinz, de alguma forma, uma sensação reconfortante aquecia seu peito. Ela percebeu que, em menos de um mês, esses poucos quarteirões se tornaram seu lar e esses estranhos agora pareciam vizinhos.

E um desses vizinhos era... algo mais.

— Kere? — Murphy estava inclinado para frente, esperando pela reação da irmã. — Olha, se você ainda está preocupada com o Heinz, não fique. Vamos encontrá-lo amanhã. Eu prometo.

— Tá bom — disse Kerry, concordando. — Eu acredito em você.

No dia seguinte, Kerry ampliou a área de busca, acrescentando alguns quarteirões em cada direção, ocasionalmente encontrando alguém que reconhecia o Sr. Heinz. Infelizmente, ninguém o vira nos últimos dias ou sabia onde ele morava.

Desanimada, ela voltou para o estande, onde encontrou Vic radiante de orgulho.

— Vendi três árvores, todas pelo preço normal, incluindo aquela última árvore grande, que uma senhora pagou oitocentos dólares — disse Vic. Ele enfiou a mão no bolso da jaqueta e tirou um maço grosso de dinheiro.

— Bom trabalho — elogiou Kerry. — Vou comer alguma coisa. As árvores precisam ser entregues?

— Sim, mas pensei em fazer isso à tarde.

— Não, pode carregá-las em seu carrinho. É melhor entregá-las agora, para o caso de o tempo piorar mais tarde.

— Você vai deixar o estande fechado? — Vic parecia confuso.

— Só por uma hora, mais ou menos — disse Kerry. Ela esticou a corda elástica na entrada e pendurou a placa de FECHADO. — Vai, pode ir.

Quando ela voltou para o estande, Murphy estava acordado, de banho tomado e nitidamente irritado.

— Onde você estava? E cadê o Vic? É o nosso último dia aqui. Precisamos de todos aqui para vender essas últimas árvores.

— O Vic está entregando uma árvore de oitocentos dólares que ele vendeu sem desconto — explicou Kerry. — Acho que podemos nos dar ao luxo de fazer uma pausa de quarenta e cinco minutos para o almoço.

— Eu avisei que era para vender tudo pela metade do preço — resmungou Murphy.

— E eu disse a ele que vamos vendê-las pelo preço cheio. Foi você quem deixou bem claro que precisamos ganhar dinheiro suficiente nesta viagem para tirar a fazenda do vermelho.

— Nós já superamos nossa meta. Você foi ótima, Kerry. Mas nossa temporada de vendas acabou. Não quero ter que carregar essas poucas árvores de volta para casa.

Kerry enfiou as mãos nos bolsos da jaqueta para não dar um soco no nariz do irmão. Ela não tinha a intenção de contar a Murphy que não estava pronta para deixar a cidade — e Patrick — ainda. Uma vida inteira de experiência com os homens da família Tolliver a ensinara que a melhor maneira de lidar com eles era a resistência passiva.

Então, ela lhe lançou um sorriso meigo.

— Você não tem hora marcada para cortar o cabelo?

Patrick apareceu pouco antes das 17 horas. A temperatura continuava a cair e ela se agasalhou com praticamente todas as peças de roupa quentes que tinha.

— Alguma notícia do Sr. Heinz? — perguntou, dando um beijo casual na bochecha dela, o que aqueceu o coração de Kerry.

— Nada. Perguntei por toda parte. Ninguém o viu e ninguém sabe me dizer onde ele mora. Devo fazer um boletim de ocorrência de pessoa desaparecida? Ou ligar para os hospitais aqui por perto?

— Você pode tentar — sugeriu Patrick. — Mas como você não é da família, e a única coisa que sabemos é o nome dele, duvido que a polícia levaria você a sério. Espere mais um dia.

— Talvez eu não tenha mais um dia — lamentou Kerry, sentindo-se ainda mais desanimada. — Murphy está decidido a voltar para casa amanhã.

— Mas o Natal é só na segunda-feira. Eu pensei... Quer dizer, eu esperava que você e eu tivéssemos mais alguns dias para passar juntos.

— Eu também. Tenho feito de tudo para sabotar o plano dele, mas se você conhece o Murphy, sabe que uma vez que ele decide algo, nem o diabo consegue fazê-lo mudar de ideia.

Patrick cutucou o tonel da fogueira com a ponta da botina.

— Só porque o Murphy está indo embora amanhã, não significa que você tenha que ir também. Não é?

Ela apontou para o Spammy.

— Mesmo que eu quisesse ficar, não posso simplesmente continuar acampada aqui, sem encanamento e cozinha. Além disso, a associação do bairro não permitiria. Então, sim, acho que isso significa que eu também tenho que voltar para casa.

Patrick deu um longo suspiro.

— Você disse *mesmo que quisesse*... você quer? Quer ficar na cidade? Ou está totalmente decidida a voltar para casa, na Carolina do Norte?

Kerry sentiu suas bochechas esquentarem. Sair de Nova York, voltar para a pequena cidade onde sempre se sentiu como uma estranha, era a última coisa que ela queria. Mas quais outras opções tinha?

Antes que ela pudesse tentar responder à pergunta de Patrick, o irmão apareceu em sua bicicleta. Pelo menos, ela achava que era o Murphy.

41

Murphy Tolliver estava quase irreconhecível. O *mullet* tinha desaparecido. O cabelo escuro e rebelde tinha sido domado, hidratado e ganhado um corte que formava ondas para trás de sua testa larga, com as costeletas cuidadosamente desenhadas. A barba espessa de homem das montanhas estava agora bem aparada, e pela primeira vez desde que Kerry se lembrava, ela podia ver a metade inferior do rosto do irmão, que, ela tinha que admitir, era muito bonito. Sem um bigode escondendo sua boca, o sorriso largo de Murphy era surpreendentemente caloroso. A semelhança com o pai deles, incluindo os olhos azul-claros e as têmporas salpicadas de cabelos brancos, era notável.

A pele dele, antes avermelhada e castigada pelo clima, agora estava suave e até viçosa. Kerry não conseguiu se controlar. Ela estendeu a mão e tocou o rosto dele.

— Meu Deus! O que fizeram com você naquele salão?

Ele afastou a mão dela com um tapinha.

— Depois que o cara cortou meu cabelo, aparou minha barba e minhas malditas sobrancelhas, eles me levaram para uma outra sala, com umas velas acesas e uma música tilintante, então uma mulher vestida como médica entrou e começou a fazer uma porção de coisas.

— Deve ser a Ninette — disse Patrick. — Ela é a melhor esteticista da cidade.

— Ela esfregou uma espécie de loção com cheiro de flores nas minhas bochechas e testa, e antes que eu pudesse impedir, ela passou um treco que parecia uma lixadeira em mim.

Eu xinguei, falei que não ia pagar para arrancarem a pele do meu rosto, mas ela só riu e falou que isso fazia parte do que ela chamou de "experiência do Salon Stephanè", e que eu deveria apenas relaxar e aproveitar. Depois ela colocou uma toalha quente sobre o meu rosto, e acho que acabei cochilando, porque quando me dei conta, ela estava me acordando e dizendo que tinha terminado.

— Seja lá o que for que fizeram, e seja lá quanto custou, valeu a pena — assegurou Kerry. — Você é um novo homem. É um verdadeiro Cinderelo.

— Cala a boca — resmungou Murphy, parecendo secretamente satisfeito consigo mesmo. Ele olhou em volta do estande e mudou abruptamente de assunto. — Não parece que você vendeu muitas árvores enquanto eu estava fora.

— Esfriou muito — justificou Kerry. — E amanhã é sábado. De acordo com o seu caderno, deveria ser nosso último dia e o mais movimentado. Por que não fazemos uma liquidação total e nos preparamos para voltar para casa no domingo? Seria um presente de Natal para o papai.

— Nós vamos embora amanhã — disse Murphy com firmeza. Ele acorrentou e trancou a bicicleta no poste. — Eu tenho que me vestir para o jantar. Enquanto isso, se quiser dar um ótimo presente de Natal para o papai, trabalhe e venda o restante dessas árvores esta noite. Eu já combinei com o Vic para me ajudar a desmontar o estande amanhã cedinho.

Patrick jogou algumas toras no fogo.

— Então é isso? Você vai embora dois dias antes do Natal? Austin já está chateado com o sumiço do Sr. Heinz. Ele vai ficar arrasado quando descobrir que você está indo embora.

— E o pai do Austin? — sussurrou Kerry.

Patrick a fitou diretamente nos olhos.

— Também. Mas ainda mais. — Ele pegou a mão dela na sua. — Seria egoísmo da minha parte pedir para você não ir?

Ela soltou um longo suspiro.

— Sejamos práticos. O que há para mim aqui?

Patrick respondeu com uma pergunta:

— O que há para você na Carolina do Norte? Você não tem emprego, estava morando com sua mãe. Eu entendo que os laços familiares signifiquem muito para você, mas talvez esses laços sejam mais como aquela corrente na bicicleta do Murphy?

— Você está sugerindo que eu deveria simplesmente vir morar aqui? Onde? Patrick, é muito fofo da sua parte querer que eu fique, mas você sabe quanto ganha um artista gráfico? Eu não tenho como bancar o custo de vida de Nova York. — Ela gesticulou ao redor, apontando para o parque bem-cuidado e os imponentes prédios de arenito que o cercavam. — Pelo menos não nesta Nova York.

— Não se subestime — insistiu Patrick, em um tom obstinado. — Eu vi o seu trabalho, Kerry. Você tem um talento criativo incrível.

— Senhorita? — chamou uma voz feminina. Kerry se virou e encontrou a caixa do turno da noite da Happy Days, a mercearia do outro lado da rua. Ela estava sem gorro e vestia um casaco leve, calça jeans e tênis surrados, na companhia de uma menininha de uns 4 ou 5 anos. A criança usava jeans, um casaco cor-de-rosa fofo, pequeno demais, e sapatinhos de boneca que já haviam perdido quase todo o verniz rosa brilhante. Uma coroa de tranças intrincadas adornava a cabeça da menina, cada uma enfeitada com uma pequena miçanga também cor-de-rosa. A mulher apontou para a última árvore de mesa no estande.

— Este preço está certo? São quarenta dólares mesmo? — Seu sotaque tinha uma leve cadência francesa, talvez do Caribe.

Os olhos escuros da menina brilhavam de empolgação enquanto ela tocava as luzes cintilantes.

— Ah, não — disse Kerry apressadamente. — Eu me enganei. Agora são vinte dólares.

— Ah. — Os ombros da mulher se encolheram. Ela olhou para a menininha. — Não podemos comprar essa árvore, querida. De qualquer forma, acho que é grande demais.

A criança desviou o olhar e então acenou tristemente com a cabeça. Parecia que ela estava acostumada a ouvir "não".

Kerry rapidamente tentou remediar a situação.

— Na verdade, todas as árvores estão com desconto hoje, porque vamos embora amanhã. Então essa árvore custa dois dólares.

A mulher pareceu duvidar, mas enfiou a mão no bolso do casaco e tirou algumas notas amassadas.

— Dois dólares? É isso mesmo?

A menininha puxou a mão da mulher mais velha e ficou na ponta dos pés para sussurrar em seu ouvido.

— Minha neta quer saber quanto custam as luzes.

— As luzes estão incluídas — explicou Kerry.

— Agradeça à moça, bonequinha — incentivou a avó.

— Obrigada, senhora — murmurou a criança.

— O prazer é todo meu — respondeu Kerry.

Elas colocaram a árvore com as luzes em um saco plástico, que a avó jogou sobre o ombro. Enquanto se afastavam, a garotinha se virou e deu um aceno tímido.

— Feliz Natal — falou Kerry.

Ela foi tomada por emoções contraditórias. Sentiu-se exultante por poder basicamente dar uma árvore para a menininha e sua avó. Mas uma árvore a menos significava que estavam um pouco mais perto de esgotar o estoque, desmontar o estande e voltar para casa.

Quando se virou para explicar seus sentimentos para Patrick, descobriu que ele havia desaparecido. Olhou para ambos os lados da rua, até verificou dentro do Spammy, mas ele tinha ido embora. Nesse momento, seu telefone tocou para sinalizar uma mensagem recebida.

Não queria sair sem me despedir. Gretchen ligou para avisar que Austin está doente. Vou me encontrar com ela na estação de trem para levá-lo para casa.

Os dedos de Kerry digitaram rapidamente no celular.

Espero que não seja nada grave.

A resposta chegou instantes depois.

É só uma dor de estômago. Te ligo mais tarde para continuarmos nossa conversa. Proteja-se do frio.

Ela levantou a gola do casaco e puxou o gorro de lã até as orelhas. Seria uma noite longa e fria.

A porta do trailer se abriu e Murphy saiu, vestindo as roupas novas.

— E então?

Kerry deu um longo assobio de admiração, e o irmão ficou vermelho.

— Me sinto estranho. Como se estivesse no corpo de outra pessoa. — Ele enrolou o cachecol ao redor do pescoço.

— Você está um belo pedaço de mau caminho — elogiou Kerry. — A Claudia será a mulher mais sortuda de Nova York nesta noite.

— Estou contando que eu seja o cara mais sortudo da cidade nesta noite — respondeu o irmão, parado diante de Kerry, olhando na direção do Lombardi's.

42

Os primeiros flocos grossos de neve pousaram suavemente nos cílios de Kerry exatamente às 22h05 em uma noite que se arrastava longa, fria e solitária.
Ela vendeu mais três árvores, totalizando sessenta e três dólares — um número ímpar fruto da venda para o último cliente, um estudante universitário meio bêbado que jurou que só tinha três dólares em dinheiro e um cartão do metrô. Ela entregou a árvore, junto com uma bengala doce, e ele a abraçou com bafo de cerveja antes de sair, arrastando uma árvore de cem dólares pela calçada congelada.
Às 22h30, ela enviou uma mensagem para Patrick.

Como está o doentinho?

Ela encarou o telefone, observando os pontinhos da mensagem na tela.

Dormindo, finalmente. Pode vir para cá?

Será que poderia? Kerry olhou ao redor. Restavam quatro árvores solitárias encostadas nas laterais do estande. A neve estava mais intensa, e as pessoas saíam dos bares e dos restaurantes vizinhos, rindo e conversando no ar frio da noite.
Ela assobiou para Queenie, que, esperta como era, havia se enrolado em um par de cobertores embaixo da mesa de trabalho. A cachorra pôs o focinho para fora e olhou para Kerry.

— Vamos. Vou levar você para dentro por um tempo. — Ela levou Queenie até o trailer, onde ela pulou alegremente no beliche de Murphy antes de se aninhar no travesseiro. Então, Kerry fechou e trancou a porta do trailer.

Do lado de fora, ela puxou a corda elástica na entrada do estande, pendurando a placa de FECHADO. Começava a se afastar, quando mudou de ideia.

Então pegou o cartaz com a lista de preços pintada à mão, riscou com um grosso marcador de texto vermelho e escreveu em letras grandes:

ÁRVORES GRÁTIS!
A FAMÍLIA TOLLIVER DESEJA A TODOS UM FELIZ NATAL.

Patrick liberou a entrada no prédio e a encontrou no corredor do lado de fora do apartamento.

— Entre. — Ele apontou para a porta aberta e sapecou um beijo quando ela passou por ele.

— Que bom que me chamou — sussurrou ela, entrando no apartamento na ponta dos pés. — Eu estava congelando e morrendo de tédio lá embaixo.

— Não precisa sussurrar — disse ele. — Austin está desmaiado no quarto dele. Uma manada de elefantes não conseguiria acordar aquele garoto quando ele está doente.

Kerry parou em frente à janela, observando a neve cair, Patrick a envolveu pela cintura e beijou o pescoço dela.

— Posso te servir uma taça de vinho?

— Seria ótimo — disse ela, olhando para a rua lá embaixo.

Ela viu um jovem casal de mãos dadas, correndo alegremente em direção ao estande de árvores de Natal, aplaudindo enquanto liam a placa que ela deixara. A mulher apontou para a maior árvore restante, que algumas horas antes custava trezentos dólares, e então o homem a retirou do estande e começou a arrastá-la em direção à calçada.

Patrick estava de volta, entregando-lhe uma taça de vinho.

— Ei! Estão roubando suas árvores. Quer que eu desça lá para impedir?

— Eles não estão roubando. Decidi doá-las.

— Por quê?

— Por que não? Já é quase Natal. Se eu for embora amanhã ou depois de amanhã, que diferença faz?

Ele tocou o queixo de Kerry, virando o rosto dela até que ficasse a centímetros do seu.

— Faz diferença para mim. Preciso de mais tempo com você. O máximo possível.

— Mais um motivo para fechar o estande e doar o resto das árvores. Em vez de ficar lá embaixo, sozinha e com frio, posso ficar aqui em cima com você, aquecida e...

Patrick a beijou, e ela inclinou o corpo na direção dele, envolvendo os braços em seu pescoço.

— Pai? — uma voz infantil e muito familiar ecoou pela sala. Os dois paralisaram.

Austin estava parado na porta do corredor. O cabelo estava bagunçado. Ele vestia um pijama vermelho e verde amarrotado e segurava um dragão de pelúcia debaixo do braço.

— Oi, Kerry — cumprimentou o menino, com um grande bocejo. — O que você tá fazendo aqui?

Ela se afastou do abraço de Patrick.

— Eu vim ver como você está. Como está se sentindo?

— Eu tô bem. Minha barriga doeu, mas papai me deu *ginger ale* com torradas, e agora estou melhor.

— Que ótima notícia — disse Kerry.

Austin apontou para a janela, para os flocos de neve rodopiando pelo ar.

— Está nevando muito. — Ele fez uma careta. — Cadê a Queenie? Ela não vai sentir frio?

Kerry riu.

— Ela está no Spammy, aconchegada na cama de Murphy.

O garoto a encarou com olhos grandes e tristes.

— Você já encontrou o Sr. Heinz?

Patrick colocou a mão no ombro do filho.

— Nós já conversamos sobre isso, Austin. O Sr. Heinz provavelmente está em casa, porque está resfriado, assim como você teve que ficar de molho hoje, porque não estava se sentindo bem.

Austin balançou a cabeça com veemência.

— Mas você estava cuidando de mim. Ele não tem ninguém. Fala pra ele, Kerry. Fala que precisamos encontrar o Sr. Heinz.

Kerry se ajoelhou no chão.

— Eu juro que tentamos. Eu procurei, o Murphy procurou, e falamos com muitos vizinhos, mas ninguém sabe onde ele mora. Aposto que, assim que estiver se sentido melhor, o Sr. Heinz vai aparecer passeando pelo bairro de novo, como sempre.

O olhar de Austin se voltou para a janela.

— A gente tinha que procurar agora mesmo. Perguntar para todos os nossos vizinhos. A gente pode espalhar cartazes com a foto do Sr. Heinz, como os Weston fizeram quando o Dexter fugiu. Lembra? Alguém viu o cartaz e encontraram ele escondido atrás de umas latas de lixo no beco, e ele voltou para casa. Lembra, pai?

— Um gato perdido não é a mesma coisa que um adulto que pode cuidar de si mesmo — explicou Patrick. — Não podemos bater nas portas das pessoas tão tarde. E com certeza não vamos sair deste apartamento hoje à noite, especialmente porque você está doente.

— Eu não estou doente! — exclamou Austin, batendo o pé no chão. — Eu fingi. Para que a mamãe não me obrigasse a ir com ela. Para que eu pudesse ficar aqui com você. E com a Kerry, para ajudar a encontrar o Sr. Heinz.

— Austin? — A voz de Patrick assumiu um tom severo. — O que quer dizer com fingir que estava doente? Sua mãe me contou que você estava vomitando. Ela viu.

— Porque eu bebi meu leite com chocolate muito rápido e depois enfiei o dedo na minha garganta — explicou Austin com orgulho. — Eu enganei a mamãe.

— Você mentiu para sua mãe? E para mim? Nos deixou preocupados por estar doente quando não era verdade? Isso é muito feio, não está certo e você sabe disso.

— Mas, pai...

Patrick apontou para o corredor.

— De volta para a cama, rapazinho. Agora mesmo. E, amanhã, vamos ligar para sua mãe e você vai pedir desculpas por ter mentido para ela.

O lábio superior de Austin tremeu e os olhos se encheram de lágrimas. Ele caminhou devagar em direção ao quarto, arrastando o bicho de pelúcia pelo chão.

43

— Pobrezinho — murmurou Kerry.

Patrick se jogou no sofá e bateu no assento ao seu lado.

— Pobrezinho, nada — resmungou Patrick. — É um absurdo ele nos enganar assim.

Kerry se sentou ao lado dele.

— Eu costumava usar essas artimanhas quando meus pais se separaram. Acho que manipulá-los me dava uma sensação de poder, quando tudo mais no meu mundo parecia ter desmoronado.

Patrick pegou um controle remoto, apertou um botão, e chamas surgiram magicamente na lareira. Ele deu um gole no vinho.

— Isso não é do feitio do Austin. Ele não costuma mentir.

— Bem, ele está preocupado com o amigo dele. Eu fico encantada com a empatia e o senso de lealdade dele. — Kerry pegou a mão de Patrick. — Você e Gretchen estão lidando muito bem com o divórcio. Sei por experiência própria como pode ser difícil para a família, então realmente admiro o fato de vocês dois terem feito o possível para não perturbar a vida de Austin.

— Você parece ter se saído muito bem apesar de ter crescido em um lar desfeito — opinou Patrick, acariciando o cabelo dela.

— As aparências enganam — admitiu ela. — Eu amo meu pai, mas analisando as coisas depois de adulta, o fato de ele ter traído a minha mãe e parecer tão pouco arrependido em

209

relação à separação da nossa família, ainda torna difícil para mim respeitá-lo. Minha mãe, por outro lado, não guarda rancor. Ela diz que é assim que ele é. Ela está na casa dele agora, cuidando daquele velho teimoso, porque a terceira esposa, que é mais nova do que eu, decidiu que não podia fazer papel de enfermeira. O relacionamento dos meus pais agora é muito melhor do que era quando Murphy e eu éramos crianças.

— A sensação que eu tenho é de que estamos levando a vida um dia de cada vez. Ao que parece, Gretchen está namorando sério. E eu? Finalizamos o divórcio há um ano, mas ainda não tive um relacionamento de verdade com uma mulher. Até agora.

Kerry riu.

— Um gato como você? Acho difícil de acreditar.

— Não estou dizendo que não saí com ninguém. Tentei os aplicativos de namoro. Tive muitos primeiros e segundos encontros. Mas ninguém me encantou. Até agora.

Ele segurou o rosto dela com as duas mãos.

— Não consigo acreditar que você realmente pretende partir amanhã. Justo agora que eu te encontrei.

— Não vamos falar disso — implorou Kerry. — É muito deprimente.

— Está bem. — Ele a puxou para o colo e a beijou, deslizando as mãos sob o suéter, a camiseta e a blusa térmica, finalmente encontrando e desabotoando o sutiã. — Chega de falar.

Ela olhou hesitante para o corredor.

— Hmm, será que isso é uma boa ideia?

Ele estava ocupado tirando o suéter dela.

— A melhor que eu tive no ano todo.

Kerry riu, mas segurou as mãos dele nas dela.

— Você não está se esquecendo de nada? Seu filho de 6 anos estava bem aqui há dez minutos.

— Tenho certeza de que Austin está exausto depois de enganar os pais. Dormindo profundamente e tendo lindos sonhos. — Ele se livrou das mãos dela e retomou a missão de despi-la.

Ela riu, mas se afastou, ajeitou o suéter e lhe deu um beijo inocente.

— Espero que isso não me faça parecer muito fácil, mas eu quero isso tanto quanto você, Patrick. O que eu *não* quero é traumatizar seu filho para o resto da vida por flagrar o pai e a simpática moça das árvores de Natal nus no meio da sala.

— Nãaao — resmungou ele. — Nossa última noite juntos e você espera que a gente passe assim? Tostando marshmallows em uma fogueira?

— A música é *assando castanhas* em uma fogueira — corrigiu Kerry. — Vamos aproveitar ao máximo o tempo que temos juntos, tá bom? Curtir a lareira, abraçadinhos, ouvir alguma música de Natal? Ou assistir a um filme?

— Vamos fazer um acordo — sugeriu ele. — Que tal assistirmos a um filme abraçadinhos em frente à lareira, só que sem roupa? Eu até deixo você escolher o filme. Presumo que sua ideia de um filme de Natal emocionante seja *Duro de Matar*?

Ela ergueu uma sobrancelha e estendeu a taça vazia.

— Ok, você pode escolher o filme, mas minhas roupas ficam onde estão. Mais vinho, por favor.

Eles se esparramaram pelo sofá e se acomodaram para assistir Bruce Willis lutando contra Hans Gruber e seu grupo de terroristas. Kerry nunca se sentiu tão contente, tão em casa, quanto se sentia nos braços dele. Claro, Patrick não manteve as mãos nem os lábios parados, mas com um cobertor de lã xadrez jogado sobre eles, Kerry já não estava mais tão preocupada em traumatizar Austin, caso o garoto entrasse na sala.

Assim que Hans Gruber foi derrotado e o Nakatomi Plaza não passava de uma ruína fumegante, Kerry se espreguiçou e bocejou. Patrick se levantou.

— Acho que vou ver como está o Austin — disse ele, em um tom excessivamente casual.

Kerry também se levantou.

— Posso pedir um favor?

Ele a abraçou e beijou seu pescoço.

— Depende.

— Eu daria qualquer coisa por um banho quente e demorado antes de ir embora. Não tomo um belo banho há dois dias e tenho uma longa viagem pela frente amanhã.

— Negócio fechado. Mas só se eu puder me juntar a você.

— Patrick...

— Trancamos a porta do banheiro — prometeu. Ele abaixou a cintura da calça jeans, mostrando a estampa de renas vermelhas e verdes. — Viu? Vesti só para você.

Depois de acabarem com toda a água quente, ambos estavam corados e radiantes. Então Patrick foi checar o filho enquanto Kerry se vestia. Ela saiu do banheiro na ponta dos pés e o encontrou no corredor, parado do lado de fora da porta fechada do quarto de Austin.

— E essa foi uma "Noite Feliz" — disse. — Ele não está fingindo. Está dormindo profundamente. — Patrick pegou a mão dela na sua e a conduziu até as janelas na sala escura. — Olhe lá fora.

Kerry viu uma cortina branca. A parte externa dos vidros estava coberta de gelo e, abaixo, no parque, as árvores, os carros e até o Spammy estavam envoltos em um grosso cobertor de neve. Luzes multicoloridas brilhavam através da neve caindo. Ela tremeu apesar das muitas camadas de roupa.

— Acho que você vai ter que dormir aqui — disse ele. — Manteremos as aparências. Eu durmo no sofá e você pode ficar com a cama. Pela manhã, explicaremos ao Austin que o tempo estava terrível demais para você sair.

— Isso está parecendo a letra daquela música de Natal bizarra, "Baby It's Cold Outside" — ironizou Kerry. — Eu gostaria de ficar, mas não posso. A Queenie precisa sair para fazer xixi, e o Murphy foi bem claro quanto a desmontar o estande e pegar a estrada bem cedo.

— Não estou falando só de amanhã — insistiu Patrick. — Podemos nos sentar um pouco diante da lareira e conversar antes de você sair no meio dessa nevasca?

— Só por um minuto. — Kerry cedeu. Ela tinha checado o celular. Já passava da 1 hora da manhã. Ela o seguiu até a lareira e se sentou no sofá.

— Nós nunca terminamos aquela conversa sobre seus planos de longo prazo — começou Patrick. — Eu sei que você não está ansiosa para voltar para a Carolina do Norte e morar com sua mãe. Não estou tentando colocar palavras na sua boca, ou talvez esteja, mas me parece que você estava se sentindo presa naquela cidade. E morar aqui, em Nova York, pode ser uma forma de se desvencilhar. Criativa e pessoalmente. E sim, se você ficar, eu gosto de pensar que poderemos ficar juntos.

— Você está certo em todos os aspectos. Mas eu tenho que ser realista. Mesmo que minha carreira como freelancer fosse um sucesso estrondoso, o que não é, tenho que te lembrar que não posso me dar ao luxo de morar aqui. Nem em qualquer lugar nas redondezas.

— Você poderia morar comigo — argumentou ele. — Meu apartamento não é muito grande, mas é viável. E ficaríamos juntos.

— Não, obrigada — respondeu ela, com firmeza. — Agradeço a oferta, mas não vou sair da casa da minha mãe para ser sustentada por você. Além disso — continuou, tocando levemente o queixo dele —, você me conhece há menos de um mês. Nem tivemos um encontro de verdade ainda. Como sabe que eu não sou uma assassina psicopata? Não acha que morar com alguém é um passo muito grande?

Ele balançou a cabeça, com obstinação, e ela viu de quem Austin herdara a teimosia.

— Não importa há quanto tempo nos conhecemos. A gente sempre sabe quando encontra a pessoa certa. Nós somos ótimos juntos. E eu acredito em você, Kerry, e no seu talento. Tenho certeza de que você pode ganhar a vida com a sua arte...

Ela soltou um longo suspiro.

— É muita coisa para eu processar.

— Sim. Bem-vinda à vida adulta. Então, o que me diz?

Ela se levantou depressa, pegou seu casaco e se dirigiu para a porta.

— Eu tenho que ir. A pobre Queenie precisa sair para fazer xixi. Já está tarde...

— Vai fugir de mim, assim? — perguntou Patrick.

— Eu... eu... eu te telefono de manhã — gaguejou Kerry, saindo apressada do apartamento, como se estivesse sendo perseguida pelo próprio Hans Gruber.

44

— Kerry! Kerry! — Alguém estava batendo na porta do trailer. — Ei! Destranca essa porta!

Era Murphy. Ela se sentou e Queenie, que havia se enfiado sob as cobertas no beliche de Kerry durante a noite, soltou um breve gemido de protesto.

A temperatura dentro do trailer estava congelante. Mais frio do que quando ela voltou apenas algumas horas antes, se é que isso era possível. Ela apertou o interruptor da pequena luminária ao lado do beliche, mas nada aconteceu. Então, olhou para o aquecedor ridiculamente ineficiente que ligara na noite anterior; ele também não estava funcionando. Estava sem energia elétrica.

— Anda, Kere. Estou congelando. Deve ter uns trinta centímetros de neve aqui fora.

Ela enrolou um saco de dormir sobre os ombros e puxou a maçaneta da porta, mas ela não se mexeu. Então a sacudiu freneticamente.

— Acho que a fechadura está congelada — gritou ela.

— Ora, então descongela. Use o secador de cabelo ou algo assim.

— Não dá. Acho que estamos sem energia elétrica. Por isso a fechadura congelou.

— Ok, já estou vendo o problema. O cabo de extensão estava tão coberto de gelo que se partiu. Droga — resmungou ele. — Já volto.

— Rápido — gritou Kerry. — Queenie e eu precisamos ir ao banheiro.

215

Dez minutos depois, Murphy estava de volta. Ela ouviu um clique e, momentos depois, a porta se abriu e fragmentos de gelo caíram no chão.

Murphy mostrou um pequeno isqueiro e deu um sorriso forçado.

— Vá logo. O Vic deve estar chegando em breve. Vou me trocar, depois vou passear com a Queenie e nos prepararemos para partir.

Ele entrou no trailer e rapidamente começou a se despir das roupas que usara para o encontro.

— Tenha cuidado. A calçada está parecendo uma pista de patinação. Ah, e traga café para mim.

Ela correu, ofegante, até a mercearia e viu que a atendente era a avó para quem ela vendera a árvore de Natal por dois dólares.

— Será que eu posso usar seu banheiro, por favor?

A mulher sorriu e apontou para uma porta na parede oposta, com uma placa que dizia PRIVATIVO, ENTRADA PROIBIDA.

— Obrigada — disse Kerry quando saiu. — Dois cafés grandes, por favor.

A mulher preparou o pedido e abriu um sorriso ao entregá-lo.

— É por conta da casa. Um presente meu e da minha neta.

Quando Kerry voltou para o trailer, Murphy estava agachado na rua ao lado da caminhonete de Jock. Ele se levantou e limpou as mãos nos bolsos traseiros da calça jeans.

— Aqueles desgraçados! Cortaram os quatro pneus. E os do Spammy também.

— Você acha que foram os irmãos Brody? — Kerry não reparava na caminhonete há pelo menos dois dias, desde a última vez que Murphy a havia movido.

— Quem mais poderia ter sido?

— E agora, o que faremos?

— Vou comprar pneus novos para a caminhonete do papai, mas não vale a pena gastar dinheiro com o Spammy. A esta altura, esse pobre trailer só está inteiro à custa de muita fita adesiva e oração. Acho que vou mandar rebocá-lo para o ferro-velho e vendê-lo como sucata. Aliás, a Claudia acabou de ligar. Ela está assistindo ao canal de previsão do tempo e disse que as estradas estão cobertas de gelo. Não poderíamos viajar hoje, mesmo que os pneus estivessem bons. Não dá para rebocar um trailer com esse clima.

Kerry não sabia se deveria comemorar ou chorar.

Murphy deve ter lido sua mente.

— Parece que seu desejo foi atendido. Ficaremos mais um dia. A Claudia nos convidou para um brunch na casa dela. Topa?

O estômago de Kerry roncou só de ouvir falar em comida.

— Com certeza.

Enquanto atravessavam a rua, Kerry olhou de soslaio para o irmão.

— Como foi a noite passada? — E então ela não resistiu. — E hoje de manhã?

A resposta dele se limitou ao típico grunhido.

— Bem.

— O que a Claudia achou do seu novo visual? E das roupas? Ela aprovou?

Ele deu de ombros.

— Não ouvi reclamações.

E, ela sabia, isso era o máximo que conseguiria arrancar do reservado irmão mais velho.

O apartamento de Claudia ficava no mesmo prédio do restaurante, dois andares acima.

O espaço era pequeno, mas com nítidos toques femininos, com paredes em um tom pastel de azul Tiffany, um sofá de veludo rosé e cortinas de algodão com estampa floral nas janelas com vista para o parque. Prateleiras repletas de romances, ficção histórica e livros de receitas flanqueavam as janelas, e fotos de família em molduras prateadas cobriam todas as superfícies planas. A cabeça de Murphy quase encostava no teto baixo, e ele parecia claramente desconfortável ao entrar com Queenie na coleira.

— Desculpe, mas não podíamos deixá-la no trailer — explicou ele, fazendo um gesto em direção à cachorra.

— Não tem problema. Tranquei o gato no meu quarto — disse Claudia, gesticulando para que entrassem na pequena cozinha, onde foram recebidos pelo aroma de bacon e cebolas fritas. Claudia vestia um conjunto esportivo azul de plush, e como sempre, seu cabelo e sua maquiagem estavam impecáveis. Os pratos estavam dispostos na mesa, que ficava em um nicho de janelas projetadas para fora. Ela olhou para Kerry.

— Quer convidar o Patrick para se juntar a nós? Tem comida mais do que suficiente.

Kerry hesitou.

— Posso ver se ele pode vir.

Ela se retirou para a sala de estar e olhou para o celular por um momento. Queria vê-lo de novo, desesperadamente, mas odiava a forma como havia fugido dele na noite anterior. Ela era uma perdedora, uma medrosa, uma covarde, e outras coisas piores. Seria mais do que merecido se ele simplesmente a ignorasse, assim como ela o havia ignorado.

Ele atendeu no primeiro toque.

— Kerry? Onde você está? Estou olhando para o estande de árvores pela janela, mas parece que não tem ninguém por lá.

Kerry contou sobre os pneus furados, as estradas ruins e a mudança de planos.

— Claudia quer saber se você gostaria de se juntar a nós para um brunch na casa dela. O Austin também, é claro.

Houve uma longa pausa do outro lado da linha.

— É isso mesmo que você quer? Depois de ontem à noite, fiquei com a impressão de que você preferiria terminar tudo e ir embora da cidade.

Ela franziu o cenho.

— Acho que mereço essa reação. Sim, eu adoraria se você e o Austin pudessem vir para o brunch, e não, eu não quero terminar tudo. Não posso te dizer o que eu quero, porque estou muito confusa.

Os cinco se sentaram ao redor da mesa de brunch, passando pratos de omeletes, batatas caseiras, bacon e fatias de pão rústico grelhado. Os adultos tomaram Bloody Marys, e Austin bebeu café com leite.

— Senhorita Claudia — chamou Austin, colocando geleia de morango na torrada —, posso vir tomar café da manhã na sua casa todos os dias?

Claudia deu uma piscadela para o menino.

— Claro, querido, na maioria das vezes eu só tomo uma xícara de café, mas da próxima vez que eu fizer um café da manhã completo pode deixar que eu te convido.

— Legal. — Austin tomou um gole de leite e depois se virou para Patrick. — Já que agora é de manhã, podemos começar a colocar cartazes e falar com os vizinhos? Precisamos encontrar o Sr. Heinz.

Murphy ergueu uma sobrancelha.

— Cartazes?

— O Austin quer fazer cartazes com o desenho que a Kerry fez do Sr. Heinz — explicou Patrick. — Como não sabemos onde ele mora, ele também gostaria que checássemos todos os prédios. Tentei explicar que isso não é viável...

O menino pegou uma folha de papel dobrada do bolso e a alisou sobre a mesa. Kerry olhou fixamente, pois não tinha ideia de que ele havia guardado o desenho.

— Pode me emprestar uma caneta? — perguntou ele à anfitriã.

— Claro, só um minuto. — Claudia se virou para um pequeno armário atrás dela, abriu uma gaveta e pegou uma caneta.

Austin lhe deu um aceno de agradecimento e depois olhou para Kerry.

— Como escreve Heinz?

— H-E-I-N-Z — soletrou Kerry. A criança escreveu o nome em letras grandes e caprichadas.

— Como você disse que era o sobrenome dele? — questionou Austin.

— Não tenho certeza como se escreve, mas acho que é S-C-H-O-E-N-B-A-U-M — respondeu Kerry.

— Schoenbaum? — perguntou Claudia, inclinando a cabeça. — Como você descobriu isso?

— A versão resumida é que o optometrista o reconheceu pela minha descrição e me contou o sobrenome do Sr. Heinz — respondeu Kerry.

Claudia se levantou abruptamente e saiu da sala. Quando voltou, tinha uma pasta em mãos. Ela retirou uma folha de papel e a entregou a Kerry.

— Este é contrato de locação do restaurante. E deste apartamento.

Kerry leu rapidamente o documento e ergueu os olhos.

— Schoenbaum Holdings. Você acha que o Sr. Heinz é o dono deste prédio?

Cláudia deu de ombros.

— Não é um nome comum. Meu avô assinou o contrato original. Eu nunca conheci esse tal de Schoenbaum. Quando temos algum problema, tratamos com Rex, o administrador do prédio, ou com Carlos, o zelador.

— O contrato tem um endereço? — perguntou Patrick, olhando por cima do ombro de Kerry.

Ela balançou a cabeça.

— Apenas uma caixa postal. O optometrista também me disse que o único endereço que ele tinha no cadastro do Sr. Heinz era uma caixa postal.

Austin olhou do pai para Kerry e depois para Claudia.

— Isso significa que vocês sabem onde o Sr. Heinz mora?

— Não necessariamente — respondeu Patrick.

Kerry ainda examinava o contrato.

— Claudia, você acha que o administrador do prédio saberia nos dizer onde fica a Schoenbaum Holdings?

Claudia deu uma risada.

— O Rex não vai nem nos atender. Ele é só um gestor. Mas o Carlos talvez saiba de alguma coisa.

— Você pode perguntar se ele conhece o Sr. Heinz? — pediu Austin. — Por favor?

— Carlos não é muito de papo, mas vou pedir que venha checar a pia da minha cozinha, que não está escoando direito — disse

Claudia. — E aí eu o suborno com comida. A esposa dele não gosta muito de cozinhar — acrescentou.

O zelador do prédio chegou vestindo um macacão de trabalho, com uma expressão desconfiada no rosto.
Claudia o levou até a pia, ele despejou um líquido desentupidor e o problema foi resolvido.
— Algo mais?
— Aceita alguma coisa para comer, já que está aqui? — sugeriu Claudia, servindo ovos, bacon e torradas em um prato. — Talvez um pouco de café?
Carlos olhou para o grupo sentado à mesa.
— Eu estou no meu horário de trabalho.
— É rapidinho — acrescentou Claudia, servindo-lhe uma caneca e entregando-a para o homem. Ela apontou para a cadeira vazia. — Sente-se um pouco, só enquanto come.
— Está bem, mas só por um minuto — concordou o zelador. Ele sentou, pegou o pimenteiro e salpicou uma quantidade generosa de pimenta do reino na comida antes de começar a comer com entusiasmo.
— Carlos? — chamou Claudia com um tom deliberadamente casual. — Você por acaso conhece alguém da Schoenbaum Holdings?
— A empresa que emite meu pagamento? Não. Eu só sei que me pagam toda semana.
— Você sabe se o nome do dono da empresa é Heinz?
Carlos espetou um pedaço de bacon e enfiou na boca.
— Igual ao ketchup?
— Esse aqui — disse Austin, mostrando o desenho feito por Kerry para o zelador. — O Sr. Heinz.
— Ele? — Carlos pegou o esboço e o examinou. — Sim, claro, eu o conheço.
— De onde? — perguntou Kerry, ansiosa.
— Esse senhor mora aqui. Segundo o Rex, ele tem um apartamento bacana na cobertura, mas não fica lá. Ele fica no porão. Então, não tem como esse cara ser dono do prédio inteiro.

— Você pode nos levar até lá? — perguntou Austin. — Agora? Você pode nos levar para ver o Sr. Heinz?

— Não sei... — Carlos pegou a torrada e mergulhou na caneca de café. — Ele é muito reservado. Nunca vi ninguém entrando ou saindo do apartamento dele. Acho que ele não ia gostar de estranhos simplesmente aparecerem na porta dele.

— Não somos estranhos. Somos amigos dele — disse Austin, indignado.

— Estamos preocupados que ele possa estar muito doente — explicou Kerry. — Até a semana passada, ele passava pelo estande de árvores de Natal todos os dias. E da última vez que o vimos, ele estava com uma tosse terrível e não parecia bem.

— Não sei... — Carlos olhou para Claudia. — Posso me encrencar com o Rex... Isso é invasão de privacidade, não é?

— Deixa o Rex comigo — retrucou Claudia de forma enérgica. — E você pode esperar um presentinho extra na sua caixinha de Natal este ano. Agora, vamos.

45

Carlos liderou o grupo — Kerry, Austin e Patrick — até o porão do prédio. Quando as portas do elevador de carga se abriram e eles saíram, Austin arregalou os olhos, admirando as paredes de blocos de concreto mal iluminadas, o piso de concreto rachado, os tetos baixos atravessados por muitas tubulações e fios elétricos expostos, e a enorme caldeira em um canto distante do porão.

— Como é que o Sr. Heinz vive em um calabouço? — murmurou o menino, segurando as mãos de Patrick e Kerry.

— Não sei, amigão — disse Patrick. — Mas pode nem ser ele quem mora aqui.

— Tem que ser ele — insistiu Austin enquanto eles avançavam pelo emaranhado de latas de tinta, materiais de construção e restos de encanamento descartados.

— Por aqui — indicou Carlos, apontando para uma porta do outro lado de uma área de armazenamento fechada, usada pelos inquilinos. — Se meu chefe descobrir, eu posso perder meu emprego — resmungou Carlos. — Se alguém perguntar, vocês vieram aqui por conta própria. Eu não tive nada a ver com isso, está bem?

— Não se preocupe — disse Kerry. — E obrigada.

Ela olhou ansiosamente para Patrick e respirou fundo.

— E agora?

Mas Austin nem hesitou. Ele bateu inutilmente na pesada porta de aço com os punhos.

— Sr. Heinz? O senhor está em casa, Sr. Heinz? Sou eu, Austin. E a Kerry e o meu pai também estão aqui. Podemos entrar para te ver, Sr. Heinz?

A caldeira rangia e apitava, mas o porão estava em silêncio.

— Talvez devêssemos voltar mais tarde — sugeriu Kerry.

— Nãaaao — choramingou Austin.

— Deixa eu tentar. — Patrick olhou ao redor e encontrou um pedaço de cano de ferro. Quando ele bateu à porta, o barulho ecoou pelo porão.

— Sr. Heinz? — chamou. — Está aí? É o Patrick e a Kerry. O senhor está bem?

Kerry encostou o ouvido na porta. Ela ouviu um chiado fraco, quase inaudível.

— Sr. Heinz? — chamou Kerry.

Ela encostou o ouvido na porta.

— Vão embora. — A voz do homem estava tão fraca que ela mal conseguia distinguir as palavras. — Estou doente e não quero que vocês adoeçam.

Alarmada, Kerry tentou girar a maçaneta, que abriu com facilidade.

— Nós estamos entrando — avisou ela, abrindo uma fresta na porta. — Só queremos ver se o senhor está bem.

— Não, por favor. Me deixem em paz.

— Sinto muito, mas não podemos fazer isso — respondeu Kerry, abrindo mais a porta.

Levou um momento para seus olhos se ajustarem à escuridão, mas gradualmente a sala ganhou formas. Era pequena e fria, parcamente mobiliada e exalava um cheiro de umidade e ar parado.

Heinz estava sentado em uma poltrona perto de uma janela minúscula com o vidro pintado. Parecia que ele tinha encolhido desde a última vez que ela o vira. Vestia um roupão de flanela esfarrapado, os olhos estavam fundos e o rosto, pálido, exceto pelas bochechas vermelhas. Ele segurava um lenço amarrotado nos lábios.

Austin se aproximou de seu amigo sem qualquer receio.

— Sr. Heinz, o senhor não está bem — disse o menino.

— Vai... embora — ordenou Heinz com a voz frágil, agitando as mãos. — Xô.

Kerry se aproximou. Ela tocou a testa dele mesmo diante da tentativa dele de se esquivar.

— O senhor está com uma febre alta — concluiu ela. — Tomou algum remédio? Comeu ou bebeu alguma coisa?

Ele apontou para o outro lado da sala, onde havia uma estreita cama de ferro e uma pequena mesa de cabeceira com uma embalagem descartável vazia de macarrão instantâneo e uma garrafa de água.

— Estou bem — sussurrou Heinz, antes de ser tomado por um acesso de tosse que o deixou curvado e ofegante.

Kerry olhou por cima do ombro para Patrick.

— Ele precisa de um médico.

— Não, não — protestou Heinz. — É só um resfriado.

— Nossa vizinha, Abby Oliver, é pediatra — disse Patrick. — Ela é a médica do Austin. Eu a vi esta manhã. Talvez ela possa...

— Ligue para ela e peça para ela vir aqui, por favor — pediu Kerry. Ela olhou para Austin, que se inclinava na direção do pai, querendo ajudar, mas claramente aterrorizado com o estado de aflição do Sr. Heinz.

— Melhor ainda, por que você e o Austin não vão buscá-la? Eu fico aqui com o Sr. Heinz.

— Não quero médico nenhum — resmungou Heinz. — Eu me recuso.

— Ou aceita o médico ou terei que chamar uma ambulância para levá-lo ao pronto-socorro — ameaçou Kerry. — O senhor já esteve em um pronto-socorro durante as festas? Eu já estive.

— Me deixem em paz — disse Heinz cansado, fechando os olhos e afundando de volta na poltrona.

— Acho que ele deveria estar na cama. Você não acha? — perguntou Patrick.

Sem esperar pela resposta de Kerry, ele se abaixou e, com todo cuidado, ajudou o homem a se levantar, praticamente carregando-o até a cama. Ele afofou o único travesseiro, fino como uma folha, e puxou o lençol e o cobertor, ajeitando-os sob o queixo do Sr. Heinz.

— Ele está muito quente — sussurrou Patrick ao passar por Kerry. Então estendeu a mão para seu filho. — Vamos lá, amigão. Vamos buscar a Dra. Abby.

Kerry olhou ao redor do apartamento. Estava arrumado, com roupas penduradas em ganchos, sapatos enfiados sob a poltrona que o Sr. Heinz havia acabado de desocupar, mas, fora isso, era totalmente desprovido de objetos pessoais. O closet dela na casa da mãe era maior do que isso. Havia uma cozinha compacta, com um pequeno fogão elétrico de dois queimadores, um frigobar sob a bancada, uma pia e um armário. Ela encontrou um pote de chá e uma caneca, e colocou uma chaleira para ferver no fogão.

No banheiro, encontrou um frasco de aspirina. Molhou uma toalha com água fria e a colocou na testa do Sr. Heinz, insistindo que ele tomasse uma aspirina com um pouco de água. Assim que a água da chaleira ferveu, ela fez chá na única caneca que encontrou no armário, mexendo com uma das duas únicas colheres.

— Beba isso, por favor — disse a ele. Ele suspirou e virou a cabeça, mas Kerry não se deixou abalar. Pegou o pulso dele e examinou a mão. A pele estava pálida e incomumente enrugada. No inverno passado, o pai tinha ficado com a pele assim, após um episódio de gripe, em que ela e Birdie tiveram que levá-lo ao médico, para grande desagrado de Jock.

— O senhor está desidratado — disse ela sem rodeios. — Beba o chá. Ou prefere tomar soro intravenoso?

— Você deveria cuidar da sua vida — resmungou ele, entre tosses. — Eu posso cuidar de mim mesmo. Ninguém pediu para você interferir.

— Por que está tão frio aqui?

— Por que você é tão mandona?

Ela avistou uma manta dobrada no encosto da poltrona e o cobriu.

— Aqui não tem aquecimento?

— Essas paredes antigas não têm muito isolamento. E não me importo com o frio.

Kerry arrastou a poltrona até o lado da cama e se sentou.

— Continue bebendo o chá. Você tem algum biscoito ou algo do tipo para comer aqui?

— Eu sempre como fora. Comida atrai insetos, e eu detesto insetos.

Ela caminhou pelo quarto, à procura de um termostato, e tremeu quando descobriu que estava ajustado para dezesseis graus, mesmo que a temperatura no apartamento provavelmente estivesse por volta dos quatro graus.

Finalmente, ela ouviu o barulho da porta do elevador de carga, e um momento depois, Patrick e uma jovem vestida casualmente com calças de ioga e uma jaqueta de capuz irromperam na sala. Kerry a reconheceu como alguém que via frequentemente pela vizinhança.

Sentando-se com dificuldade, Heinz olhou para a recém-chegada com evidente desdém.

— Quem é essa garota?

— Sou a Dra. Oliver — apresentou-se a mulher. Ela tirou um estetoscópio do bolso da jaqueta, esfregou a ponta na palma da mão para aquecê-lo e se inclinou sobre o homem. — Sou médica e vou auscultar seu peito agora. — Ela afastou o tecido do roupão. — Respire fundo — pediu ela, gentilmente. — Inspire e expire.

O Sr. Heinz obedeceu, mas sua respiração terminou em uma tosse ruidosa.

— Novamente.

Ela o ajudou a se sentar e colocou o estetoscópio nas costas dele.

— Respire novamente, por favor.

Quando terminou, ela pegou um termômetro digital de outro bolso e enfiou a ponta no canal auditivo do Sr. Heinz. Quando o dispositivo apitou segundos depois, ela franziu o cenho.

— Trinta e nove — informou a Dra. Oliver, em um tom sério. — Sr. Heinz, há quanto tempo o senhor está tossindo e com febre?

— Ouço bem, não precisa gritar — respondeu ele, com irritação. — É um resfriado, só isso.

— Não, senhor. Pelo som dos seus pulmões, eu diria que o senhor está com uma pneumonia dupla. — A Dra. Oliver estremeceu e fechou mais a jaqueta. — Por que está tão frio aqui?

— Ele diz que gosta assim — explicou Kerry.

— Precisamos levá-lo para um lugar mais quente imediatamente. Ele também está desidratado. Precisa ser internado em um hospital.

— Hospital, não — retrucou Heinz, olhando furiosamente para a mulher. — Você não é minha médica.

— É verdade. Estou aqui apenas como um favor para o Patrick. E para o Austin. — Ela se virou para Kerry. — Se você não é da família e ele não quer buscar mais tratamento, não há muito que eu possa fazer. — A médica se voltou para o paciente. — O senhor tem família, Sr. Heinz?

— Não. Todos se foram.

Um silêncio pairou no pequeno quarto gelado.

— E se o levássemos para um lugar mais quente? E lhe déssemos antibióticos? — perguntou Kerry, desesperada para encontrar uma solução. — Eu posso ficar com ele e garantir que se cuide direito. Verificar se está comendo, bebendo líquidos e tomando os remédios.

— Você pretende levá-lo para aquele trailer no parque? — perguntou a médica, sem ser rude.

— Claro que não. — Kerry encarou o homem. — Sr. Heinz, o zelador comentou que o senhor tem um apartamento no último andar deste prédio. É verdade?

Heinz desviou o olhar.

— Eu não... eu não fico lá. — Ele rolou para o lado, abruptamente, e deu as costas para as visitas indesejadas que invadiram seu espaço.

— Sr. Heinz? — chamou Kerry.

— Eu moro aqui agora. — A voz dele estava abafada.

— Por favor, não faça isso. Se algo acontecer com você, Austin ficaria arrasado. E eu também.

— Ele quer terminar a história — interveio Patrick. — E ele disse que só o senhor pode fazer isso.

Devagar, o homem se virou para encará-los.

— Vão embora e me deixem em paz.

— Eu não vou te deixar — afirmou Kerry. — O senhor pode me ignorar, me xingar ou o que quer que seja, mas eu vou ficar bem aqui.

Ela ergueu os olhos na direção de Patrick, que concordou com um encolher de ombros.

— Ele deveria estar no hospital — repetiu a Dra. Oliver, balançando a cabeça. — Ele precisa de soro. Vejam se conseguem fazê-lo beber um pouco de Pedialyte, ou até mesmo Gatorade.

Ela sentou na poltrona ao lado da cama.

— Sr. Heinz, sei que pode me ouvir. O senhor tem alergia a algum medicamento?

— Não.

— Outros problemas de saúde? Doença cardíaca, diabetes?

— Sou velho. Esse é o meu problema de saúde.

A médica riu.

— Pelo menos ele ainda tem senso de humor. Certo, vou prescrever um antibiótico. Ele precisa ficar aquecido, tranquilo e descansar. Vejam se conseguem fazer ele tomar um pouco de sopa. — Ela se virou para Patrick. — Me mande uma mensagem se precisar de mim. Por causa da neve, passaremos as festas em casa mesmo.

Patrick agradeceu com um aceno de cabeça e depois se virou para Kerry.

— Eu não queria ter que sair, mas deixei o Austin com a Peg, minha vizinha de porta.

— Ficaremos bem — garantiu Kerry. — Você pode avisar ao Murphy onde estou e o que estou fazendo? E agradecer à Claudia pelo brunch?

Ele olhou para o relógio.

— Assim que a Gretchen voltar, vou pegar a receita e comprar tudo mais que a Abby disser que ele precisa.

— Se eu tomar os comprimidos, você vai embora? — Heinz encarou Kerry com um olhar sombrio.

— Sem chance — informou ela.

— Eu poderia chamar a polícia e mandar te prender por invasão.

— O senhor não tem telefone — retrucou Kerry.

Ele fechou os olhos, reconhecendo a derrota.

Kerry se sentou na poltrona ao lado da cama e se distraiu na internet.

Algum tempo depois, a respiração do Sr. Heinz estabilizou. Ele estava dormindo.

Quando o celular dela tocou, Kerry levantou sobressaltada e saiu rapidamente do apartamento.

46

— Mãe? — O coração de Kerry disparou. — Aconteceu alguma coisa? É o papai?

— Se você está se referindo ao Jock tentando me enlouquecer, então sim, definitivamente é o seu pai — retrucou Birdie.

— Mas ele está bem?

— Ele está bem. Parece uma barata. É impossível matar aquele homem. Acabei de sair de lá, ele já está andando por aí, dando ordens e sendo o mesmo velho chato de sempre.

— Sério? — Kerry se animou. — Mas eu pensei que os médicos tinham dito que...

— Aqueles médicos não sabem nada sobre Jock Tolliver. De qualquer forma, ele está saudável o suficiente para eu voltar para minha casa hoje, e vou me sentar e beber uma taça de vinho sem ninguém chamar meu nome e me pedir para buscar alguma coisa. Agora, pare de enrolar e me conte o que está acontecendo por aí.

— Tenho más notícias sobre o Natal — disse Kerry.

— Murphy ligou para contar o que aconteceu com a caminhonete e com o Spammy. Eu deixei muito claro que ele não pode simplesmente vender o Spammy como sucata, mas é claro que seu pai ficou do lado do seu irmão e então já está decidido. Estou tão furiosa que poderia esganar os dois.

— Mãe? — disse Kerry, confusa. — Eu não tinha ideia de que o Spammy significasse tanto para você.

A voz da mãe estava emocionada.

231

232

— Talvez eu esteja sendo boba, mas eu amava aquela lata velha. E você quer saber por quê?

— Sim.

Birdie soltou um longo suspiro.

— Não deveria te contar isso, e é melhor você nunca repetir por aí, mas você foi concebida naquele trailer horroroso.

Kerry não sabia se ria ou chorava.

— Sério? No Spammy? Quando?

— Faça as contas — disse Birdie. — Na semana antes do Natal de 1988, bem ali na praça Abingdon. Seu pai tinha bebido aquela aguardente caseira, mas eu não sei o que me deu. — Ela riu. — Bem, isso não é exatamente verdade.

— Mãaae — exclamou Kerry. — Credo.

— Deixa pra lá — disse Birdie com firmeza. — De qualquer forma, acho que você não precisa se preocupar em esperar pelos pneus da caminhonete para voltar para casa. Pegue um avião. Eu pago a sua passagem.

Kerry mordeu o lábio e falou de uma vez.

— Eu não posso voltar para casa. Pelo menos, não agora. Eu meio que assumi um compromisso.

— Ahhhh. — Birdie riu. — Seu irmão mencionou um novo homem no pedaço.

— Mãe, ele deve ter uns 90 anos, se não mais — protestou Kerry. — Não tem família, vive sozinho em um apartamento no porão quase sem aquecimento, e está com uma pneumonia dupla. Alguém tem que cuidar dele.

Houve uma longa pausa enquanto sua mãe processava a informação.

— Bem, então, a coisa toda muda de figura. Acho que você vai ter que fazer o que puder por esse pobre coitado.

— Desculpa estragar o Natal, mas eu não posso simplesmente virar as costas e deixar o Sr. Heinz nesse estado.

— Você não seria minha filha se fizesse isso — disse Birdie. — Acho que o Natal pode esperar até estarmos todos juntos novamente.

Kerry sorriu. Ela deveria saber que sua mãe altruísta concordaria com sua decisão de ficar na cidade.

— Te amo, Mamãe Ursa.

— Te amo mais, Bebê Ursa. Você tem calcinhas limpas o suficiente?

— Eu tenho 34 anos, mãe. Mas obrigada.

Antes que Kerry voltasse para o apartamento, as portas do elevador de carga se abriram e Patrick saiu, carregando duas grandes sacolas de compras.

Ele se apressou para chegar até ela e beijou sua bochecha.

— Ok, eu peguei a receita e comprei um pouco de Gatorade, e Claudia insistiu em mandar um pouco de sopa e torradas, e, ah, sim, passei pelo apartamento e peguei um cobertor elétrico.

— Você já foi escoteiro? — brincou Kerry.

— Não. Ganhamos um de presente de casamento, e eu nunca gostei da ideia de dormir debaixo de fios elétricos.

Eles entraram no apartamento. Patrick encontrou uma tomada e ligou o cobertor elétrico, estendendo-o sobre o Sr. Heinz ainda adormecido.

— Vamos lá fora um minuto — sussurrou ele. — Tenho mais uma coisa para te mostrar.

Assim que saíram para o porão, Patrick segurou um chaveiro com uma única chave.

— Esta é a chave do apartamento do Sr. Heinz no sétimo andar.

Kerry pegou a chave das mãos dele e a virou de um lado para o outro.

— Isso deve ser ilegal.

— Ilegal seria deixar esse pobre homem morrer de frio lá dentro, e você com ele — rebateu Patrick.

— Como você conseguiu essa chave?

— Agradeça à Claudia. Ela subornou o zelador com a promessa de um mês de jantares de graça.

— Totalmente ilegal. E antiético. E como vamos saber se esse apartamento está habitável?

— Não saberemos até você subir e verificar. Se não tiver problema para você, eu fico aqui e cuido do paciente.

47

Ela pegou o elevador até o sétimo andar, encontrou e destrancou a porta, acionou um interruptor de luz e se viu imersa em uma cápsula do tempo.

O cômodo da entrada do apartamento 708 era um espaço amplo e pouco iluminado, mobiliado como uma sala de estar. Ela se apressou para abrir as cortinas pesadas, que vedavam uma fileira de janelas semelhantes às do apartamento de Claudia. A luz inundou o ambiente, revelando um sofá Chesterfield com estofamento preto empoeirado, voltado para uma pequena lareira a gás. Uma mesa de café em Lucite e latão sustentava jornais amarelados, uma pilha de correspondência ainda fechada, uma caneca e uma colher apoiada sobre um prato que continha o que parecia ser um bolo Little Debbie fossilizado. Uma espiada na primeira página do jornal no topo da pilha mostrava a data de 23 de agosto de 1992. Tudo estava coberto por uma fina camada de poeira. Delicadas teias de aranha pendiam do lustre cromado estilo sputnik e se estendiam pelas janelas embaçadas e empoeiradas.

— Ai, meu Deus — murmurou Kerry, rodopiando lentamente para absorver tudo. As paredes do apartamento eram pintadas de um marrom-chocolate profundo e havia obras de arte em toda parte. Sobre a cornija da lareira, em todas as paredes da sala de estar, havia arte pendurada do chão ao teto, parecendo uma galeria, e mais telas amontoadas em pilhas apoiadas nas paredes e sobre as mesas.

Era uma coleção eclética — paisagens, colagens, naturezas-mortas, desenhos a pena e tinta, esboços a carvão, aquarelas e pinturas a óleo.

Kerry reconheceu imediatamente o trabalho do artista. Ela se aproximou da maior e mais cativante obra da sala. Era um retrato desenhado com muita sensibilidade, o único na sala. Era um jovem, de pele oliva com grandes olhos escuros, maçãs do rosto proeminentes e uma testa larga. Uma franja do cabelo escuro caía sobre um olho, e um sorriso distante e sonhador se insinuava em seus lábios.

O retrato fora feito a giz em algo que parecia um saco de papel pardo reciclado, emoldurado em uma desgastada moldura dourada em estilo renascentista.

Kerry parou em frente à imagem, estudando-a por um longo tempo. Em vez de uma assinatura no canto inferior direito, havia uma pequena silhueta preta de uma árvore. Ela se moveu ao redor da sala e viu que todas as outras peças tinham a mesma marca.

Ela fez um rápido passeio pelo apartamento. No quarto, a cama estava desarrumada, os lençóis jogados para o lado como se o último ocupante tivesse acabado de acordar.

Uma escova de dentes repousava na borda da pia do banheiro, ao lado de uma lâmina e um frasco de creme de barbear. Outra escova de dentes estava encaixada em um suporte pendurado na parede.

A bancada da cozinha tinha uma máquina de café Mr. Coffee com uma jarra com restos de uma borra escura ao lado de um recipiente pela metade de creme endurecido.

Uma porta estreita na parede nos fundos da cozinha estava trancada. Kerry mexeu na maçaneta, com a curiosidade aguçada. Ela estava prestes a tentar arrombar a porta quando avistou uma única chave pendurada em um gancho de canecas sob o armário.

A porta se abriu para um cômodo menor, que claramente havia sido usado como um ateliê de pintura. O único mobiliário consistia em um grande cavalete de madeira e um banco de ferro sem encosto, além de uma mesa de trabalho coberta de potes de pincéis, caixas de aquarelas, giz pastel e lápis.

O chão de madeira rústica e as paredes estavam salpicados de tinta. Telas em branco e inacabadas estavam empilhadas em um suporte montado na parede.

Kerry caminhou pelo cômodo, afastando as teias de aranha que cobriam tudo, tocando as telas e tentando imaginar por que o Sr. Heinz teria abandonado este espaço para se mudar para o que Austin chamara apropriadamente de calabouço. Ela abriu outra porta e descobriu um pequeno banheiro com uma antiga banheira vitoriana, uma pia pedestal e um vaso sanitário com caixa acoplada.

Ela voltou para a área de estar, procurando uma fonte de calor e sentindo alívio ao ver um termostato na parede perto da porta da frente. Ela girou um botão e se alegrou ao ver que estava funcionando.

A decisão estava tomada. De alguma forma, ela teria que mandar e, sim, até mesmo obrigar, o Sr. Heinz a se mudar para este apartamento.

48

O pobre homem estava fraco demais para oferecer muita resistência. Ele se apoiou pesadamente no braço de Patrick enquanto era conduzido para o apartamento do sétimo andar.

Ao entrar, ele observou a sala de estar e seus olhos pousaram brevemente no retrato que havia chamado a atenção de Kerry, mas ele rapidamente desviou o olhar.

— O quarto é por aqui — comentou Kerry, apontando para a porta aberta. Juntos, ela e Patrick conseguiram conduzir o Sr. Heinz para a cama, que Kerry havia arrumado com lençóis limpos.

Heinz afundou nas almofadas, fungou e fez uma careta.

— Que cheiro horrível é esse?

— É cheiro de desinfetante de pinho, além do sangue, do suor e das lágrimas que derramei esfregando e desinfetando este lugar — explicou Kerry, estendendo suas mãos avermelhadas pelo trabalho. — O senhor poderia ao menos fingir que está agradecido.

— Pelo quê? — murmurou Heinz. — Por ser arrastado à força de volta a um passado que eu quero esquecer?

Seu rosto se contorceu ao observar o quarto, seu olhar pousando sobre a pequena fotografia em preto e branco emoldurada que Kerry descobrira enquanto limpava. Ele fechou os olhos como um ato de rejeição.

— Estou cansado. Vocês poderiam, pelo amor de Deus, me deixar sozinho e em paz?

237

238

— Receio que não — interveio Patrick. — Não podemos te deixar sozinho até que se recupere dessa pneumonia.

— Vou dormir no sofá da sala — informou Kerry. — E me certificar de que comerá direito e tomará os remédios.

Os olhos de Heinz se abriram novamente.

— Quem te convidou para se mudar para cá? Vá embora, volte para suas árvores de Natal e durma no trailer.

— Sou eu ou o hospital — disse Kerry, sem se impressionar com as reclamações dele. — Além disso, o Murphy mandou rebocar o Spammy para o ferro-velho hoje, então agora eu estou oficialmente sem-teto. Você não viraria as costas para uma amiga sem-teto no Natal, viraria?

— Já é Natal mesmo? — Sua voz falhou enquanto ele passava a mão pelo queixo, com uma barba por fazer há cinco dias, branca como a neve. — Devo ter perdido a noção do tempo.

— Amanhã é Véspera de Natal — disse Kerry.

— É hora de você voltar para casa nas montanhas — retrucou Heinz. — Para sua família.

— Só quando o senhor estiver melhor — garantiu Kerry, com firmeza. Ela deu um tapinha no ombro do amigo. — Agora, descanse.

Kerry e Patrick saíram do quarto em silêncio, deixando a porta entreaberta.

— Este lugar é... peculiar — disse Patrick, olhando ao redor da sala de estar. — Eu sei que esta cidade é cheia de excêntricos, mas como você acha que alguém como o Sr. Heinz, que eu sempre achei que vivia quase em situação de rua, tem um apartamento como este no bairro?

— Não se esqueça de que, ao que parece, ele é dono do prédio inteiro — lembrou Kerry.

— Talvez ele tenha herdado tudo isso? — Ele gesticulou para as obras de arte que os cercavam. — Assim como todas essas pinturas?

— Não acredito que seja isso — disse ela calmamente. — A maioria dessas pinturas é obra da mesma pessoa, um artista bastante famoso que, de repente e inexplicavelmente, parou de pintar no início dos anos 1990 e desapareceu do mapa.

— O Sr. Heinz? O que te faz pensar isso?

Ela o levou pela mão até uma grande pintura de paisagem, que retratava uma floresta verdejante, e apontou para o canto inferior esquerdo, para a pequena marca de uma árvore.

— Essa é a assinatura dele.

— Hã?

— O artista que pintou a maioria destas obras nunca assinou o nome, apenas esse pequeno símbolo. Assim que vi esta pintura, em particular, eu soube. As pinceladas, os detalhes intrincados, reconheci das ilustrações que o Sr. Heinz tem feito para a história do Austin.

— Qual a relação com a árvore, então?

— É o sobrenome do Sr. Heinz. Schoenbaum. Eu pesquisei. Significa "árvore bonita" em alemão. Fiz uma busca no Google e encontrei um artigo antigo da revista New York sobre um artista que era a sensação do cenário artístico de Nova York nas décadas de 1980 e 1990. Suas obras estavam sendo exibidas nacionalmente, e até fora do país, e vendidas regularmente por valores altos. E então, em 1992, ele simplesmente desapareceu.

— Você está falando do Sr. Heinz? — perguntou Patrick.

— Vou te mostrar uma coisa — disse Kerry. Ela o levou para o pequeno cômodo ao lado da cozinha, que ela descobrira na primeira visita.

— Então, é aqui que ele pintava — concluiu Patrick. — O que mais esse artigo dizia sobre o Sr. Heinz?

— Ele cresceu aqui em Nova York, estudou arte no Pratt Institute, com a ajuda da lei de reintegração social para veteranos de guerra, trabalhou em diferentes empregos, sempre pintando em paralelo, até participar de uma exposição em grupo realizada em um galpão no Meatpacking District, onde uma de suas pinturas chamou a atenção de uma colecionadora rica. Aquela pintura foi vendida, e os amigos da colecionadora começaram a comprar os trabalhos dele também. Em pouco tempo, ele conseguiu viver de sua arte.

— Se ele comprou esse prédio, eu diria que ele se deu muito bem — comentou Patrick.

— Ele estava no auge da carreira e, então, *puf.* Simplesmente desapareceu — contou Kerry. — Não consegui encontrar mais nenhuma menção sobre ele em minha pesquisa no Google, após aquele artigo de 1992, exceto leilões listando preços de revenda de suas obras.

Patrick a seguiu de volta para a sala de estar, onde ela se sentou no sofá perto da lareira.

— Então, as pinturas dele ainda são vendidas? — perguntou, sentando-se ao lado dela.

— Com certeza. Sabe a colecionadora de quem eu falei? Ela faleceu no ano passado, e o espólio dela vendeu uma das pinturas do Sr. Heinz, um nu em óleo sobre tela, por um milhão e duzentos mil dólares.

— Uau. — Patrick fez um gesto para as paredes repletas de arte ao redor deles. — Provavelmente há uma pequena fortuna pendurada nesta sala de estar, não?

— Não é uma fortuna tão pequena — corrigiu Kerry.

— Ei. — Patrick colocou a mão sobre a dela. — Kerry, você estava falando sério quando conversou com o Sr. Heinz? Vai ficar aqui até ele melhorar?

Ela assentiu.

— A menos que ele chame a polícia e me expulse.

— Será que o Murphy conseguirá voltar para casa no Natal?

— Acho difícil — disse Kerry. — Ele vem acompanhando os aplicativos de previsão do tempo, e a rodovia interestadual ainda está parecendo uma pista de patinação no gelo. Ele vai ficar na casa da Claudia até as estradas estarem em melhores condições. Na verdade, ele deve trazer minhas roupas assim que terminar de desmontar o estande.

— Sua mãe não vai ficar desapontada por vocês dois não voltarem para o Natal?

— Nós conversamos. Murphy já tinha ligado para contar a ela e ao papai sobre o Spammy. E sobre o Sr. Heinz. Ela entendeu. Como ela mesma disse, podemos celebrar o Natal em família em outro momento.

— Sua mãe parece ser uma ótima pessoa — comentou Patrick.

Kerry encostou a cabeça nas almofadas do sofá.

— Agora me sinto mal, porque basicamente a acusei de ser um capacho por cuidar do meu pai após o ataque cardíaco dele.

— Ela tem um bom coração, assim como a filha.

— Foi o Austin quem não nos deixou em paz até encontrarmos o Sr. Heinz — lembrou ela. — Então, reconheça os próprios méritos também, meu caro, por criar um filho com um forte senso de compaixão.

— Meu pequeno excêntrico — comentou Patrick, balançando a cabeça. — Ele tem amigos da idade dele, mas desde que começou a falar, o Austin pareceu se identificar melhor com os adultos. Sei que ele é um ótimo julgador de caráter, porque ele se apaixonou por você à primeira vista. Assim como o pai dele.

Kerry afundou nas almofadas do sofá e observou o rosto dele.

— Não faça isso — implorou ela.

Patrick abriu um sorriso, que se espalhou pelos lábios dele como mel quente.

— Tarde demais. Você não pode fugir como fez ontem à noite. Não tem mais onde se esconder.

— O que você está me pedindo para fazer, mudar para cá, sem emprego, sem lugar para morar, sem perspectivas, é simplesmente loucura. Mesmo que eu quisesse...

Ele arqueou uma sobrancelha.

— Mas você quer? Quer ficar comigo? Porque é isso que importa, Kerry. Todo o resto, podemos resolver. Juntos. Se for isso o que você quer.

— Estou com medo. — As palavras saíram apressadas e estridentes, como se uma bigorna comprimisse seu peito.

— Medo de quê? — Ele pegou a mão dela, beijou o dorso, virou-a e beijou a palma.

— Eu não sei. De fazer a coisa errada. De tentar e fracassar. Fui demitida do meu último emprego, sabe. Racionalmente, eu sei que não foi culpa minha. Mas emocionalmente? Me fez duvidar de mim mesma. Do meu trabalho. Do meu valor.

— Isso é ridículo. Eu vi seus desenhos. Aqueles retratos de cachorros? As ilustrações para a história do Austin? Você tem um talento inato.

Kerry balançou a cabeça.

— Obrigada, mas você não sabe como é o mundo da arte. É totalmente subjetivo, e há um milhão de pessoas por aí tentando fazer o que eu sonho em fazer. Pessoas com mais talento, mais astúcia, mais conexões.

Ela desviou o olhar, mas quando olhou de novo para ele, seus olhos brilhavam com lágrimas que ameaçavam transbordar.

— Mas, principalmente, eu tenho medo de decepcionar você e o Austin. Eu sei como é ver sua família desmoronar. Eu não quero que isso aconteça com ele novamente.

Patrick riu alto.

— Você não conseguiria nos decepcionar, mesmo que tentasse. Eu não sei o que aconteceu no casamento dos seus pais, mas sei que somos diferentes. Olha, eu não sou perfeito, mas nunca te abandonaria. Mesmo quando estava claro que a Gretchen queria desistir do nosso casamento, eu tentei fazer dar certo. Pelo Austin. Fizemos terapia de casal, fui para terapia sozinho... finalmente, uma noite, quando eu o estava colocando na cama, ele olhou para mim, suspirou e disse: *"Papai, eu não acho que você e a mamãe deviam continuar casados."* Foi como se tivessem arrancado meu coração.

— Meu Deus — sussurrou Kerry.

— Ao que parece, até mesmo uma criança de 5 anos conseguia ver o que eu não via — concluiu Patrick, encolhendo os ombros.

49

Depois de deixar Patrick ir embora sem a resposta que ele queria, mas que ela não podia dar, Kerry se sentiu sem rumo. Folheou, distraída, algumas revistas de trinta anos atrás, pensou em ler um dos densos romances da estante do Sr. Heinz, e finalmente foi até a cozinha e preparou uma xícara de chá com os poucos mantimentos que Patrick havia trazido.

Ela se assustou quando a campainha tocou. Ao abrir a porta, seu irmão estava parado no corredor.

Ele lhe entregou um grande saco de papel branco.

— É da Sra. Lee, do Red Dragon. De alguma forma, todo mundo no bairro já está sabendo que o Sr. Heinz está doente, e estão preocupados. Segundo a neta, a Sra. Lee diz que esse caldo é a penicilina chinesa, e você deve garantir que ele beba cada gota. Ela mandou alguns *dumplings* e pasteizinhos também.

— Obrigada — disse Kerry, abrindo mais a porta. — Quer entrar? O Sr. Heinz está dormindo.

Murphy enfiou a cabeça pelo vão da porta.

— Uau. Que lugar legal. Quanta arte, hein?

— A maioria é do próprio Sr. Heinz — explicou ela. — Entra. Ele não vai se importar.

— Não, é melhor eu ir. Ainda tenho que desmontar o resto do estande e depois vou mandar a caminhonete do papai para um depósito até você poder dirigir de volta para casa.

— Você ficou triste ao ver o Spammy ser levado para o ferro-velho?

243

— Triste? É um trailer de 52 anos, Kere, não a vovó. Com todas as árvores que vendemos este ano, o papai pode comprar um trailer novo. Um com lanternas traseiras e encanamento que funcionem. A mamãe ficou furiosa comigo, mas ela vai superar.

Kerry assentiu. O irmão e o pai definitivamente eram farinha do mesmo saco, só eram sentimentais em relação a cachorros e armas. Nessa ordem.

— Onde está a Queenie?

— Vic está cuidando dela por enquanto, depois terei que arrumar outro lugar para ela até voltarmos para casa. O gato da Claudia não é muito fã de cachorros.

— Traga ela aqui para mim — sugeriu Kerry, impulsivamente.

— Sério?

— Eu não acho que o Sr. Heinz vá se importar. Eu tenho a impressão de que ele gosta mais de cachorros do que de pessoas.

— Beleza. Eu trago a Queenie hoje à noite quando trouxer suas roupas. — Ele hesitou, depois se inclinou e deu um rápido beijo na bochecha de Kerry. — Valeu, irmãzinha.

Ela entreabriu a porta do quarto do Sr. Heinz e espiou o paciente. Ele roncava suavemente. Seu rosto havia recuperado a cor e ele não estava tossindo.

Finalmente, Kerry cedeu ao desejo que sentia desde que chegara ao apartamento. Pegou sua xícara de chá e entrou no estúdio.

Ao examinar os materiais de arte multicoloridos, ela se sentiu como uma criança em uma loja de doces. Encontrou um grande bloco de papel para desenho, ainda intacto, em uma mesa perto da janela, abriu-o e o colocou no cavalete. As tintas a óleo e acrílica já estavam secas há muito tempo, então ela pegou a lata de café Folgers e escolheu alguns lápis de cor.

Cantarolando, ela começou a rabiscar. Desenhou versões em miniatura dos cachorros que conhecera no bairro, depois esboços de seus donos.

Ela virou a página e começou a desenhar o estande de Árvores de Natal da Família Tolliver, com o Spammy em primeiro plano. Atribuiu um charme e uma personalidade ao antigo trailer enferrujado e desgastado, que ele na verdade não tinha, com janelas redondas como olhos, um engate que lembrava um nariz arrebitado e um para-choque grande que parecia um sorriso levemente curvado para cima. Talvez Murphy não fosse sentimental em relação ao velho companheiro da família, mas Kerry descobriu que guardava memórias carinhosas das semanas que ela e sua família passaram na pequena lata-velha durante a infância.

Conforme coloria os detalhes, adicionando fileiras de abetos enfeitados com luzes coloridas, guirlandas penduradas em ganchos e clientes (e seus cachorros) escolhendo as árvores, ela começou a pensar em uma história própria.

A fantástica história de um impetuoso trailer vintage que abandona sua pequena cidade nas montanhas rumo a uma emocionante aventura na cidade grande. Um trailer chamado Spammy.

Seu chá esfriou e os minutos passaram voando enquanto ela preenchia as páginas com sua história e ilustrações.

Quando ergueu os olhos do cavalete, espiou o celular e percebeu que três horas tinham se passado. A noite havia caído e era hora de verificar como estava o Sr. Heinz.

Ela esquentou o caldo que a Sra. Lee havia mandado, despejou-o em uma grande caneca de porcelana e a colocou em uma bandeja, junto com um copo de água e o remédio prescrito pela pediatra.

O Sr. Heinz estava sentado na cama, bocejando. E assim que a viu, fechou a cara.

— Não me diga que você ainda está aqui.

— Infelizmente — disse ela, apoiando a bandeja no colo dele. Ela apontou para o caldo. — A Sra. Lee, do Red Dragon, mandou para o senhor. Ela disse que deve tomar até a última gota.

Ele deu um gole e fez uma careta.

— Blergh. Isso é horrível.

— Pra mim, o cheiro parece bom. Tem gosto de quê?

— Gengibre. Alho. Pasta de peixe. Algo fétido e estragado. Água parada fermentada. — Ele deu outro gole e estremeceu. — Minha avó costumava dizer que se não te matar, com certeza vai te curar.

Kerry lhe entregou os antibióticos.

— Tome o caldo e depois esses comprimidos.

Heinz obedientemente terminou o caldo e engoliu os remédios, colocando a caneca vazia na bandeja.

— Estou me sentindo um pouco melhor — admitiu. — Então eu suponho que deveria te agradecer por isso.

— É um prazer — disse Kerry. — O senhor realmente nos deixou muito preocupados quando desapareceu. O Austin estava fora de si. Estávamos prestes a colocar cartazes de "Procura-se" com sua foto por todo o West Village.

O Sr. Heinz pegou os óculos na mesa de cabeceira, ajustou no rosto e a observou.

— Não entendo por que você escolheria ficar aqui, cuidando de alguém que é praticamente um estranho, quando poderia estar em casa, celebrando o Natal com sua família.

A pergunta dele a fez hesitar.

— O senhor não é um estranho — disse ela. — Somos amigos. O senhor, eu, Austin, Patrick, Murphy e Claudia. Qual é mesmo aquele ditado? Amigos são a família que escolhemos? Acho que te escolhemos. Quer goste ou não.

Ele mexeu nos óculos novamente e tomou um gole de água.

— A amizade não é algo fácil para mim. Não estou acostumado a ser cuidado — disse ele, atestando um fato. — Como você pode ver por tudo isso...

Ele fez um gesto ao redor do quarto e para o restante do apartamento.

— Vivo sozinho há muito tempo. Por escolha própria.

Kerry escolheu cuidadosamente a pergunta seguinte.

— Mas nem sempre o senhor foi sozinho, não é? — Ela olhou para a mesa de cabeceira e percebeu que Heinz havia colocado a foto em pé novamente.

— Não. — O tom da resposta indicou a Kerry que o assunto estava encerrado. Pelo menos por enquanto.

— Espero que não se importe, mas pensei que, já que estava invadindo sua casa, poderia também invadir seu ateliê. Peguei emprestados alguns de seus materiais de arte. É um espaço incrível. Realmente me inspirei trabalhando lá.

Ele deu de ombros.

— Eu realmente não estou em posição de te impedir, estou?

— Não tem problema? Que eu use seu ateliê?

— Tudo bem — disse o Sr. Heinz, tranquilizando-a com um aceno. — Mas, me conte, no que está trabalhando?

— Farei melhor ainda, vou te mostrar.

O Sr. Heinz estudou a primeira página da história. Ele tocou o esboço do trailer feliz, com o para-choque sorridente e as janelas redondas, pressionou os lábios e assentiu. Virou as páginas lentamente, lendo o texto em voz alta.

Kerry se inquietou na cadeira, desconfortável por ouvi-lo murmurar as palavras que ela tinha rabiscado em um frenesi hipnótico de criatividade, e teve que se conter para não fugir do quarto, e da crítica mordaz que tinha certeza de que Heinz faria.

Quando terminou de ler todas as páginas, ele voltou ao começo e examinou lentamente cada página.

— Me traga um lápis — pediu Heinz. — E uma borracha.

Ela atendeu, e ele passou trinta minutos fazendo anotações em uma letra de forma minúscula, a cada página. Foi torturante, sentar-se em silêncio e assistir enquanto ele dissecava seu trabalho.

Finalmente, ele entregou o bloco de desenho para ela, junto com o lápis e a borracha.

— E então? — Ela estava prendendo a respiração, esperando pelo pior.

— Na verdade, está muito bom.

— Mesmo? — Ela expirou lentamente.

— Seu trabalho melhorou muito desde que nos conhecemos. Mais solto, tem personalidade. A história tem humor e charme e, de alguma forma, até me fez me importar com o destino daquele seu trailer horroroso — comentou ele.

— É um livro ilustrado para crianças, então eu não poderia desenhar um destino tão terrível quanto a verdade do Spammy ter sido levado para um ferro-velho — explicou Kerry.

— Não. Isso seria muito cruel, até para mim — concordou Heinz. Ele lhe entregou o caderno de desenhos. — Eu fiz algumas sugestões. Lugares onde a perspectiva poderia ser alterada, ou a composição retrabalhada. Claro, não sou um especialista em matéria de crianças, nem no tipo de livros de que elas gostam, mas acho que sua história tem muito potencial.

Kerry sorriu.

— Não sei o que me deu. Essa história e as ilustrações jorraram de mim enquanto eu estava no seu ateliê. Parecia algo que eu tinha aprisionado dentro de mim por muito, muito tempo. — Ela segurou o bloco de desenho contra o peito. — Criar era assim para você também? Quando ainda pintava? — perguntou ela.

— Eu não me lembro.

— E eu não acredito em você. Sr. Heinz, eu pesquisei. O senhor é famoso. Uma sensação no mundo da arte. Sabia que aquele nu comprado por Della Lowell nos anos 1980 foi vendido no ano passado, em um leilão, por um milhão e duzentos mil dólares?

— Ridículo — resmungou ele. — Por que ela venderia o quadro, afinal?

— Foi o espólio dela que vendeu. Ela morreu há dois anos.

O Sr. Heinz recuou, como se tivesse sido esbofeteado.

— Desculpe. Pensei que soubesse. O artigo que li dizia que ela tinha mais de 90 anos. Os enteados dela aparentemente não eram apreciadores de arte.

Ele passou a mão pelo queixo.

— Eu não fazia ideia. Claro que ela morreu. Todo mundo morre, e ela já tinha muita idade, era uma senhora muito distinta. Della era uma formadora de opinião. Depois que ela comprou aquele nu, tudo mudou. Minha carreira decolou. Um dia, ela me levou para almoçar em um restaurante onde hoje fica a mercearia. Apontou para o outro lado da rua, para este prédio, e sugeriu, não, insistiu que eu investisse em imóveis. O marido dela era dono de uma das maiores corretoras da cidade. Ele organizou tudo, conseguiu que eu o comprasse por um valor inacreditável. George e eu mal pudemos acreditar na nossa boa sorte.

Kerry pegou a foto preto e branco da mesa de cabeceira.

— É o George?

O Sr. Heinz assentiu.

— Era meu marchand, minha inspiração, meu parceiro em tudo. Antes morávamos em um pardieiro, mas era perto da galeria dele. Tivemos três bons anos aqui. Apenas três. E então, ele se foi.

Kerry tinha tantas perguntas fervilhando em sua mente.

A campainha tocou. Heinz ergueu uma sobrancelha.

— Deve ser o Murphy. Ele ficou de trazer minhas roupas e as coisas do trailer. Ah, e eu disse que não tinha problema que ele trouxesse a Queenie também, porque ele está na casa da Claudia e ela tem um gato...

— Tudo bem, tudo bem — murmurou Heinz. — Traga todos os abandonados. Estou velho e doente demais para te impedir.

50

Assim que Kerry abriu a porta, Queenie deu um breve latido alegre de reconhecimento e saiu correndo pelo apartamento, direto para o quarto do Sr. Heinz.

Murphy carregava a abarrotada bolsa de viagem de Kerry dependurada no ombro e um saco plástico lotado com o que ela presumia ser o restante de suas coisas. Atrás dele, no corredor, havia uma árvore de Natal não muito grande, com uma aparência tristonha.

Ele colocou a bagagem no chão da sala de estar, virou-se e arrastou a árvore para dentro.

— Isso aqui é ideia do Austin — disse, constrangido. — O Vic teve que sair cedo, então o Patrick levou o Austin para me ajudar a desmontar o resto do estande. Esta era a última árvore. Acho que era tão feia que ninguém a quis nem de graça.

— Deixa eu adivinhar. O Austin insistiu que o Sr. Heinz precisava ter uma árvore de Natal — comentou Kerry. Ela apontou para um canto da sala. — Coloque-a ali. O Sr. Heinz já teve que se acostumar com a ideia de uma invasora e agora uma cachorra. Isso pode ser demais para ele. Ou não. Você trouxe um suporte para ela?

— Vendemos todos — lamentou Murphy. — Que tal se eu apenas encostá-la na parede?

— Pode ser. Enquanto isso, vou checar como o Sr. Heinz está se saindo com sua cachorra.

Para surpresa de Kerry, o Sr. Heinz estava sentado na cadeira ao lado da cama, com Queenie esparramada em seu colo, olhando para ele com adoração e lambendo seu queixo.

— Pobrezinha. — Kerry ouviu Heinz murmurar enquanto acariciava as orelhas sedosas da cachorra. — Aqueles malvados te deixaram sozinha lá fora no frio e na neve?

— Pobrezinha uma ova — retrucou Kerry. — Parece que o senhor está se sentindo melhor.

O Sr. Heinz deu de ombros.

— A Sra. Lee pode ter razão sobre aquele caldo dela. Mas não acho que conseguiria sobreviver a uma segunda dose.

— O Murphy está aqui. Ele trouxe uma, hmm, surpresa para o senhor. Está se sentindo bem o suficiente para ir até a sala de estar ver o que é?

— Espero que não seja outro hóspede — resmungou Heinz, levantando-se lentamente e apertando o cinto de seu roupão.

— Aqui não é Belém. A pousada está cheia e eu não tenho um estábulo.

Ele deu um passo cambaleante e Kerry se apressou para ajudá-lo.

— Coloque o braço no meu ombro e apoie-se em mim — instruiu. — Vamos bem devagar.

Quando chegaram à sala de estar, Murphy havia conseguido deixar a árvore de Natal em pé, apoiada entre pilhas de grossos livros de capa de couro. Ele se afastou para admirar seu trabalho.

— Meu Deus, homem — exclamou Heinz, afundando-se em uma poltrona. — Essas são edições extremamente raras e você está usando como apoio?

— Funcionaram bem, não foi? — perguntou Murphy. — Muito mais elegante do que um suporte comum.

— Acho que sim. — Queenie pulou no colo do Sr. Heinz e abanou o rabo alegremente. Ele enterrou o nariz na cabeça dela. — Sabe que essa cachorra tem cheiro de árvore de Natal?

— E devia mesmo. São elas que pagam a casa, a comida e as contas do veterinário dela — disse Murphy, dirigindo-se para a porta. — Melhor eu ir, mas obrigado novamente, Sr. Heinz, por deixar minha garota ficar aqui com você.

252

— De qual garota você está falando? — perguntou o homem, com um leve sorriso. — A Kerry ou a Queenie?

— Das duas — retrucou Murphy. — Até onde eu sei, as duas sabem usar o banheiro direitinho.

Heinz se recostou na cadeira e olhou ao redor da sala de estar.

— Faz tanto tempo — murmurou ele, hesitante — que não me sento nesta sala. São tantas lembranças...

— Boas, espero? — instigou Kerry.

— A maior parte. George era muito extrovertido e gostava de receber os amigos. Costumávamos dar festas depois da abertura de uma exposição. Champanhe, caviar. Jujubas. George adorava jujubas. Ele amava estar cercado de pessoas. Mas eu? Nem tanto. Acho que eu era um lobo solitário até conhecê-lo.

— E como vocês se conheceram?

— Na escola de arte. Eu tinha acabado de sair da Marinha, voltado do Vietnã, tentando entender quem eu era e o que queria da vida. Me inscrevi em uma aula de desenho anatômico no Pratt Institute. Ele foi nosso modelo uma noite. Um grupo ia sair para beber depois. Os outros alunos me arrastaram junto.

— E vocês se deram bem logo de cara?

— Ah, não, não, não — disse Heinz, sua risada transformando-se em uma tosse. — Nós discutíamos. Naquela noite e em todas as outras vezes que estávamos juntos. Sobre política, arte, a guerra, tudo. Mas ele era tão impetuoso. E engraçado.

Seus olhos se fixaram no retrato na parede.

— E bonito. George tinha uma alma bonita.

— Você deixou tudo isso transparecer no quadro — disse Kerry.

— Nós brigamos por causa desse retrato, é claro. George o odiava. Queria vendê-lo. Toda vez que eu voltava de uma viagem, ele o tinha virado contra a parede ou o coberto com uma camiseta suja. Uma vez, encontrei o quadro em nosso porão.

— Como ele se tornou seu marchand? — perguntou Kerry.

— Ninguém mais queria me representar — respondeu Heinz. — George sempre teve mais interesse no comércio do que na arte. Ele ficou sabendo de um espaço comercial no

Meatpacking District. O lugar estava um desastre. Mas ele conseguiria pagar o aluguel. A família dele tinha dinheiro, ao contrário da minha, e também ao contrário da minha, eles não se importavam que ele fosse gay. Ele convenceu a mim e a alguns de nossos amigos a participar de uma exposição coletiva. Aquele espaço se tornou a galeria dele, e eu fui o primeiro artista que ele representou.

— E então Della Lowell o descobriu?

— Um dia, ela simplesmente apareceu na galeria. Tinha visto um folheto em algum lugar sobre a exposição, e aquele nu chamou a atenção dela. Me pagou três mil e setecentos dólares por ele, se bem me lembro e, na época, disse ao George que ele estava louco por colocar um preço tão alto em uma obra de um artista desconhecido. Era mais dinheiro do que eu jamais tinha sonhado.

Kerry caminhou devagar pela sala, observando as telas penduradas nas paredes e empilhadas no chão. Ela se sentou novamente na poltrona em frente à de Heinz.

— Posso te fazer uma pergunta? Por que você parou de pintar? Por que abandonou este apartamento, sua carreira, tudo?

— George. Em um minuto ele estava aqui, sentado nessa poltrona em que você está agora, fazendo piadas escandalosas sobre algum fato banal, então, de repente, disse que estava com uma dor de cabeça terrível e um minuto depois ele se foi. Um AVC. Ele tinha 42 anos.

— Sinto muito, muito mesmo — lamentou Kerry.

— Eu não sabia quem eu era sem o George. Sem ele para me instigar, me provocar e me encorajar. Eu não conseguia pintar. Não suportava ficar aqui... sem ele. Fiquei totalmente perdido. Pedi ao zelador do prédio para limpar aquele espaço onde eu moro agora e tranquei esta porta. Hoje é a primeira vez em... não sei quantos anos que piso aqui.

— Sinto muito, eu não sabia — disse Kerry. — Eu não fazia ideia de que estar neste apartamento seria tão doloroso. Mas o senhor estava tão doente, ainda está... Fiquei com medo de que morresse lá embaixo, sozinho naquele cubículo gelado, e eu simplesmente não podia deixar isso acontecer.

— Você tem o hábito de salvar a vida das pessoas, mesmo que elas não queiram ser salvas? — perguntou ele.

Os olhos dela se arregalaram.

— Está me dizendo que o senhor *queria* morrer?

— Em algum momento da vida, depois de atingir uma certa idade, não é o que todo mundo quer?

Kerry ficou quieta.

— Acho que eu não queria morrer — confessou Heinz. — Mas depois que fiquei doente, eu realmente não conseguia pensar em nenhum motivo específico para continuar vivendo.

— O senhor mencionou sua família agora há pouco. O senhor não tem família?

— Não, já faz muito tempo. Minha família era muito conservadora, muito religiosa. Acho que eles sempre suspeitaram do que eu era e tinham vergonha de mim. Meus pais já faleceram há muito tempo. Eu tinha dois irmãos, ambos mais velhos, que deixaram claro que não aprovavam meu estilo de vida. Eles diziam que eu era uma vergonha para o nome da família. Geneva, minha irmã caçula, que Deus a abençoe, sempre foi minha defensora. Ela faleceu pouco depois dos meus pais.

Kerry se levantou e olhou para a grande pintura de paisagem mais próxima.

— É por isso que assina suas pinturas com o ícone da árvore? Schoenbaum, árvore bonita?

— Você descobriu isso, não foi?

— Com a ajuda do Google — admitiu ela. — Sr. Heinz, falando sério, se ficar aqui realmente for insuportável para o senhor, talvez possamos encontrar outro lugar para que fique até se recuperar. Quero dizer, o prédio todo é seu, então me desculpa, mas não acredito que dinheiro seja um problema. Talvez haja outro apartamento disponível?

Ele continuou a acariciar o topo da cabeça de Queenie. O focinho da setter repousava em sua perna e os olhos dela estavam fechados. Ela estava dormindo, seu corpo tremelicando a cada ronco.

— Eu acho... — disse ele devagar. — Acho que vou ficar bem. De alguma forma, as memórias dolorosas, a maioria delas, se apagaram. Agora só tenho um problema sério.

— O que foi? — Ela pulou e foi até o lado dele. — A febre voltou?

— Não. Eu estou me sentindo um pouco melhor. Mas como vou sair dessa poltrona e voltar para a cama sem perturbar nossa garota aqui? — Ele olhou para a cachorra adormecida.

— Queenie! — chamou Kerry. A cachorra levantou a cabeça. — Vem! — Ela pegou uma almofada do sofá e colocou no chão. — Aqui.

A cachorra desceu e se esparramou na almofada, voltando a dormir quase instantaneamente.

— Que maravilha — comemorou Heinz, levantando-se lentamente da poltrona. — Gostaria de conseguir pegar no sono tão rápido assim. Tivemos um cachorro, o George e eu. Um lindo dachshund de pelo duro chamado Pablito. Ele era um bom garoto.

Os olhos do homem brilharam.

— Não pensava em Pablito há anos e anos. Eu o pintei várias vezes. Uma daquelas telas deve estar por aqui.

Ele se apoiou no encosto do sofá com as duas mãos.

— Kerry?

— Sim?

— Obrigado por cuidar de mim. E por se importar comigo.

— O prazer é todo meu.

— Vou dormir agora. Tenho certeza de que enquanto você estava revirando minha casa, encontrou o armário de roupas de cama? Com lençóis, cobertores e travesseiros?

— Encontrei.

— Mas aposto que você não encontrou a cama retrátil na parede do ateliê, não é?

— Não. Eu estava planejando dormir no sofá da sala.

— Aquela cama é bem confortável. Boa noite.

51

Quando Kerry saiu do prédio do Sr. Heinz, na manhã seguinte, o choque de ar frio a atingiu como um tapa no rosto. Estava um frio de gelar os ossos e flocos de neve rodopiavam pelo céu cinzento. As calçadas ainda estavam cobertas de gelo e lotadas de pessoas fazendo compras e cuidando dos preparativos de última hora, então ela conduziu Queenie rapidamente, mas com todo cuidado, pelo parque, para o passeio matinal.

Qualquer vestígio do estande de Árvores de Natal da Família Tolliver havia desaparecido. Ela sentiu uma pontada aguda de tristeza ao pensar no destino de Spammy, mas um momento depois, Queenie estava latindo e puxando a guia, ao avistar Murphy parado na porta da Anna's.

— Como ela se comportou na noite passada? — perguntou Murphy, acariciando a cabeça da cachorra.

— Ela foi perfeita. Dormiu em uma almofada na sala de estar. Eu dormi na cama retrátil do ateliê. A melhor noite de sono que tive desde que cheguei aqui.

— Como está o Sr. Heinz?

— Um pouco melhor. Ainda estava dormindo quando saí.

Um táxi parou na calçada, e Patrick e Austin desembarcaram, ambos carregando sacolas de compras.

— Kerry, Kerry — chamou Austin. — Falta apenas uma noite e já será Natal. — Ele pulava de empolgação. De repente, ele parou.

— Cadê o Spammy?

Kerry e Patrick trocaram olhares preocupados.

Murphy tentou encontrar uma resposta aceitável.

— Alguém cortou os pneus do Spammy com um canivete — explicou ele.

— Aqueles caras maus? — Austin exclamou. — Eu sabia!

— Não posso provar que foram eles, mas os pneus foram destruídos. Trocar custa muito caro, e o conserto ficaria mais caro do que o trailer valia. Então nós, hmm, decidimos levar o Spammy até um lugar para onde são mandados os carros e trailers velhos. Tipo um asilo.

— Ah. Mas onde vocês vão morar agora? — perguntou Austin.

— Assim que o tempo melhorar, vou voltar para as montanhas da Carolina do Norte, onde tenho uma casa de verdade, com aquecimento e água corrente — explicou Murphy. — Mas, até lá, a Srta. Claudia está me deixando ficar no apartamento dela.

— E eu vou ficar no apartamento do Sr. Heinz, para ajudar a cuidar dele — acrescentou Kerry. — Queenie também vai ficar lá.

— Isso é bom, eu acho. Ei, Kerry. Eu e o papai compramos um presente de Natal para você. Quer saber o que...

— Ei! — Patrick riu e cobriu a boca do filho com a mão. — Presentes de Natal são para ser surpresa, lembra?

Austin afastou a mão do pai.

— Ah, é verdade — O menino riu. — Mas espere até ver como o presente é legal.

Kerry sentiu seu rosto ficar quente apesar do frio.

— Eu não... comprei presente para ninguém. Nem sabia que ainda estaria aqui hoje.

— Não se preocupe — disse Patrick rapidamente. — Compramos só uma lembrancinha para você. Não esperamos nada em troca.

— Mas pai — protestou Austin, sacudindo a sacola de compras que segurava.

— É melhor irmos para casa — interrompeu Patrick. — Kerry, você acha que o Sr. Heinz se importaria se a gente fizesse uma visita esta noite? Não vamos ficar muito tempo, eu prometo.

— Acho que ele iria gostar — disse Kerry.

— A Dra. Oliver pediu que eu te avisasse que ela vai passar lá mais tarde esta manhã para verificar como ele está.

A porta da padaria se abriu novamente, e Lidia saiu segurando um saco de papel branco.

— Seu irmão disse que o Sr. Heinz está doente. São só alguns *cannoli, biscotti* e *amaretti* para ele. E os *petit fours* de que ele gosta.

— Ah, Lidia...

Antes que ela pudesse dizer mais alguma coisa, a atendente da mercearia apareceu apressada com uma sacola plástica.

— Isso é para o Sr. Heinz — disse ela, pressionando a sacola nas mãos de Kerry. — É chá de gengibre. Minha tia me manda da minha terra natal. É a melhor coisa para resfriado. E algumas pastilhas de limão para a garganta. Diga a ele para melhorar logo, está bem?

— Pode deixar — disse Kerry. — Muito obrigada.

Abby Oliver guardou o estetoscópio no bolso do casaco esportivo e retirou o oxímetro da ponta do dedo do paciente.

— Seu peito parece mais limpo esta manhã, Sr. Schoenbaum, e sua saturação de oxigênio está boa.

— É Heinz. Ninguém me chama de Sr. Schoenbaum.

— Ok, Heinz. Bem, sem febre hoje, e sua cor está melhor. Eu diria que os remédios estão fazendo efeito. Como você dormiu na noite passada?

— Bem, bem — disse ele. — Mas tem gente demais me mimando. Coma isso. Tome aquilo. Beba isso.

— Parece que você tem amigos que se importam com você. E amigos nunca são demais — disse a Dra. Oliver. — Apenas se mantenha aquecido e continue fazendo o tratamento direitinho. Além disso, se não estiver muito fraco, é bom se levantar e dar uma volta de vez em quando.

Heinz encontrou Kerry no ateliê, segurando uma xícara de chá morno em uma mão e um bloco de desenho na outra. Ele se

sentou cuidadosamente em uma cadeira de madeira e olhou
por cima do ombro dela.

— O que está fazendo?

— Estou tentando pensar em um presente de Natal para o
Austin. É véspera de Natal, e ele e o Patrick virão te visitar
hoje à noite, e eu não comprei nada para eles.

— E o que era para ser isso? — perguntou Heinz, apontando para o desenho enquanto tentava, sem sucesso, ser
diplomático.

— Eu estava tentando desenhar o Spammy. E a Queenie, é
claro. Algo para que ele se lembrasse de nós — explicou ela.

— Mas está tão sério — comentou o Sr. Heinz. — Escuro.
Até melancólico. Por que não desenha como fez com o seu livrinho de histórias?

Ela analisou o desenho. Rasgou-o do bloco, amassou-o e o
jogou no lixo.

— Acho que estou empacada. Estou sentada aqui há uma
hora e meia pelo menos, tentando criar algo que tenha significado para um garotinho.

Heinz levantou uma sobrancelha.

— E para o pai dele?

— Sou tão óbvia assim?

— Acho que sim. Não sou um julgador muito perspicaz das
emoções das pessoas, mas até eu consigo ver a atração entre
você e o Patrick.

— Ele quer que eu fique aqui. Na cidade.

— E o que você respondeu?

— Que é impossível, é claro. Não tenho emprego. Não tenho
onde morar, quase não tenho dinheiro. E só nos conhecemos
há três semanas. Goste ou não, preciso voltar para casa depois
das festas, tentar recomeçar minha carreira.

— Isso é o que sua parte racional está te dizendo. Agora, e a
sua alma? O que a sua alma diz?

Kerry mordeu o lábio.

— Eu acho... eu sei que o Patrick é o cara certo. O homem
mais gentil, mais decente que já conheci. Sinto que sou eu
mesma, meu eu mais verdadeiro e autêntico, quando estou
perto dele.

— É isso. — Heinz bateu palmas. — Aí está a sua resposta. Todo o resto é... detalhe.

— Ter uma maneira de me sustentar e um lugar para morar não é apenas um detalhe — rebateu ela.

— Sua arte, é assim que você vai se sustentar. Você é muito talentosa, Kerry. O livro ilustrado que você criou ontem é um livro que pode ser publicado. E a história que desenhamos com o Austin também é um livro.

— Eu não sei...

— Vou te ensinar algo que aprendi com o George anos atrás — interrompeu Heinz. — Seu potencial como artista nunca será alcançado até que você acredite em si mesma. A opinião de ninguém mais importa, desde que você acredite sinceramente que está criando uma boa arte. Você acredita nisso?

Kerry olhou para o bloco de desenho.

— Sim — sussurrou.

— Ótimo. Agora, pare de se sabotar. Se você tem um sonho de viver de sua arte, faça isso. Com toda a paixão e energia que você tem. O resto é consequência.

— Como? Eu não conheço ninguém no mundo dos livros infantis.

— Nós bateremos em todas as portas — disse Heinz. — Muitas pessoas neste bairro trabalham em áreas criativas. Alguém que conhecemos com certeza conhece alguém que pode ajudar.

— Nós quem?

Ele ignorou a pergunta.

— Segundo problema. Um lugar para morar. Simples. Você mora aqui.

— Não — recusou ela, rapidamente. — Isso é só até você se recuperar e ficar melhor.

— Eu estava me referindo a este prédio. Existe um apartamento pequeno que está vago há algum tempo. O filho do administrador do prédio estava morando lá e pagando quase nada de aluguel porque nunca foi modernizado, mas ele se mudou. Se você quiser, é seu.

Kerry ficou sem palavras diante da oferta.

— Eu não poderia aceitar uma oferta assim. É incrivelmente gentil, mas não.

— Não é caridade — disse Heinz, com firmeza. — Você pagará aluguel, é claro. E precisará de um emprego, e já tenho uma ideia quanto a isso.

Ela balançou a cabeça.

— Você e o Patrick agem como se fosse algo simples, basta mudar toda minha vida aqui para a cidade.

— Você nunca morou em outro lugar além da casa nas montanhas?

— Bem, sim. Morei em Raleigh por alguns anos depois da faculdade e depois me mudei para Charlotte. Mas era diferente. Eu tinha um emprego e conhecia pessoas lá.

Heinz jogou as mãos para o alto, irritado.

— Eu desisto. Você é muito teimosa.

— Olha quem fala — comentou Kerry.

Com esforço, ele conseguiu se levantar. Ficou de pé com as mãos apoiadas no encosto da cadeira, sua respiração ofegante.

— Então vá embora. Desista de um bom homem que poderia te trazer felicidade. Desista da sua arte. Desista dos seus sonhos. Viva uma vida pequena em uma cidade pequena. E passe o resto da sua vida se perguntando "e se?"

Ele pegou sua bengala e saiu da sala, com passos vacilantes.

52

Kerry olhou para o desenho do trailer e sorriu com um ar melancólico, pensando no segredo que Birdie lhe contara. O Sr. Heinz tinha razão, é claro, sobre muitas coisas. Ela folheou o bloco de desenhos, até chegar à história inacabada de Austin.

O menino estava tão ansioso para que a história fosse concluída, que o último capítulo fosse escrito, antes que ela e Murphy voltassem para casa. Mas Kerry vinha adiando, assim como adiara dar uma resposta a Patrick, porque, como de costume, estava pensando demais. O que foi que Heinz a acusou de fazer? De se sabotar?

Ela pegou um punhado de lápis de cor, segurando-os como se fossem um belo buquê. Um buquê de possibilidades.

O lápis tocou o papel. Ela parou, pegou uma borracha e, em seguida, balançou a cabeça. Chega de apagar. Chega de dúvidas.

Duas horas depois, ela saiu do ateliê para esticar as pernas e checar Heinz. O apartamento estava silencioso, a porta do quarto, fechada. Ela bateu à porta.

— Sr. Heinz? Está tudo bem? A Queenie está aí com o senhor? Preciso levá-la para passear.

Um momento depois, ela ouviu o lento som da bengala batendo contra o chão. A porta se abriu. Para sua surpresa, o homem estava vestido, e era evidente, pelo cabelo branco ainda úmido, que ele havia tomado banho e se barbeado.

— Posso te trazer algo para comer ou beber antes de levar a Queenie para passear? Eu estava trabalhando na história do Austin e acho que perdi a noção do tempo.

Ele tossiu levemente e assentiu.

— Algo para comer seria bom. E chá.

— Vou esquentar um pouco de sopa. Talvez um pouco de queijo e torradas? Só um minuto, eu trago junto com seus remédios.

— Sua amiga médica disse que eu deveria levantar e caminhar um pouco, então vou até a sala de jantar, comer como um adulto civilizado — disse Heinz, com um leve sorriso. Ele se virou para a cachorra, que estava bem ao seu lado. — Vamos, Queenie. Hora do almoço.

A sala de jantar tinha uma mesa branca com tampo de mármore oval cercada por seis cadeiras de design semelhante. Kerry colocou um prato na frente de Heinz, com a tigela de sopa e um pouco de queijo e torradas. Quando ela voltou à mesa com o próprio prato, ele fez um gesto para que ela se juntasse a ele.

— A famosa minestrone da Claudia? — perguntou ele, mergulhando uma colher no caldo espesso.

— É minha favorita — disse Kerry. — Vou ter que implorar para que ela me dê a receita. — Ela apontou para a mesa. — Sr. Heinz, essa mesa e cadeiras-tulipa são Saarinen autênticas?

Ele deu uma colherada na sopa e assentiu.

— Sim. Compramos depois da minha segunda exposição bem-sucedida. Eu não conhecia muito sobre design contemporâneo. Eu tinha estudado Saarinen na faculdade de arte, é claro, mas como eu disse, George vinha de uma família rica, e ele estava acostumado com coisas boas. Tudo o que você vê neste apartamento, escolhemos juntos.

— É tudo tão bonito. Como eu sempre imaginei que seria um apartamento em Nova York — disse Kerry, em um tom melancólico. Depois de um momento, ela acrescentou: — Agora, acho que consigo entender por que estar aqui, com tantas lembranças dele, era tão doloroso para você.

Heinz desviou o olhar e continuou a tomar a sopa. Kerry percebeu que estava faminta e fez o mesmo. Quando terminou, levou os pratos para a cozinha e, atenta à aversão de Heinz a insetos, lavou os pratos e os colocou para secar sobre um pano de prato.

— Você está muito calada esta tarde — comentou Heinz, quando ela voltou para a sala de jantar. — Terminou o desenho do garoto?

— Digamos que sim — respondeu Kerry. Ela pegou a coleira de Queenie e um saco plástico. — Vamos, garota, vamos enfrentar o frio.

— Posso ver o que você fez? — perguntou Heinz.

— Eu adoraria. Na verdade, acho que a última parte precisa de um toque seu.

— Ah, é?

Ela entrou no ateliê, pegou seu casaco, chapéu e luvas e o caderno de desenhos, que colocou na mesa perto de Heinz.

— Estou ansiosa para ouvir sua opinião.

As ruas estavam estranhamente silenciosas. O barulho do tráfego de carros e ônibus que passavam parecia abafado. Mais neve havia caído durante a noite e tudo no parque estava coberto por uma espessa camada branca. Ela cumprimentou Taryn, que observava enquanto o marido ajudava os gêmeos a construir um boneco de neve. Queenie deu um latido curto e alegre ao ver os meninos.

— Você ainda está aqui! — exclamou Taryn. — Eu vi que o estande de árvores tinha sido desmontado e o trailer havia sumido, então presumi que vocês tinham voltado para casa.

Kerry explicou sobre os pneus cortados, as estradas intransitáveis e o susto com a saúde de Heinz.

— Sinto muito pelo Spammy e pelo Sr. Heinz, mas, sendo um pouco egoísta, fico feliz que ainda esteja aqui. Aposto que Austin e Patrick também estão contentes — disse Taryn.

— Acho que sim — respondeu Kerry.

— Vai ficar por aqui depois do Natal? — perguntou Taryn. Kerry hesitou.

— Esquece o que falei — acrescentou Taryn. — Sou uma romântica incurável. — Ela deu um abraço rápido em Kerry. — Feliz

Natal, Kerry. Espero que você e Patrick encontrem um jeito de ficar juntos, não importa o que aconteça.

— Preciso ir — emendou Kerry, corando. — Queenie e eu ficamos trancadas dentro de casa o dia todo. Precisamos esticar as pernas.

Quando ela voltou para o apartamento, encontrou Heinz no ateliê. Ele estava inclinado sobre o cavalete, pincel na mão, mas quando Kerry entrou, ele rapidamente jogou um pano sobre o que estava trabalhando.

— Está pintando? — perguntou ela.

— Só estou praticando um pouco. Sente-se, por favor.

Ela obedeceu e ele apontou para o bloco de desenhos.

— Kerry, preciso me desculpar. Você é uma mulher adulta e é perfeitamente capaz de decidir como quer viver sua vida e buscar sua arte. Eu não tinha o direito de falar com você daquela maneira.

— Claro que tinha — afirmou Kerry. — Afinal, eu invadi sua casa, te forcei a receber a mim e a nossa cachorra aqui, te obriguei a aceitar tratamento médico. Eu diria que você tem todo o direito de falar o que pensa. Além disso, o senhor tinha toda razão.

— É a minha deixa pra falar "eu te disse"? — Ele sorriu e apontou para o caderno de desenhos. — Vi que você deixou o último capítulo da história de Austin inacabado. Então, presumi que pretendia que escrevêssemos o final juntos?

— Exatamente — disse Kerry. Ela puxou a cadeira mais para perto da mesa e Heinz abriu o bloco de desenhos para mostrar o que ele havia desenhado.

— Está perfeito — elogiou ela. — Exceto por um detalhe que eu acho que precisamos adicionar.

53

A campainha tocou pouco depois das 18 horas, e antes que Kerry pudesse atender, Austin irrompeu no apartamento, seguido de Patrick, Murphy e Claudia, todos carregados de sacolas de compras.

— Feliz Natal, Kerry — gritou Austin. — Adivinha só? Trouxemos luzes para a árvore de Natal. E presentes. E torta!

— E o jantar — completou Claudia, parando no meio da sala de estar para admirar o apartamento. — Uau. Que lindo. Onde fica a cozinha?

— Ah, meu Deus. — Heinz olhou para os rostos reunidos ao redor de sua mesa de jantar, para os restos da farta refeição de quatro pratos que Claudia preparara e para seu próprio prato de tiramisu ainda pela metade.

— Estou... sem palavras — admitiu.

— Eu sei, eu sei. É muita comida. Minha mãe também sempre exagerava. Acho que essa é minha sina por ter vindo de uma família de donos de restaurante — comentou Claudia. — Mas o senhor mal comeu, Sr. Heinz.

— Há muito tempo que não como tanto assim, e tudo estava delicioso — elogiou ele. — Não, o que eu quis dizer foi que estou sem palavras por tudo o que vocês fizeram, pela gentileza, pelo cuidado comigo. — Ele lançou um olhar de cumplicidade para Kerry. — Por me resgatarem, apesar do modo como agi.

267

— O senhor estava muito, muito doente — disse Austin, raspando a última colherada de chantilly do prato. — Mas parece muito melhor agora.

— Eu me sinto melhor — admitiu Heinz.

Austin olhou ao redor do apartamento.

— O senhor está bravo com a gente?

— Eu? Não, por que eu estaria bravo com vocês?

— Porque a Kerry e o meu pai fizeram você sair daquele calabouço. Por que você queria morar lá embaixo em vez de aqui em cima? — perguntou Austin. — Aquele lugar era escuro, frio e assustador, mas aqui é legal, quentinho, tem janelas grandes, um sofá e espaço para os seus amigos.

— Austin! — A voz de Patrick soou severa.

Heinz deu um gole de água.

— Essa é uma pergunta muito boa, meu jovem amigo. E a resposta é que há muito tempo, quando eu morava aqui, eu perdi alguém que eu amava.

Os olhos do menino se arregalaram.

— Para onde foi seu amigo? Como ele se perdeu?

— Ele morreu — explicou Heinz, escolhendo suas palavras com cuidado. — Ele era o meu mundo inteiro. E depois que ele morreu, eu não consegui suportar viver aqui, com todas as nossas lembranças felizes. Tudo aqui me lembrava dele, e isso me deixava muito, muito triste. Então eu decidi que viveria em outro lugar, onde eu não ficaria sempre pensando nele.

— Ah. — Austin parecia tentar processar todo o argumento de Heinz em sua mente infantil, enquanto os adultos trocavam olhares ansiosos.

— Bom! — interrompeu Patrick, com uma animação um tanto exagerada. — Quem está pronto para abrir alguns presentes de Natal e tomar um pouco de chocolate quente?

— Eu! — gritou Austin.

— Mas, primeiro, um pouco de vinho — sugeriu Claudia, levantando-se rapidamente.

— Você gostou da árvore de Natal, Sr. Heinz? — perguntou Austin. — Foi ideia minha. E eu e meu pai compramos as luzes.

— Está linda — elogiou Heinz. Ele estava sentado em uma poltrona ao lado da árvore, com uma caneca de chá entre as mãos. — Como você sabia que este era o lugar onde costumávamos colocar nossa árvore quando o George estava vivo?

— Quem era o George? — questionou Austin. — Por que ele morreu?

— Austin... — repreendeu Patrick.

— Tudo bem — apaziguou Heinz. Ele apontou para o retrato acima da lareira. — Aquele ali é o George. Ele morreu de repente. Foi um grande choque.

— Ele parece legal. O senhor que pintou esse retrato?

— O George era muito legal. Muito mais legal do que eu, e sim, eu pintei esse retrato.

Austin se levantou para examinar o retrato mais de perto, depois apontou para as outras pinturas na sala.

— O senhor pintou *todos* esses quadros?

— A maioria deles — confirmou Heinz. — Alguns são de outros amigos artistas.

— Eles também morreram?

Um silêncio constrangedor pairou sobre a sala.

— Que tal uma música natalina? — sugeriu Claudia. Ela apontou para o lustroso rack de som em estilo modernista sob uma das janelas.

— Sr. Heinz, o toca-discos ainda funciona?

— Eu suponho que sim — respondeu Heinz. — O George amava música. Acho que há alguns discos de Natal ali, no armário.

— Vou ajudar a procurar — prontificou-se Murphy. Os dois vasculharam as pilhas de discos de vinil nas prateleiras do rack.

— Uau, isso é uma viagem ao passado — admirou-se Murphy, segurando um par de álbuns. — Olha todos esses vinis antigos bacanas. Perry Como! E Frank Sinatra. Veja como o Frank está elegante com esse chapéu na capa.

— Os Beach Boys fizeram um álbum de Natal? — questionou Claudia. Ela limpou a capa do álbum com a manga do seu suéter, levantou-o e leu as notas do encarte. — É de 1964! Uau.

E este é o álbum de Natal do Elvis, de 1957. George tinha um ótimo gosto musical.

Murphy pegou outro álbum.

— Ah, cara, *A Christmas Gift for You* de Phil Spector. De 1963. Acho que meu pai tinha a fita cassete deste álbum.

Claudia segurou um álbum com a foto de Bing Crosby usando um gorro de Papai Noel na capa.

— Pronto, temos um escolhido. *White Christmas*. Costumávamos ouvir isso na casa da minha *nonna* em toda Véspera de Natal. E tem as Andrews Sisters. Tudo bem se tocarmos esse, Heinz?

— Pode tentar — disse Heinz. Ele parecia se divertir com o entusiasmo dela pelos álbuns antigos.

Claudia levantou a tampa do toca-discos e girou um botão.

— A luz acendeu — informou. Ela retirou o disco da capa e o colocou no toca-discos.

Austin examinou a vitrola.

— Como isso funciona?

— Crianças! — debochou Claudia. Ela pegou o braço do toca-discos e o baixou sobre o vinil. — Veja, Austin. Tem uma agulha na ponta deste braço, e ela se encaixa em um sulco no disco, e então a música sai das caixas de som.

Instantes depois, o som suave de Bing Crosby cantando "White Christmas" começou a ecoar pelas caixas de som.

— Parece apropriado — murmurou Murphy, apontando para a janela, onde flocos brancos rodopiavam pelo ar.

— Agora podemos abrir os presentes? — suplicou Austin.

— Na Véspera de Natal? — Heinz franziu o cenho. — Mas podemos?

— Austin vai para a casa dos pais da Gretchen amanhã de manhã, então a regra é que ele pode abrir um presente hoje à noite — explicou Patrick.

O menino se esparramou no chão, aos pés da árvore, e pegou um pacote amassado de papel laminado dourado, embrulhado com uma profusão de durex e fitas coloridas, além de adesivos de dragões.

— A pessoa mais velha da sala abre o primeiro presente — declarou Austin, entregando o presente para Heinz.

— Para mim? — As mãos de Heinz tremiam ligeiramente enquanto ele removia lentamente o durex, o papel e as fitas.

— Abre logo! — instigou Austin, inclinado sobre os ombros do Sr. Heinz.

Finalmente, o papel saiu, revelando uma criatura de argila com escamas descendo pelas costas, um rabo longo e bifurcado e uma cabeça caricata com presas.

— É um dragão — surpreendeu-se Heinz, virando a criatura nas mãos.

— Eu que fiz. Mas não sou um artista como o senhor e a Kerry — admitiu Austin.

— É maravilhoso — disse Heinz. — É o melhor presente que já ganhei.

O rosto de Austin era só sorrisos.

— Mesmo?

— Com certeza — o homem o tranquilizou. — Obrigado, meu jovem amigo.

Austin pegou uma caixa pequena debaixo da árvore.

— Murphy, você é o próximo, acho que é o segundo mais velho.

— Na verdade, eu sou dois anos mais velha do que ele — interrompeu Claudia, rindo. — Mas pode ser a vez dele.

Murphy cortou a fita da caixa com um canivete, a abriu e retirou uma única chave com um pingente de borla dourada. Ele olhou para Claudia, que lhe lançou um sorriso astucioso, então ele silenciosamente guardou a chave no bolso de sua camisa de flanela.

— Você é a próxima — Murphy disse a Claudia, apontando para uma caixa de charutos de madeira amarrada com um laço de cetim vermelho.

Claudia desamarrou o laço, abriu a caixa e tirou uma pequena estatueta esculpida em madeira, com cerca de quinze centímetros de altura, envolta em papel de seda.

— É o Papai Noel — disse Austin.

— Olhe melhor — sugeriu Murphy.

A figura tinha uma barba escura e desgrenhada, e uma cabeleira indomável. Usava uma camisa xadrez vermelha e preta, calças jeans e botas de caça. Mas o detalhe revelador era a árvore de Natal apoiada sobre o ombro.

— Não acredito! É o Murphy — comemorou Austin.

Claudia envolveu os braços no pescoço de Murphy e o beijou sonoramente.

— É perfeito! Você mesmo quem esculpiu?

— Não é grande coisa, na verdade — desculpou-se Murphy, corando. — Eu tinha tempo livre enquanto estava cuidando do estande à noite, então comecei a esculpir um pedaço de cedro. Usei as canetas da Kerry para colorir. Apenas algo para você se lembrar de mim quando eu for para casa.

— Como se fosse possível esquecer Murphy Tolliver — respondeu Claudia, beijando-o novamente.

— Tem outro presente embaixo da árvore para o Murphy. — Heinz apontou para um pacote retangular achatado embrulhado em papel pardo.

— Para mim? — Murphy pareceu genuinamente surpreso. — Poxa, não comprei nada para o senhor.

O homem acariciou seu dragão de argila.

— Já ganhei presentes suficientes. Pensando bem, mais do que recebi nos últimos trinta anos.

Quando o papel pardo foi rasgado, os convidados de Heinz exclamaram em uníssono com a revelação do presente: um retrato em aquarela de Queenie. Os grandes olhos escuros da cachorra pareciam brilhar, e o focinho, idêntico ao original com o tufo de pelo marrom em formato de coração, a boca levemente curvada, quase sorrindo, e a ponta da língua rosa à mostra.

— Não toque no papel — pediu Heinz. — A tinta ainda não está totalmente seca. Tive pouco tempo para trabalhar nele, então não está muito detalhado...

— Está incrível — elogiou Murphy, segurando o desenho pela moldura. — O senhor realmente capturou a alma dela.

— Ela é uma cachorra com uma bela alma — afirmou Heinz. — E uma excelente companhia. Vou sentir falta quando ela for embora.

— Por que a Queenie e o Murphy têm que ir embora? Por que eles não podem ficar aqui com a gente? — questionou Austin, com a voz lamuriosa.

— Temos que voltar para casa e trabalhar bastante para cultivar árvores de Natal, assim elas estarão prontas quando voltarmos aqui para vendê-las no próximo ano — disse Murphy, gentilmente. — Eu e a Queenie somos do campo. Até nos viramos bem na cidade grande por um mês, mas, depois disso, precisamos voltar para as montanhas e vagar pela floresta, onde é o nosso lugar. Assim como o seu lugar é aqui na cidade com seu pai.

O lábio inferior do menino tremia.

— Austin, não se esqueça, você tem um presente para a Kerry, não tem? — lembrou Patrick, apontando para a árvore, onde restavam apenas mais dois presentes.

Austin pegou uma caixa embrulhada em papel vermelho brilhante com estampa em relevo de árvores de Natal verdes e a colocou no colo de Kerry.

— Já amei o pacote — disse Kerry. — É bonito demais, dá até pena de desembrulhar.

— Espere até ver o que tem dentro — comentou Austin.

Kerry rasgou o papel e abriu a caixa, tirando um globo de neve. Dentro da esfera de vidro, em detalhes requintados, havia uma miniatura tridimensional de um pequeno parque rodeado por elegantes prédios de arenito marrom.

— Ai, meu Deus — exclamou Kerry. — É a praça Abingdon. Na palma da minha mão. — Ela sacudiu o globo e observou enquanto os delicados flocos brancos flutuavam até a base da esfera. Ela se virou para Patrick. — Eu simplesmente amei.

— Austin viu isso na vitrine de uma loja lá na avenida Greenwich — contou Patrick. — Nós queríamos que você tivesse algo para se lembrar de nós depois que for embora.

Kerry abraçou o menino com força.

— Obrigada, Austin — sussurrou ela.

— Agora, há mais um presente embaixo da árvore, e como você é o mais jovem, acho que deve ser o seu.

O garoto teve que se arrastar sob a árvore para pegar o último presente. Era um pacote fino embrulhado em papel pardo decorado com desenhos de Papai Noel, renas e duendes no estilo característico de Kerry.

Ele rasgou o papel sem cerimônia e segurou o presente entre as mãos.
— É a nossa história! — Ele olhou para Heinz e depois para Kerry. — Vocês transformaram em um livro.
— Sua história — corrigiu Kerry. — Nós só tivemos tempo de grampear as páginas por enquanto, mas, depois do Natal, vamos mandar imprimir e encadernar com uma capa de verdade para você.
— Papai, é o meu livro — empolgou-se Austin, equilibrando-se no joelho de Patrick.
— Abra e dê uma espiada — aconselhou Heinz.
Austin folheou as páginas, apontando as ilustrações que ele ditou aos dois artistas.
— Esses são os vilões que o Sr. Heinz desenhou — explicou o garoto ao pai. — E esta é a coruja que a Kerry fez. — Ele apontou para o desenho dos dragões, um casal. — O Sr. Heinz fez a dragão fêmea.
Ele continuou folheando as páginas, mas parou subitamente, olhando para Kerry e para Heinz.
— Vocês terminaram. Terminaram a história.

54

Austin olhou fixamente para a última página. A ilustração mostrava três silhuetas. Os portões da floresta estavam abertos. Um menino, um homem idoso com uma bengala e uma mulher, todos de mãos dadas e acompanhados por um cão alerta e confiante, olhavam para a floresta. Ao longe, havia uma viatura policial, com dois vilões com a cabeça para fora da janela traseira.

— Somos nós! — exclamou o menino, tocando o desenho com a ponta do dedo. — Eu, o Sr. Heinz e a Kerry. E a Queenie. E ali estão os vilões, indo para a cadeia, não é, Kerry?

— Levados para o xilindró — concordou Kerry.

— Gostou? — perguntou Heinz, quase tímido.

— É o melhor livro que já li — disse Austin. — Não é, papai?

— Olhem para a capa de novo — incentivou Kerry. Austin virou o livro e sorriu.

— Escrito por mim! Austin McCaleb, com ilustrações de Heinz... não consigo falar esse sobrenome, e Kerry Tolliver. Escrevi um livro inteiro. Aposto que ninguém mais na minha turma tem um livro inteiro *escrevido*.

— Escrito. E você teve um pouco de ajuda — lembrou Patrick ao filho. — Mas sim, é uma grande realização. Estou orgulhoso de você. E também da Kerry e do Sr. Heinz.

— Esta foi uma Véspera de Natal incrível — afirmou o garoto. — Podemos comer mais sobremesa agora? Tipo, a torta da Srta. Claudia? Por favor?

— Espere um minuto. Acho que vejo mais um presente debaixo da árvore — disse Patrick. — Na verdade, está *na* árvore.

Austin rodeou a árvore até ver um envelope vermelho brilhante enfiado entre os galhos do abeto. Ele o pegou e entregou a Kerry.

— Tem o seu nome — disse Austin.

Kerry ficou surpresa. Era a primeira vez que via o envelope. Ela rasgou a aba com a unha e tirou uma folha de papel com uma foto desfocada de um trailer vintage.

— É o Spammy? — Ela olhou ao redor da sala, seus olhos finalmente pousaram em Patrick, que se esforçava para não sorrir.

— O que isso significa?

Austin estava inclinado sobre o ombro dela, examinando a foto.

— É, papai. O que isso significa?

— Quando o Murphy me disse que estava vendendo o Spammy para sucata, eu tive uma ideia maluca. Decidi comprá-lo e restaurá-lo. Vamos deixá-lo novo em folha, melhor do que novo, com um banheiro de verdade e aquecimento.

— Uhuu! — Austin estava pulando de empolgação.

— Mas por quê? — perguntou Kerry.

— O Austin sempre quis acampar na floresta e, bem, eu estava pensando, talvez na primavera, quando o Spammy estiver completamente restaurado, nós iremos para a Carolina do Norte para te visitar. E a Queenie, é claro. Se você concordar.

— Na primavera? Desculpe, mas eu não estarei lá nessa época. Estarei aqui na cidade — disse ela, casualmente.

— O quê? — Murphy e Patrick perguntaram ao mesmo tempo.

— Mas, eu pensei... — começou Patrick. — Você disse...

Os olhos de Kerry brilhavam, mal contendo a empolgação.

— Um amigo muito gentil me ofereceu uma oportunidade boa demais para recusar. Um emprego e um aluguel com um valor razoável neste bairro.

Claudia revirou os olhos.

— Razoável? Neste bairro? Você encontrou um *sugar daddy*?

— O que é um *sugar daddy*? — perguntou Austin.

— Deixa pra lá — disse Patrick. — Você está falando sério, Kerry? Vai ficar na cidade? Quer dizer, isso é maravilhoso, mas ontem à noite você disse que era impossível. O que mudou?

Kerry e Heinz trocaram um olhar de cumplicidade.

— O Sr. Heinz me deu um belo sermão — admitiu Kerry. — Basicamente, me disse que eu preciso parar de me sabotar. Me mostrou que eu nunca saberei se posso ser uma boa artista a menos que eu tente. Ele me fez entender que eu estava paralisada, criativamente, pelo meu medo de falhar.

— Em troca, Kerry também abriu meus olhos. — Heinz fez um gesto ao redor da sala. — Trinta anos atrás, eu saí deste lugar. Eu me tranquei, como meu jovem amigo aqui diz, em um calabouço. O passado era doloroso demais, então eu me deixei ser prisioneiro do meu luto.

Ele segurou a caneca de chá entre as mãos.

— Mas então algo mágico aconteceu, bem ali, naquele parque. Uma cachorra abanou o rabo quando me viu, e um garoto me pediu para desenhar um retrato dele. Quando fiquei doente, Kerry insistiu em me resgatar. Essa garota sabe ser irritante!

O comentário arrancou risos de todos eles.

— Kerry, Patrick e Austin me arrastaram de volta para cá, para este lugar de tristeza, e me forçaram a tomar remédios. Eu melhorei, e quando olhei ao redor, de repente, percebi que o presente não é um lugar tão ruim para estar. George se foi, sim, mas ele me deixou com toda essa... beleza e memórias. Nada pode me tirar isso. Eu me sentei no meu ateliê ontem, peguei um pincel e senti... alegria. Vi o futuro e as possibilidades. E a Kerry, e todos vocês, meus amigos, são os responsáveis por isso.

Um nó de emoção se formou na garganta de Kerry diante da declaração inesperada de alegria do amigo.

— O senhor tornou o impossível, possível — disse ela. — O Sr. Heinz me pediu para trabalhar na organização e cataloga-ção de suas obras — explicou. — Quando esse trabalho estiver concluído, planejaremos uma exposição para vendê-las. Mas não temos certeza de quanto tempo levará, porque há algumas centenas de peças aqui no apartamento e no estúdio.

— E eu já perdi a conta de quantas pinturas tenho no depósito — completou Heinz. — O trabalho pode levar meses. Anos, talvez. Eu preciso de um assistente em quem possa confiar, alguém com juventude, bom gosto e energia. E, sendo um pouco egoísta, preciso que esse assistente more por perto. Por acaso, há uma unidade vaga há muito tempo aqui no prédio.

— Qual? — perguntou Claudia, nitidamente duvidando. — Eu conheço todos os inquilinos daqui. Não tem uma unidade vaga há anos.

— É o estúdio no térreo, que costumava ser alugado pelo filho do Rex, que se mudou há alguns anos — explicou Heinz.

— Eu me lembro desse estúdio. Você espera que ela more naquele chiqueiro? — questionou Claudia.

O entusiasmo de Kerry não foi abalado.

— É pequeno e, pelo que parece, a última vez que aquele apartamento foi limpo e pintado foi na década de 1970, tem uma janela com luz decente e o banheiro mais pavoroso que já vi, mas mal posso esperar para me mudar.

— Vamos ser vizinhas! — comemorou Claudia. — Felizmente para você, eu adoro pintar. Paredes, é claro. É meu momento zen.

Murphy bateu com o punho na mesa de centro.

— Kere, acho isso ótimo. Obviamente, você estava infeliz morando com a mamãe nos últimos meses. Que ótima oportunidade.

— Obrigada, Murph — disse ela. — Estou um pouco preocupada em magoar a mamãe...

— Ela não vai se magoar — tranquilizou o irmão. — Vai achar ótimo.

Kerry observava a expressão de Patrick enquanto revelava seu grande plano, mas, para seu desespero, o rosto dele permaneceu impassível. As bochechas de Kerry queimavam de vergonha e ela de repente foi tomada por uma onda de pânico. Talvez tivesse o avaliado mal. Talvez ele tivesse recuperado sua sanidade.

Ele se levantou abruptamente e começou a recolher taças de vinho vazias.

— Alguém quer mais sobremesa? — perguntou ele. — Kerry, pode vir me dar uma ajuda na cozinha?

Assim que a porta de vaivém da cozinha se fechou, Patrick a pegou nos braços, literalmente levantando-a do chão para abraçá-la.

— Você vai mesmo ficar? Tudo isso é verdade?

— Sim, seu bobo — exclamou ela, quando conseguiu recuperar o fôlego. — Mas você me deu um baita susto! Vi o seu rosto lá fora quando disse que ia ficar. Todo mundo ficou muito animado. Até o Murphy, que nunca se empolga com nada. Mas você não disse uma palavra. Fiquei apavorada que você tivesse mudado de ideia. Sobre mim. Sobre nós.

— Jamais — garantiu ele, segurando delicadamente o rosto dela entre as mãos. — Nunca vou mudar de ideia sobre você. Ou sobre nós. Eu te amo, Kerry Tolliver. O Austin te adora. Ao que parece, todo mundo nesse bairro maluco, até o cara mais rabugento do quarteirão, ama você. Mas ninguém, te juro, ninguém vai te amar tanto quanto eu. Acredita em mim?

Ela envolveu os braços em volta do pescoço dele. Os lábios deles se encontraram, e ele teve sua resposta.

Agradecimentos

Tantas pessoas me cobriram de gentilezas enquanto eu trabalhava neste romance que nomear todas elas exigiria mais páginas do que tenho direito. Mas, resumidamente, agradeço às pesquisas de meu agente literário, Stuart Krichevsky, que checou as referências de Nova York para esta garota sulista, e que me acompanhou em minhas viagens para explorar o West Village, onde coloquei o fictício estande de Árvores de Natal da Família Tolliver.

Agradeço a Billy Romp e sua família, de Vermont, cujas experiências reais com a venda de árvores de Natal em Greenwich Village inspiraram vagamente minha história. Agradeço também a Doug Munroe, de West Jefferson, Carolina do Norte, que compartilhou seu conhecimento sobre o cultivo de abetos, e à irmã que escolhi para mim, Beth Fleishman, e seu paciente marido, Richard Boyette, que abriram sua casa nas montanhas em West Jeffie, como eles chamam, para uma pesquisa de campo.

Minha equipe editorial na St. Martin's Press é simplesmente a melhor, e sou imensamente grata à sua líder, minha incrível editora, Jennifer Enderlin, por sua sabedoria e orientação para este, que é nosso décimo quinto livro juntas. Quinze livros! Completando a equipe estão a inestimável Alexandra Hoopes, Anne Marie Tallberg, Brant Janeway, Christina Lopez, Drew Kilman, Emily Dyer, Erica Martirano, Erik Platt, Jeff Dodes, Jessica Zimmerman, Kejana Ayala, Lisa Senz, Mike Storrings e Tracey Guest.

Meg Walker da Tandem Literary, que tem sido minha especialista em marketing, companheira constante e amiga há dezesseis anos, não consigo imaginar publicar, divulgar (e fazer turnê de) um livro sem ela ao meu lado.

Agradeço às minhas companheiras do Friends and Fiction, todas autoras de romances best-sellers do *New York Times*: Kristin Harmel, Kristy Woodson Harvey e Patti Callahan Henry, ao nosso nerd do audiovisual/faz tudo Shaun Henninger, e ao extraordinário bibliotecário Ron Block, que tornam o trabalho divertido, e sei que falo em nome de todos ao agradecer aos 150 mil membros do grupo Friends and Fiction no Facebook por seu apoio e amor aos livros.

Stuart Krichevsky ainda é e sempre será o melhor agente do ramo, e Paige Turner e eu sempre seremos gratas pela brincadeira, tantos anos atrás, na conferência de escritores, que consolidou nossa relação de trabalho.

Por último e não menos importante, agradeço à minha família; meu marido, Tom, que é o vento que sustenta minhas asas; meu filho, Andrew, e sua amada, Meg; meu genro, Mark; e meus fabulosos netos, Molly e Griffin, que são minha âncora, meu coração, meus amores.

Sobre a Autora

Mary Kay Andrews é autora best-seller do *New York Times* de *Destruidores de Lares; The Santa Suit; The Newcomer; Hello, Summer; Sunset Beach; The High Tide Club; The Beach House Cookbook; The Weekenders; Beach Town; Save the Date; Ladies' Night; Christmas Bliss; Paixão de Primavera; Summer Rental; The Fixer Upper; Deep Dish; Blue Christmas; Savannah Breeze; Hissy Fit; Little Bitty Lies;* e *Savannah Blues.* Ela é ex-jornalista do *Atlanta Journal-Constitution* e vive em Atlanta, na Geórgia.

www.marykayandrews.com
@marykayandrewsauthor
@marykayandrews

Este livro foi impresso nas oficinas gráficas da Editora Vozes Ltda.,
Rua Frei Luís, 100 – Petrópolis, RJ.